ゴーストシリーズ③

ゴーストダンス

スーザン・プライス／作
金原瑞人／訳

ゴーストダンス　もくじ

第一章

魔法使いの孫

あなたが今いるところから、はるか彼方《かなた》の湖のそばに立っているのは、一本のカシの木。

そのカシの木の幹《みき》に巻きついているのは一本の金の鎖《くさり》。

その鎖につながれているのは一匹の猫。それも世界中でいちばん物知りの猫。猫がいつもぐるぐる歩きまわっているのは、一本のカシの木のまわり。

あちらにいっては歌い、
こちらにきては語る。

その猫の語る話のひとつが、これ。


これは（と猫は語る）、北の地の物語。そこでは長く暗い冬の間、白い雪が黒い黒い空から降りしきる。

第一章　魔法使いの孫

雪は、そっと、音もなく、マツやカバの木の枝の間、山と山の間を落ちてくる。薄い雪片《せっぺん》の上に薄い雪片が重なり、やがて三メートルほど冷たく降《ふ》り積《つ》もると、静寂《せいじゃく》が凍《こお》りついて闇《やみ》になる。

ここでは（と猫は語る）背中の細い白馬、〈北風〉が〈霜《しも》じいさん〉を乗せて木々の間を駆《か》け抜《ぬ》ける。このじいさんが右に左に息を吹きかけると、その息に触《ふ》れたところはしおれたり枯れたりする。するとじいさんはしゃがれ声でささやきかける。「寒いかい、わしの子どもたち。寒いかい？」

さて（と猫は語る）シロハヤブサのことを話そう。闇のなかではまっ白にみえるこの鳥は雪原《せつげん》の上空を、闇を縫《ぬ》って飛ぶ。ゆるやかな弧《こ》を描きながら、月に照らされたはるか下の雪原に映《うつ》る、鎌《かま》のような翼《つばさ》を広げた自分の影を追っていく。

シロハヤブサが下に目を向けると、丸く平らな大地が身を起こすようにみえてくる。そこは白く輝いているが、あちこちに黒い岩や黒い木がある。旋回《せんかい》しながら上昇すると、それらはすべて小さくなり、下降すると、大きくなる。きこえる音は、翼の下のかすかなうなりと、自分の声だけだ。氷のかたまりから針金を引っぱり出すような細く鋭《するど》い声。「キーーーヤ！　キーーーヤ！」

太陽を堂々《どうどう》と見返す目は、いま冬の闇を見透《みす》かしている。一本の木がみえ、目をこらすと、枝についている松かさがみえ、また目をこらすと、針のような葉の一本一本がみえる。さらに目をこらすと、幹《みき》を駆け上がるネズミがみえる。

下に目をやると、岩がみえる。目をこらすと岩の割れ目がみえる。さらに目をこらすと、割れ目にひそむハタネズミがみえる。下に目をやると狐《きつね》がみえる。足跡《あしあと》を残しながら雪原を横切っている。氷の下の魚がみえる。

空を旋回すると、トナカイを追う人々のテントがみえ、トナカイがみえ、それを追う狼《おおかみ》たちがみえ、いつも腹《はら》を空《す》かしているクズリが木立のなかを駆けていくのがみえる。雪ウサギとオオヤマネコと熊がみえる。

しかしシロハヤブサはこの頃、こういったもの――木や人、トナカイや狼、魚やオオヤマネコ、狐や熊――を目にすることがいまではほとんど、いや、めっきりなくなった。目にするのは雪原に残る血の跡や、罠《わな》にかかり体をねじったまま凍りついた死骸《しがい》や、木の切り株。キーーーヤ！　キーーーヤ！

シロハヤブサは目当てのものをみつけて目を鋭くする。寒い空で円を描き、旋回しながら降下していく。下のほうに、男たちが短い列を作っているのが、雪を背景に黒くみえる。松林のなかをスキーで滑《すべ》っている。シロハヤブサは弧を描いて高度を下げながらそれをみつめた。

この男たちの話を（と猫は語る）これからしよう。彼らは猟師《りょうし》で、腹を空かせている。高く積もった雪の上を、木々の枝の間を滑っていくところは、まるで鳥のようだ。だれもみな、太った老人のようで、体は丸く、白いひげを生やしている。しかし、太ってみえるのはたっぷり詰め物をした暖《あたた》かいものを着ているせいで、ひげが白いのは年のせいではなく、白く凍っているからだ。頭を下げて滑っているのは、風に混じって飛んでくる氷の欠片《かけら》が顔をかすめるのを避《さ》けるためだ。ミトンをはめた手で弓をしっかり握《にぎ》り、フードや耳当てのついた高い帽子をかぶっている。矢筒《やづつ》がわき腹に当たり、中で矢が音を立てているが、獲物《えもの》はいない。このところずっとそうだ。

男たちは目をこらして右に左に首を振る。というのは、風がひっきりなしに吹きつけてくる雪の結晶《けっしょう》が凍《い》てついた空気のなかで騒々《そうぞう》しい音を立て、白と灰色と薄青色に揺《ゆ》れるベールを目の前に張るからだ。

風がやむと、氷の欠片が音を立てて雪の上に落ち、白い景色を背に木々が黒々と姿を現《あらわ》し、黒い空に銀色に輝く星が浮かぶ。しかし、ふたたび風が氷の欠片や雪を巻き上げると、星はかすみ、木々は縮《ちぢ》んだり大きくなったりするように、ときには大地から離れて歩きだすかにみえる。うごめく氷の雲を通してみると、そんなふうに思えてしまうのだ。

白いものが勢《いきお》いよく迫ってきた。男たちはスキーを横にして雪を飛び散らせながら止まると、頭を下げ、大声で叫《さけ》ぶ。シロハヤブサがふたたび迫ってくる。翼を立てるようにして、空から雪のなかに落ちてきたかと思うと、姿を変えた。なんだろう？　人のようだが、大人ほど大きくはない。少年だろうか？　しゃがんでいたが、立ち上がって、男たちのほうを向いた。はいているブーツが雪の表面にへこみをつける。猟師たちは矢筒から矢を抜くと、弓につがえた。

少年――それとも少女？　どちらなのかはわからないが、その子は木から飛び降りたか、空から落ちてきたかようにみえた。少年か少女かはわからないが、ひとりだ。この近くには野営地《やえいち》もなければ村もない。その子は、こんなに暗く寒いというのに、夏服で散歩でもしているかのようだ。

革のブーツは、男たちのはいているものと同じように模様《もよう》が刺繍《ししゅう》してあるが、着ているのは薄いトナカイ革のチュニックと半ズボンだ。どちらも、真鍮《しんちゅう》の輪《わ》と、ぼんやりした薄明かりにきらめく小さな鏡と、小さな骨や白い羽根をたばねたものをたくさん縫いつけてある。

しかし、手袋もはめていなければ帽子もかぶっていない。黒く長い髪が風になびき、みるみるうちに雪で白くなっていく。まるで一瞬にして、子どもが老人になったかのようだ。

猟師たちにもわかっていたが、人がこんなに寒いところで、こんな薄着で生きていられるはずがない。

だれひとり目を離すことができず、おたがい顔を見合わすこともできないでいる。しかし、だれもが心のなかで恐れていた。これは凍死した子どもの幽霊《ゆうれい》で、雪のなかでいっしょに凍《こご》え死《し》ぬ仲間をさがしているのではないか。

その子が近づいてきた。雪明かりのなかに浮かんだ顔をみて、男たちは自分たちと同じ顔立ちなのがわかった。しかし、かわいい少年のようでもあり、りりしい少女のようでもあった。その子は手袋をはめていない手を伸ばし、猟師たちのリーダーの腕に触れた。

「おじさんたち、寒い？」その子はたずねた。〈霜じいさん〉は人に、「寒いか？」とたずねるという。少年のような声だったが、しゃがれて、かすれている。まるで寒さのせいで枯れてしまったかのようだ。「あなたたちをさがしてくるようにいわれてきたんです」

男たちは仲間の顔をみた。だれか、どうすればいいか知っていればいいが、という表情だ。何人かはさらに弓を引き絞り、いつでも幽霊に向けて矢を放《はな》つつもりでいる。リーダーは腕に置かれた手をそのままに、その子の顔をみてたずねた。「だれにいわれて、わたしたちをさがしにやってきたのかききたい」

「おばあさんです」しゃがれた声が驚《おどろ》いたように答えた。「魔法使いをさがしているんでしょう？　みなさんを案内《あんない》するよう、いわれてきたんです」

猟師たちは声にならない声を上げた。闇のなか、顔の前に白い息が浮かび、ひげに白く凍りつく。男たちは後《あと》ずさったが、リーダーだけはその場を動かなかった。まるで腕に置かれた手に引き止められているかのようだ。弓を引き絞っていた男たちは手を下ろし、弦《つる》から矢をはずして矢筒にもどした。魔法使いの孫に矢を射るなど考えてもいなかったといわんばかりだ。魔法使いを怒らせてはならない。だが、男たちはその子の言葉をうれしく思ってはいなかった。

「森の幽霊についていくのか？　どんな目にあうかわかったもんじゃない！」

「いこう！　もう思い知ったじゃないか。魔法使いはこちらがいくらさがしてもみつかりっこないんだ。これまでさがしにさがしたけど、手がかりひとつみつからなかった」

「あれは氷の悪魔だ！　おれたちの顔に息を吹きかけて、凍《こご》え死にさせるつもりだ」

　リーダーはまだその子と向かい合ったままだ。「その言葉を信用していいのかどうか、われわれにはわからない」

　またしゃがれた声が答えた。それまでと同じ、いまにも途《と》切《ぎ》れそうな声だ。「おじさん、もしおばあさんがあなたたちに危害を加えるつもりだったら、使いの者を、矢の届くところまで送りこんだりするわけありません。それに、ひどいことをするつもりだったなら、この手でさっさとやってしまっています。あなたたちの気づかないうちに」

　リーダーはうなずいた。「案内を頼む。あとをついていく」リーダーはスキーを使って体のむきを変えると、仲間にいった。「ここに残ってもいいし、テントにもどってもいい。好きにしてくれ」

「いっしょにいきます！」ひとりが声を上げた。

「おれもいく！」もうひとりが恥《は》ずかしそうにいった。そして残りもしかたなくついていくことにした。

　その子は大きく白い笑みを浮かべて背を向けると、雪原を走り去った。駆けていく足の下で、凍りついた表面に音を立ててひびが入るが、割れることはない。猟師たちは弓で体を押し出し、スキーで疾走《しっそう》する。走っていく子どもの姿が渦巻く雪のなかに消えては、揺らめきながらまた現れる。

走っていく子どもは跳《と》び上《あ》がったかと思うと、羽根におおわれた両腕を広げ、羽ばたき、宙に浮いた。そしてシロハヤブサの姿になって舞い上がり、円を描きながら上昇し、また旋回しながら舞い下りて白い光となり、男たちの前に現れた。キーーーヤ！　月光のように白い鳥は男たちの先を飛び、黒々とした木の間を、白い雪原の上を、暗い空の下を導《みちび》いていく。

猟師たちはあとを追って、雪の上を滑り、リーダーは必死に鳥を見失わないようにした。後ろについてくる者たちは、あまり考えることもなく、不安になる一方で、振り返っては寒さと闇に目をやる。後ろからは風が追いかけてくる。そのささやきが、震《ふる》える氷の結晶のさざめきとざわめきのなかに響く。「寒いかい、わしの子どもたち。寒いかい？」

シロハヤブサが猟師たちを導いていく。森のなかを、ぼんやりした雪明かりに照らされた闇と風のなかを。その先の松林のなかに雪が盛りあがったところがある。そこから黄色い光が何本か伸びて雪を照らしている。小さな家だ。雪が屋根に厚く積もり、家のまわりをすっぽりつつんでいる。まるで雪の板、雪の模様、雪のよろい戸、雪の桟《さん》、そして雪の屋根でできた家のようにみえる。屋根から突き出て煙を上げている煙突《えんとつ》だけが、雪をかぶっていない。

雪は深く積もって家は埋《う》もれているが、扉は凍りついた雪の上のほうにある。猟師たちはおびえて仲間の顔をみた。扉がこんなに高いところにあるのは、雪に隠《かく》れてみえないが、家の下に大きなニワトリの脚《あし》がついているからではないかと思ったからだ。よくきかされた話のなかではいつも、ニワトリの脚で歩き回る家には魔法使いが住んでいる。そして実際、肌を刺す灰色の霧《きり》のなかを滑って家のそばに近づいてみると、眠そうなニワトリの鳴き声のようなものがきこえてきた。

シロハヤブサは小さな家のまわりを旋回しながら、鋭く冷たい鳴き声を上げると、雪の上に落ちてきた。落ちると同時に姿を変えた。かわいい少年のようでもあり、りりしい少女のようでもある。

猟師たちは足を止めて身を寄せ合い、仲間の肩ごしに前をみつめている。魔法使いの話はよくきかされたし、自分たちもよく語ってきた。その魔法使いの家を実際に目の前にすると怖くてたまらない。魔女の住むというジンジャーブレッドでできた家をみるようなものだ。

「なかに入ってください。寒いでしょう」魔法使いの孫がいった。

リーダーは家の前までいって、スキーをはずした。雪の上を滑る木の板のこすれるような、きしるような音をさせながら、ほかの男たちも同じようにした。そしてスキーの板と弓を家のまわりの雪にまっすぐ突き刺すと、おどおどとリーダーのほうをみた。リーダーは先に立って、魔法使いの孫のあとから小さな家に入った。

リーダーが外側の扉からなかに入ると、男たちが次々に続いた。外に取り残されるのが怖かったのだ。外扉と内扉の間の狭《せま》い場所で押し合っているうちに、内側の扉が開いた。なかはひとつの部屋になっていた。

それは木作りの部屋で、金色とクリーム色と白の板でできていて、部屋のなかでは、ロウソクの明かりが、まるで輝く薄いカーテンのように揺れ、埃《ほこり》っぽく、木の香りが漂《ただよ》っている。部屋の隅《すみ》のほうで、天《てん》井《じょう》から壁にかかっているクモの巣のようにみえるのは影だ。壁《かべ》にはリュート、小ぶりの打楽器、横笛《よこぶえ》。大きな楕円《だえん》の太鼓《たいこ》の革には赤い模様が描いてある。猟師たちの目は太鼓に釘付《くぎづ》けになった。知らない者はいない。ゴーストドラム、魔法使いの証《あかし》だ。

ロウソクの明かりは、いろんな楽器のつやのある表面に白い炎のように映り、楽器と壁の間は暗い影になっている。

ストーブのせいで部屋はとても暑く、分厚《ぶあつ》い服を着こんだ猟師たちは汗をかき、帽子やミトンを脱いで、コートの前を開けた。魔法使いの孫が膝《ひざ》をついて、リーダーがブーツを脱ぐのを手伝った。ほかの男たちは、近くにいる仲間の肩につかまってブーツを蹴《け》るようにして脱いだ。魔法使いの孫は猟師たちのコートと帽子を集めて回り、それを壁際の大きな収納箱の上に放った。

部屋のまん中には木のテーブルと、木の長椅子《ながいす》と丸椅子がある。テーブルには所狭《ところせま》しといろんなものがのっている。黒パンを盛った皿、ウォッカの入った水差し、干《ほ》し魚《ざかな》やチーズや果物を盛った鉢。猟師たちはそれをみると口の中につばがわいてきたが、臆病《おくびょう》なので、自分たちのために用意してくださったのですか、とはきけなかった。客がくればまず座ってもらい、食べ物や飲み物を暖かいところで楽しんでもらい、そのあとでひとつ質問をするものだということくらいはわかっていた。しかし、魔法使いがそんなに歓迎《かんげい》してくれるとは思えなかったのだ。

「座ってください、おじさんたち。どうぞ食べてください」魔法使いの孫にいわれると、猟師たちはすぐに長椅子をまたいだり、足で丸椅子を引きよせたりした。そして尻が木に触れるまえに手を伸ばし、食べ物をつかんで口に押しこんだ。腹がへってたまらなかったのだ。

部屋の隅に大きな箱のような戸棚があり、なかにベッドがある。戸棚の両開きの木の扉は、すきま風が入ってくるときは閉められるようになっている。扉にはからみあった線やハートの模様が刻《きざ》まれ、花と小鳥でにぎやかな木の葉をかじっている鹿《しか》が描かれている。片方の扉が開いている。魔法使いの孫はそこからなかに入ってベッドに座った。

リーダーが顔を上げた。口にはパンと魚を頬張《ほおば》っている。すると箱のもう一方の扉が勢いよく開いた。ベッドをおおう暗がりにだれか座っている。小柄で、背中が曲がっていて、男たちをじっとみている。小さくて骨ばった手には、からみあった静脈《じょうみゃく》が浮かび上がっている。その手がロウソクの火明かりのなかに伸びてきて、ベッドの端に座った子の手を取った。

リーダーはウォッカを注いだコップを上げて、ベッドにいる老婆《ろうば》に向けた。姿はぼんやりとしかみえない。「おばあさんに乾杯《かんぱい》！　歓迎、ありがとうございます！　長寿《ちょうじゅ》と幸運があらんことを！」

ベッドの暗い影のなかから、老いてしゃがれた笑い声がきこえた。長いこと使ってきたせいで、すり切れて消えてしまいそうな声だ。「長寿はもう十分だ、息子よ。幸運も自分で招《まね》いてきた――が、その気持ちはありがたくもらっておくよ。好きなだけ食べるがいい――外は寒いからね！　食べながらでいいから、なんで魔法使いをさがしているか教えておくれ」

「これをみてください」リーダーはそういうと立ち上がって、ベルトの下にはさんである物を引っぱりだし、子どものほうに放った。「それをおばあさんにみせてくれ。これが何かわかるかどうか知りたい」

それは楕円形の小さな皮で、細く長い毛でおおわれている。子どもは何度かひっくり返しては、その長い毛をなでて首をかしげた。

ベッドのなかからしゃがれた声がした。「頭にのせてごらん、かわいいパンケーキ。そうすればわかる――人間の頭の皮と髪だ」

リーダーはうなずいた。「わたしの弟の頭の皮です」

子どもはそれを床の上に落としてしまった。「これこれ」老いた声がたしなめる。「いま着ているシャツを投げ捨てたりしないだろう。それはトナカイの革で作ったものだ。人の頭の皮だって同じだよ」

「トナカイは仲間を殺して皮を剝《は》いだりしません！」子どもがいった。

ベッドのなかから耳障《みみざわ》りな笑い声がした。「そりゃ、トナカイがナイフを持てないってだけさ！」

リーダーは頭皮を拾《ひろ》って、またベルトの下にはさんだ。「皇帝《こうてい》の猟師たちの仕業《しわざ》です。皇帝のことはご存じですよね、おばあさん。この土地も、この土地に住んでいる者もすべて自分のものだと断言している男です」

老婆の声はおもしろがっているようだった。「その皇帝のことはきいたことがあるよ」

「おばあさん、皇帝は部下をわたしたちの住んでいる北の地に送りこんでいて、その数は増える一方です。そして川や湖で漁《りょう》をし、わたしたちの獲物を狩《か》り、木を切《き》り倒《たお》し――」

「やつらはこの土地を殺そうとしているんです、おばあさん」別の男がいった。

老婆の声は、ロウソクのぼんやりした明かりと細かい木屑《きくず》のむこうからかすかにきこえてきた。「このかわいい娘からきいているよ」醜《みにく》く老いた手が、少女の長い黒髪を引っぱった。「とんでもない知らせが年寄りのもとに届いている――きこりが木を切り倒し、猟師が動物を殺し、漁師《りょうし》が魚を殺しているんだってね！　驚いたね。びっくりして死んでしまいそうだ！」

年若いりりしい女の子が「おばあさん、わたしは――」といいかけたが、すぐに口を閉じた。老婆が木の枝のような手を上げて止めたからだ。

人がいっぱいで暑い小さな家のなかが、しんと静かになった。きこえるのはストーブの火が燃える音と、家が自分にささやきかける声だけだ。

「おばあさん」リーダーが口を開いた。「われわれはみな、おたがい殺し合って生きています。世界はそんなふうにできているからです。しかしいままではずっと、ふたたび大地を満たすのに必要な数の動物や木を残してきました。いままではずっと、死者を送る歌《ゴーストソング》をうたい、霊を無事《ぶじ》、死者の世界《ゴーストワールド》に送ってきました。ところが皇帝の猟師たちときたら、おばあさん——死者を送る歌《ゴーストソング》を知らず、ただただ殺しつくしてしまうのです」

「ビーバーや狐や狼を殺すだけじゃないんです」ほかの男がいった。

「そうなんです——やつらはおれたちのトナカイまで殺すんです、おばあさん！　これから皇帝の家に黄《おう》金《ごん》を盗《ぬす》みにいきたいくらいです」

そうだそうだという腹立たしそうな声が上がり、足を踏《ふ》み鳴《な》らす音が響いた。「そうだ、おれたちのトナカイを殺した——それで、おれたちが止めようとしたら——」

「あいつらはおれたちを殺した！」

またベッドのなかから笑い声がきこえてきた。「おまえたちだって、ほかの一族の者を殺してトナカイを奪《うば》ったことがあるだろう？　人間はいつでも殺し合うもんだよ」

騒々しかった男たちの声が沈黙《ちんもく》した。みな、食べるのも忘れてしまったかのようだ。

「そのとおりです、おばあさん」リーダーがいった。「しかし、きいてください——皇帝の漁師たちは目の細かい網《あみ》を使って川の魚を、大きいものも小さいものも、一匹残らずさらっていくのです。今年獲《と》りつくしてしまえば、来年獲る魚はいなくなります。

それに木もすべて切り倒してしまうのです。罠で鳥をつかまえると、卵まで持っていきます。われわれは、ここでずっと暮《く》らして、ここで猟《りょう》をしてきましたが、猟をするときの決まりを守ってきました。ところがいまでは、皇帝の罠にかかった獲物を盗みでもしなければ、食べるものがない状態です。そうなれば、皇帝の猟師たちは、皇帝のものを盗んだといって、われわれを撃ち殺すでしょう！」

「それはかわいそうだね、息子たちよ。だが、なんでそんな話をしにきたんだね？」

男たちは返す言葉がなかった。コップを置き、仲間と顔を見合わせ、箱のなかの闇に目をやる。

女の子が小声でいった。「おばあさんに助けてほしいと思っているんです」

「だが、どうすれば助けてやれると思っているんだろう」

「おばあさん、わたし、夢をみて――」

「お黙《だま》り」老婆がいうと、女の子は口をつぐんだ。「みんな、よくきくがいい」魔法使いはベッドに座ったまま身を乗りだした。ロウソクの明かりが当たるようになって、初めて猟師たちはその顔をみた。それは年寄りなどというものではなかった。骸骨《がいこつ》に、しわだらけの古くて薄い皮を張ったかのようだ。いまにも折れそうな骨に肉がひっかかっているばかりで、肌は数え切れないほどのしわが縦《たて》に横に、深く細かく刻まれている。下まぶたは年のせいで垂れ下がって、赤い縁《ふち》がのぞき、ちゃんと目を閉じることもできない。唇《くちびる》は茶色の歯をおおうこともできず、口の端《はし》からはよだれが垂れている。細くて白いひげがあごと鼻の下に生えていて、頭にはほとんど毛がない。年のせいで恐ろしい姿になってしまっている。何人かの男は思わず身を引いたが、ベッドに座っている女の子は老婆の手を握《にぎ》ったまま、男たちに話しかける老婆の顔をみつめている。そのまなざしには敬意と愛があふれている。

「こんな寒いなかをさまよっているのがかわいそうで。それであたしのかわいいハヤブサをやったんだ。あんたたちをみつけだして、ここに連れてきてもらおうと思ってね。さあ、好きなだけ食べて、食べたら、うちにお帰り。仲間のところへね。おまえたちの求めている助けは、どこにもないんだから」

女の子がいった。「北の地は死にかけているんです、おばあさん」

「あたしはずいぶん長いこと生きてきた。三百年以上だよ」老婆はそういうと息をついだ。息が切れたのだ。「その間、数え切れないくらい耳にした。『助けてくれ、世界が破滅する！』という声をね。だが、世界は破滅したりしない。ただ変わるだけだ。世界は変わらなくちゃならないんだよ、常にね。なぜなら、変わらないということは意味がないということだからだ。死んだ者さえ変化する。ところが生きているものは変わることを恐れ、死を恐れる」老婆はベッドに座ったまま猟師たちのほうに顔を突き出した。「よくきくがいい！　あたしもほかの魔法使いも、おまえたちのためにこの変化を止めるようなことはしない。できるとしても、しない。さあ、仲間の待っているところに帰るがいい」そういうと老婆は箱のなかの暗がりに横になった。あとにはとぎれとぎれに息をする音がきこえるだけだ。

テーブルについていた男たちは、食べ物を口に入れるどころか、がっくり頭を垂れている。天井の隅のほうから影が下がってきた。揺れながら壁や人の姿をぼんやりと照らすロウソクの光は、ゆらゆらと燃える水のようだ。

静まりかえった部屋のなかに女の子の声が響く。「おばあさん、夢をみたんです。とても恐ろしい夢でした。男の人たちが北の地にやってくるんです。みんな革紐《かわひも》につながれていました。その革紐をすべて握っている男の人がいて、その人は山の上に座っていて――」

「かわいい娘」老婆は声をかけた。息が弱く、なんとかききとれるくらいの声だったが、少女はすぐに口をつぐんだ。「おまえはまだ魔法使いじゃない。まだ見習いだ。優秀な見習いだが、魔法使いじゃない。だから、ここは黙っておいで」少女はうなだれた。あちこちに白いビーズが輝く長い黒髪が垂れて、顔を隠した。

「あたしのことはよくわかっただろう」しばらくして老婆があえぐような声でいった。「おまえたちの言葉に耳を傾《かたむ》ける魔法使いといえば、あたしくらいしかいない。だが、いくらあたしでもおまえたちを助けることはできない。ここにいる幼《おさな》い娘がみえるかい、あたしの弟子《でし》だ」老婆が体を起こそうとすると、少女がすぐに立ち上がって枕元にすわり、老婆の体を持ちあげて自分の肩に寄りかからせた。「あたしは三百年の命を、あたしのおばあさんからさずかった。あたしが魔法使いになったときにね。そしてそれから三百年、自分の弟子が生まれるのを待っていた。あたしはずっとまえに死者の世界《ゴーストワールド》にいってもよかったんだが、この娘をひとり置いていくのはしのびなくてね……そしてこうやって生きつづけてるうちに、骨にこびりついた埃みたいになってしまった。脚は体を支えちゃくれないし、背骨は曲がったきり、もう曲がらなくなった。これが魔法使いとしての最後の務めだ。これを終えたら、死者の世界《ゴーストワールド》にいく。おまえたちにほかの魔法使いの助けを借りに遠くまでいくことを思いとどまらせたらね。魔法使いはおまえたちの助けにはならないよ、息子たちよ。力を貸してやりようがないんだ。あらゆるものは変わらなくちゃいけないからね」

「しかし――」リーダーがいいかけた。

「しかし、その連中《れんちゅう》は北の地を殺そうとしている。そうだね！」老婆がかすれた声でいった。「もしそれが本当なら、おまえたちはその死とともに生きなくちゃいけない。それか、その死とともに死ぬか。それだけのことだ。あたしはもう休む。今度の旅は長い。食べ物は好きなだけ食べていくがいい。なんなら、ここにいて、あたしが死者の世界《ゴーストワールド》にいくのを見物してもいいよ。さあ、寝かせておくれ」そういわれた少女は老婆をそっとベッドに横たえると、ベッドからおりて、大きな箱の扉を閉め、すきま風と光が入らないようにした。

　リーダーが立ち上がっていった。「さて、いくとしよう」ほかの男たちも立ち上がって、ブーツをはき、たがいにコートや帽子を放って渡した。

「待ってください、おじさんたち――もっと食べていってください」少女が声をかけたが、だれひとり振り返って返事をしようとはしない。ブーツをはいて足踏みをし、ミトンをはめ、コートのボタンをとめると、歩いていって扉を開け、押し合うように出ていく。

　冷たい風が、弱いが鋭い風が、暖かい小部屋に吹きこんで隅から隅へはっていきながら、熱を奪う。男たちは先を争《あらそ》うように扉から出ていく。そのうち扉が音を立てて閉まり、すきま風がやむ。

　少女は窓の前までいってよろい戸を少し開け、灰色に煙《けぶ》る霧のような雪に目をこらした。男たちの姿がぼんやりみえる。あたりは灰色だったがみるみる暗くなっていき、猟師たちを飲みこんでしまった。少女はさびしくなった。男たちの姿はもうみえない。少女の頭のなかに、男たちが寒いなかうちまで必死にもどっていって、結局なんの成果もなく、すべてむだに終わったと報告しているところが浮かんだ。

　しかし、この男たちはこの話からも消えてしまう（と猫は語る）。これ以上、話すことはないからだ。

　少女は大きな箱の前までもどった。両扉のすきまから、老婆の苦しそうな息づかいがきこえてくる。少女は丸椅子を足で動かして箱にくっつけると、それに座り、肩を落としてうなだれた。黒くて長い髪の陰に顔が隠れる。

　片方の扉がきしみながら開いて、老婆の声がきこえてきた。「ひどいやつだと思っているんだろうね、かわいい娘。だが、あたしは学んできたんだ。一本の糸を引っぱると、何本もの糸が引っぱられる。そしてそれがさらに何本もの糸を引っぱる。ひとつだけ変えることはできないんだ。ひとつを変えれば、ほかの多くのことが変わる。その結果がどうなるかは、とてもわかったもんじゃない。正そうとして、よけいにひどくなることだってある」

　少女がいった。「おばあさん、わたしは同じ夢をもう何度もみたんです。男の人が――皇帝が――山の上に座っていて、その山は切り倒した木と、人間や動物の死体や毛皮でできているんです。皇帝がつかんでいる革紐にはたくさんの人がつながれていて、それは北の地に送りこまれた人たちなんです。その人たちは狩りをして、漁をして、木を切り倒しています。そしてすべて皇帝のもとに持ち帰り、皇帝の座る山をさらに大きくしていきます。それでも皇帝は次々に人を送りこんできて、そのうちこの星空の下には雪と木の切り株以外何もなくなってしまいます。すると今度は、その人たちがここに山をいくつも作りはじめるんです。ここ、この北の地に。いくつもいくつも山ができて、南にいた人たちがその山に住むようになります……そして北の人たちはいなくなって、残るのはネズミとノミだけ。新しくやってきた人たちはみんなさびしくてさびしくて病気になって、まるで檻《おり》に閉じこめられた動物みたいに……」

「これから先、そうなるってことだね」魔法使いがいった。

「でも、おばあさん、あの人たちは――皇帝の革紐につながれているんです。皇帝に命令されてやってくるんです。皇帝はもどってこいと命令することだってできます」

「みんながそれに従うかね？」

「みんな従いますよ、おばあさん！　わたしはまだ見習いで――北の地全部を守ることはできません――でも、だれかひとりに呪文《じゅもん》をかけることくらいはできます。皇帝も人間ですよね。呪文をかけて、部下を呼びもどさせることくらいはできます。おばあさんなら簡単にできます。わたしがそれをするとしたら、皇帝のいる街までいかなくてはなりません。でも、おばあさんならここでベッドに寝たまま、皇帝の夢のなかに歩いていけるじゃありませんか。おばあさん――」

　老いた魔法使いはシーツを引《ひ》き裂《さ》くような音を立てて、ため息をついた。「すべてのものは変わらなくちゃいけない。すべてのものは死ななくちゃいけない。それを止めるような言葉はひとことだって口にしないし、そんな歌はひと節《ふし》だってうたわない」

　少女はいらだたしげに立ち上がった。「では、なぜ、わたしはあんな夢をみさせられたのです。魔法使いなんて、いてもしょうがないじゃありませんか。魔法使いであることになんの意味があるんです？」少女はそこまでいって、怒りをそがれた。というのは、老いた魔法使いが声を上げて笑ったからだ。

「魔法使いなんてなんの役にも立たないんだよ、かわいいパンケーキ。魔法使いは、死者の世界《ゴーストワールド》で夢をみている人たちと同じなんだ。そこの人たちは魔法使いの夢や、ほかのいろんな夢をみているんだよ。この北の地になんの意味がある？　トナカイを追う連中にどんな意味がある？　木や魚やハヤブサにどんな意味がある？」老婆はベッドに横になって息をつぎ、少女はまた丸椅子に座った。「薪《まき》は積み上げてくれたかい？　今夜、あたしはいかなくちゃいけない」

少女は丸椅子から立ち上がり、ベッドに寝ている老婆の横に寝転がった。そして顔をおばあさんの肩にあてて、幼い頃よくしたように抱きつく格好《かっこう》になった。しかし、老婆の体はいまにも崩《くず》れてしまいそうな骨と埃のかたまりだ。少女はそんなことにならないよう、髪の毛一本分だけ、三百歳の体から身を離している。老婆は少女の頭に手を置いて、指でその長く黒い髪をなでた。最後にもう一度、指に伝わる温《あたた》かくなめらかな感触《かんしょく》を楽しんだ。柔《やわ》らかいが手応《てごた》えのある感触はまるで生糸《きいと》のようだ。

「あたしにいってほしくないんだね」老婆はいった。「だが、あたしはもう長くいすぎた。これ以上ここにとどまっていたら、粉々になって風に吹き散らされてしまう。そうしたら、あたしだったものはすべて消えてなくなってしまう。できることなら……。だが、できることならと考えたところでしょうがない。ただ、おまえに死者の世界《ゴーストワールド》へいく道を教えてやれなかったのが心残りだ、おまえを魔法使いにしてやれたらよかったと思う――」かすかな声が途切れかかった。それは疲れと息切れのためか、それとも悲しみのためかはわからない。「あたしから煙《けむり》が立ちのぼるのを見届けたら、東に住んでいる妹のところにおいき……おまえに教えてくれるはずだ。時間がなくてあたしが教えてやれなかったことをね。そしておまえを、死者の世界《ゴーストワールド》にいるわたしのところに連れてきてくれる。あたしはおまえを待っている。きてくれれば、おまえに三百年の命を与えることができる」

少女は体を起こしたが、うつむいたままで、長い髪で顔が隠れたままだった。「いってしまうんですね。この国は死んでしまいます……」

老婆は、少女の髪の陰から自分の顔と腕に涙が落ちるのを感じた。「シンジビス」老婆は少女の本当の名前で呼びかけた。「あたしだって死にたくはないんだ。だが、いかなくちゃいけない。この国は死ぬ。

すべてのものはいずれ死ぬ。悲しいことだ――が、悲しいことはたくさんある。もしあたしたちが悲しいことを知るたびに泣いていたら、涙で海はあふれ、大地は洪水に飲みこまれてしまう――そして大地は大きな海になってしまう。それこそ悲しいじゃないか。あたしたちはまた泣かなくちゃいけなくなる！」老婆は息を切らせながら、痛々しい声で笑った。

　シンジビスはさらにうなだれて、肩を震わせたが、笑ったわけではない。

「さあ、あたしを薪のところに連れていっておくれ」

　シンジビスは分厚いコートを着て帽子をかぶり、ミトンを手にはめた。それらは、温かい羽根に包まれていたときには必要ないものだった。それからベッドの扉を大きく押し開け、家の内扉と外扉を開け、丸椅子を置いて閉まらないようにした。冷たい冷たい風が家のなかに吹きこんでロウソクが何本か消えてしまうと、上のほうにいた影がはいおりてきた。

　シンジビスはベッドの上にかがみこみ、老いた魔法使いを両腕に抱《かか》え上《あ》げた。老婆は重かったが、シンジビスはたくましく、それほど重くは感じなかった。老婆を抱えて部屋を歩き、扉から外に出た。

　ロウソクの燃えていた暖かい家から、闇のなかに、冷気のなかに、深い冬のなかに出ていく。風が甲高《かんだか》い声を上げて家の角に吹きつけ、鋭いナイフの刃のように切りつける。頭上の空はどこまでも広がり、黒く、高く、星とともに凍っている。白い雪原が、ところどころ黒い木々で途切れながら続き、夜明けの灰色の霧に煙《けぶ》ったかと思うと、さらに深い闇に染《そ》まっていき、遠く彼方で黒い空とつながっている。シンジビスの足の下で、凍りついた雪の表面が音を立て、ときどき足首まで飲みこむが、そのおかげで倒れずにいられる。白い雪をおおう氷が輝いている。はるか彼方で、黒い空を背景に星がまたたいている。

薪の山は、小さな家のすぐそば、森のなかに作ってあった。木の枝を組んだ山の上に毛布が広げられ、その上をうっすらと雪がおおっている。シンジビスは背中と肩に力をこめて老婆を持ちあげ、毛布の上にそっとのせた。それから雪の上を小さな家まで駆けもどり、ゴーストドラムを取ってきて、魔法使いの手に握らせた。そのほかに飲み物の入った瓶《びん》と、燻製《くんせい》にしたトナカイの肉をひとかたまり。それらを老婆の横に置いた。

それからもう一度、家まで駆けもどったが、今度持ってきたのは陶器《とうき》の壺《つぼ》で、なかには暖炉《だんろ》から取った火が入っている。シンジビスは薪の山にのぼって座り、ミトンをはめた両手で壺を持ち、おばあさんの顔をみつめた。凍りつくような風が何本もに編んだ黒髪を吹き上げ、顔をかきむしっていくが、じっと座ったままだ。

「さあ、薪に火をつけておくれ、シンジビス」

「怖いんです、おばあさん。わたし、魔法使いになれなかったら、どうなるんですか」

「きっとなれるよ、あたしの賢《かしこ》い女の子」

「でも、もしなれなかったら――鉄の森で会えないじゃありませんか」

老婆は片手を伸ばして、風になびく編んだ髪を一本つまんだ。そしてやさしくシンジビスの頭を引っぱって下げさせた。「シンジビス、いつだって怖がる理由はある――だが、扉から鼻を突き出すときはいつも、いいかい、かわいい娘、勇気を持って、恐れはうちに置いていくように。あたしのいうとおりにしなさい。あたしの妹のところにいって、いろんなことを教わって、魔法使いになるんだ。この北の地を愛しすぎてはいけない。それから、皇帝のところにいって呪文をかけようなどと考えてはいけない。皇帝は、北の地に住んでいる素朴《そぼく》でまともな人間じゃないからね」

老婆はシンジビスの髪を放し、弟子のミトンをはめた手を取ると、切れ切れの声でいった。「たしかにただの人間だよ、あの皇帝は——だが、心は割れた鏡みたいなもので、いろんなものを映すが、すべてゆがんで映る。あたしは遠見《とおみ》の鏡《かがみ》でみたことがあるんだ。あの男に呪文をかけるのは、鋭いナイフと鉤針《かぎばり》の箱に手を突っこむようなものだ」老婆は弱々しい手でシンジビスを引きよせた。「手を出すなんて危険《きけん》きわまりない。もし魔法使いになるまえに死んでしまったら、死者の世界《ゴーストワールド》の門はおまえが入ったらそれきり、二度とおまえのためには開かない。おまえは鉄の森でさまよい、あたしがおまえに会ったとしても、おまえにはあたしがわからない。東にいるあたしの妹のところにいくように——さあ、ここから下りて、薪に火をつけておくれ。ここは寒い。火がほしいんだ！」

シンジビスはかがんで老婆の顔にキスをした。その顔に生えているひげはとがっていてシンジビスの顔を刺したが、年老いて薄くなった肌はとても柔らかく、さわっても触れているのかいないのかわからないくらいだ。キスが終わると、もうほかにはすることも、いうこともない。シンジビスは下におりて、小枝の束《たば》に火をつけた。

あたりの冷気はすさまじく、体が凍りついてしまいそうだったが、湿気《しっけ》はない。すぐに火がつき、小枝は闇のなかで燃えあがった。小枝の火は太い枝に燃え移り、やがて火が薪のあちこちから跳びだして、うなり声を上げはじめた。シンジビスは熱くないところまで後ずさって、氷の上で燃えさかる炎をみつめた。そのむこうには闇が広がっている。

薪の上に横たわっている老婆はしばらく何もいわなかったが、そのうち、火と風の音にまぎれて声がきこえてきた。自分よりもっと古い歌をうたっている。この世界から死者の世界《ゴーストワールド》への旅の歌で、どんな道をたどるのか、どんな危険が待っているのかが語られる。そのうち声が弱々しく細くなって、遠くへ遠くへ消えていった。最後の言葉はききとれなかった。門までたどりついたのだ。

薪の炎が、揺れながらちらつく火明かりを雪に投げかけては、長い影を引きよせている。シンジビスはすさまじい熱を受けて後ずさる。顔はほてっているものの、その熱のせいで、背中に吹きつける風はよけいに冷たく、体が固まって動けなくなってしまいそうだ。目のさめるような赤い火花が黒と銀の空に向かい、赤く照らされた雪は血で染まっているかのようだ。枝が燃える強烈《きょうれつ》なにおいで息苦しくなったシンジビスはさらに後ずさる。

シンジビスは美しい炎をみつめて立っているが、心のなかではふたたびシロハヤブサになって、円を描きながら飛んでいる。

シロハヤブサは太陽を堂々と見返すことができる。高みを飛んでいても、松の葉一本、ネズミ一匹までみることができる。

ほかのものもみえる。傷つけられたものもみえるし、これから傷つけられることになるものもみえる。木々が切り倒されて切り株になり、霧のような雪のなかに城壁《じょうへき》がそそり立つのもみえる。広い大地が道で切り分けられ、もっとたくさんの町へ続き、狐や狼が毛皮の帽子やコートになるのもみえる。罠が仕掛《しか》けられ、馬に乗った猟師がやってくる。悲鳴がきこえる。雪が赤く染まる。暖炉の明かりはない。狐やネズミやノミは町でも生きられる。しかし、狼や熊や、オオヤマネコやビーバーは生きられない。森も生きられない。

魔法使いになったところで、何もしなければ、いったいなんになる？

シンジビスは寒さで凍えそうになりながら、消えかけている火から足を引きずるようにして離れていった。闇と月と雪明かりが作る銀色に輝く霧のなか、黒々と立つ木の幹が縞《しま》か格子《こうし》にみえる。まわりの木々は、雪の奇妙《きみょう》なコートやマントをはおっているようにみえる。雪だまりは風に吹かれてなだらかな曲面《きょくめん》を作り、あたりは一面かたい霜で輝いている。

風が吹きつける小さな家の扉までやってくると、風に乗って霜じいさんの声がきこえた。「寒いかい、わしの子どもたち。寒いかい？」

なかに入ると、スキーをさがして、袋に食べ物を詰めた。壁にかけてある弓と、矢の入った矢筒を取った。皇帝の街までいくにはこれだけあれば十分だ。シンジビスは魔法使いではなかったし、魔法使いになろうとも思わなかった。ゴーストドラムはいらない。

出ていくまえに、水をかけてストーブの火を消し、燃え残りをかきだした。これで家はすぐに死んでしまう。シンジビスは家に、死者の世界《ゴーストワールド》にいく歌をうたってやった。どの道をいけばいいのかを教え、ニワトリの脚で歩いていって、鉄の森にいるおばあさんをみつけるようにいった。

こうしてシンジビスは皇帝に呪文をかけにいった（と猫は語る）。

シンジビスがそこに着くまでのあいだ、この皇帝のことと、皇帝の街のことを話すとしよう。

第二章
皇帝とイギリス人と小さな悪魔

猫は木のまわりを歩き、落葉を踏みながら、金の鎖を鳴らしている。

話すことがたくさんあるので（と猫は語る）、しばらく、シンジビスという女の子のことは忘れてほしい。あの子がこの物語にふたたび歩いてやってくるにはまだまだ時間がかかる。

ここでは（と猫は語る）、あの少女が呪文をかけようと思っている男のことを話さなくてはならない。

北の地の支配者、地上の神、大いなる権力者、人民の父、皇帝グロズニ。その心は割れた鏡のように、多くのものがはっきりと映るが、どれもゆがんでいる。

それからイギリス人、リチャード・ジェンキンズと、彼が所有している少年のことを話そう。

しかし、なによりもまず、皇帝の街と皇帝の宮殿《きゅうでん》のことを話さなくてはならない。

その街は大きかった。皇帝の兵士たちのための高い兵舎《へいしゃ》がいくつもあり、行進をするための練兵場《れんぺいじょう》がいくつもあった。いくつもある鋳造場《ちゅうぞうじょう》は騒々しく、冬でも熱く、兵士たちの武器を作っていた。

数え切れないほどある役所は皇帝に仕《つか》える役人の仕事場だ。皇帝の金や穀物《こくもつ》や、宝物や書類を保管する倉庫《そうこ》もある。罪人や皇帝の敵《てき》を閉じこめるための牢《ろう》もある。街の広場には絞首台《こうしゅだい》があり、罪人や皇帝の敵の死体がさらしてある。そして橋という橋の欄干《らんかん》、門という門の脇《わき》には杭《くい》が立っていて、処刑された人間の首が刺してある。

教会もある。街のあらゆる場所にそれはそれは多くの教会がある。その金色に塗《ぬ》られたドームの下、暗い建物のなかでは、ロウソクが燃え、聖人や天使を描いた絵がぼんやり輝き、燃える香《こう》のにおいが漂い、司祭たちがみんな「地上のわれらが神、皇帝に仕えよ！」と唱《とな》えている。

そして家。通りという通り、道という道、小路という小路に家が建ち並んでいる。壁は木で、屋根も木で、床もよろい戸も家具もすべて木でできている。金持ちの大きな家にはたくさんの木の部屋があり、木の階段があり、いたるところにぜいたくな彫刻がほどこされている。小さな家もあれば、さらに小さな家もある。貧しい人々の住む粗末《そまつ》な家や、みすぼらしい家は、窓は割れ、扉のまわりには寒さよけに紙や布が詰めてある。

おしゃれな店もある。その木の壁やガラス窓を冬の闇のなかで明るく照らしているのは、しゅーしゅー、ふっふっと音を立てて大きな火を燃やしているオイルランプだ。店のなかでは、オイルの燃えるにおいと商品のにおいが混じっている。オイルの燃えるにおいと飴細工《あめざいく》のにおい、オイルの燃えるにおいとフレイバーティーのにおい、オイルの燃えるにおいと革のにおい、また肉屋では、オイルの燃えるにおいと新鮮な肉の血のにおいが混じっている。

そして通りでは、冬でも、木の屋台が並び、行商人が木のトレイにのせた物を売る。勢いよく火の燃えている鉄の火鉢《ひばち》があちこちに置いてあって、屋台の物売りや客が、まっ赤になった石炭や燃えている薪のまわりで、いっしょに暖を取っている。

川岸には木の桟橋《さんばし》があって、そこには木造船が毎日やってくる。そして木造の倉庫が、船の運《はこ》んでくる品物を保管する。貧しい人々が、自分たちには絶対買えない品物を船からおろす。紅茶、絹、琥珀《こはく》、香《こう》水《すい》、金や銀の小さなかたまり。貧しい人々はそれらを木の荷車にのせ、木のブロックを敷《し》いた道を通って、街のなかへ引いていく。

街の木の門――皇帝の敵の首が串刺しになっている――を、さらに多くの荷車が通っていく。それにのっているのは、木の樽《たる》に詰めた生魚や塩漬《しおづ》けの魚、木の檻に入れた生きた鳥、そして冬でも、木のかごに入れた新鮮な野菜や果物だ。

なんでも飲みこむ巨大な街、皇帝の街は国中でとれるものをすべて引きよせ、飲みこむ。果物、穀物、野菜、肉、毛皮、材木、鉄、塩、金、石炭――とても全部は語れないし、きくほうもきいていられないだろう。

しかし、なにより木だ。街は切り倒されてもう大きくならない木でできているにもかかわらず、どこまでも大きくなっていく。何千本もの木が切り倒されて、この街がおこり、さらに何千本もの木が切り倒されて、この街が大きくなってきた。いくつもの森が森ごと切《き》り払《はら》われ、この街に引っぱってこられて、木の墓場《はかば》に横たわった。そして死んだ木はミイラのように乾燥して利用された。壁や、柵や、扉や、窓枠や、車軸《しゃじく》や、バケツや、鉢や、スプーンや、丸椅子や、木靴や、楊枝《ようじ》を作るたびに木を殺さなくてはならない。
そしてこのまぶしい、騒がしい、悪臭《あくしゅう》を放つ街のまん中に、もうひとつ街がある。それは木ではなく、石の高い城壁に囲まれているので燃えることもなければ、斧《おの》で切《き》り崩《くず》すこともできない。その石の城壁のなかの街が皇帝の宮殿だった。

宮殿はひとつの建物ではなく、多くの建物からなっている。宮殿には宮殿の通り、広場、公園、墓地、庭園があった。毛皮や絹や金糸《きんし》で織った布などを使って衣装を作る工場がある。宝石職人や、金細工師や、銀細工師や、鍛冶屋《かじや》たちの工場。大工や建具師《たてぐし》の工場。馬車作りの職人、塗装工《とそうこう》、椅子張り職人、金めっき師やガラス細工師や楽器職人たちの工場。庭園の手入れをする庭師もいて、噴水《ふんすい》にいつも水が流れるようにして、かごの鳥の世話をする——のだが、冬には、噴水は凍り、鳥は寒さで死んでしまわないように屋内に入れられる。

皇帝の護衛兵《ごえいへい》のための兵舎、馬車置き場、馬屋、犬舎、奴隷《どれい》小屋。広々とした厨房《ちゅうぼう》では宴会《えんかい》の料理が作られ、宴会のあとは何百もの皿や鉢やグラスが洗われる。すべてを仕切ることになっているが決してすべてを仕切りきれない役人たちの働く部屋。洗濯場、パン焼き場、畜殺場《ちくさつじょう》、バターやチーズの製造所、ビールの醸造所《じょうぞうじょ》。そういったところで働く人々の家や、そういったところで働く人々が食事をしに集まる食堂。

ほかにもまだある。宮殿を訪れる貴族のための豪華《ごうか》な部屋や、子どもたちの勉強部屋。

皇帝の楽士《がくし》や歌手や踊《おど》り子《こ》が練習をする部屋。そういう人々が立つ舞台のある小さな劇場。

皇帝の使う部屋がいくつもある。謁見室《えっけんしつ》は、皇帝が裁判を行い、判決を下す。晩餐《ばんさん》に使う大広間は、皇帝が望めば、貴族全員と会食できるだけの広さがある。街の通りほどの長さのある舞踏場《ぶとうじょう》もあれば、会議室もある。一度も読まれない本が何千冊も置いてある図書館もあれば、しょっちゅう読まれる判例《はんれい》や地《ち》代《だい》や税金関係の書類の置いてある図書館もある。また、皇帝が私用に使う部屋もある。

　そして教会。宮殿の外側の街にもたくさんあるというのに、城壁のなかにはさらに多くの教会がある。皇帝専用の教会で、皇帝は家族や貴族といっしょにミサに出る。教会の壁も天井も隅から隅まで、聖人の絵が金と緑と赤と青と黄で埋めつくされている。兵士のための小さな教会もいくつかあるし、よその国からきた異教《いきょう》の護衛兵のための教会さえ、いくつかある。イングランド人やスコットランド人、ギリシア人やトルコ人、モンゴル人やスウェーデン人のための教会だ。女のための礼拝堂も、奴隷のための礼拝堂も、音楽家や歌手のための特別な礼拝堂も、皇帝の牛、馬、ラバ、ロバ、猫、犬が連れてこられて説教をきかされ、死ぬまで働き続けることを祝福される小さな礼拝堂もある。

　毎朝早くから、皇帝の宮殿の門が開く。門の外にはすでに、荷車や馬や人の長い列ができている。運ばれるのは、果物、材木、牛乳、穀物、肉、水、石炭など、あらゆる物と、必要と思われる物すべてだ。そして日が暮れて門がふたたび閉まるまで延々と、荷車や人や動物が出たり入ったりして、鉄の板を巻いた車輪や馬の蹄鉄《ていてつ》が、木で舗装してある道を行き来する音が響く。宮殿のなかからは、使いにやられた召使いや、休暇《きゅうか》をもらった兵士や、街を見物しに馬に乗った貴族などが出てくる。

　しかし、ここ、街のなかでさえ、いや宮殿の庭でさえ、背中の細い馬に乗った霜じいさんが身を寄せてささやきかける。「寒いかい、わしの子どもたち。寒いかい？」そして白くて長い爪《つめ》で、人々の肌を引っかいて赤くする。帽子やスカーフの下の顔はどれも赤い。頬も鼻も寒さにこすられて赤くなっている。たまにあまりの寒さで鼻が白くなっている人がいると、通りかかった人が声をかける。「鼻をこすってやれ、鼻をこすってやれ——霜じいさんがかみついているぞ！」

　そして街中に、宮殿の庭にも、雪が降る。上のほうからゆっくり、音もなく落ちてくる。白い雪は闇のなかでは輝き、窓からの光のなかでは消え、火の燃えている火鉢に落ちては音を立てる。地面を白くおおい、タイルや板を縁どり、しまいには街全体を雪でできているかのように変えてしまう。

　そして何より、どんなものより印象的なのが黒い黒い空だ。空が銀色の星の重さとともに上からのしかかってくる。

　凍りついた庭から出て、宮殿の扉を抜けると、さらに暗く深い静寂のなかに出る。寒さを押しとどめるために作ってある厚い壁が、宮殿の庭や、行き来する荷車や人の騒々しい音を、低いうなりかつぶやきくらいにしてしまう。宮殿のなかは音もなく、きこえてくるのは、燃えているロウソクのかすかな息づかいと、よく磨《みが》かれた床板《ゆかいた》を柔《やわ》らかい靴がこする音だけだ。これが、地上の神である皇帝の住まいだ。だれもが敬意を払って、口をつぐんでいる。しかたなく口を開くときは小声で話すが、静まりかえった長い廊下では小声さえ遠くまで届くので、話さないのがいちばんだ。宮殿のなかに笑い声はなく、あるのは口元を手で隠した笑みくらいだ。槍《やり》を落として大きな音を立てた兵士や、手を滑らせて水差しを落として割ったメイドは鞭《むち》で打たれる。

　宮殿の窓は透明なガラスではなく、紙くらいの薄さに削《けず》った石がはめこまれ、それには絵が描かれている。三つの聖なる金の王冠、帝国を象徴《しょうちょう》する赤いワシと黒いクマ、命の木の緑の葉と深紅の花。窓から光が差しこむことはほとんどない。最《もっと》もまぶしい夏の昼間でさえ、宮殿の部屋や廊下はひんやりとした早朝くらいの明るさで、命の木のバラ色とエメラルド色、聖なる王冠の金色と空色などの色を帯《お》び、クロクマの黒い影が浮かぶ程度だ。冬になると、宮殿は深く冷たい無音の闇に包まれる。長く薄暗い廊下のあちこちの部屋では、それはそれは多くのロウソクに火がともされ、熱いほどのまぶしい光を放っているのだが、どんなに明るいロウソクの光もくすんで揺らめき、どんなに明るく照らされた部屋のなかでも、目をこらさなければならない。

皇帝の宮殿の敷地内には、ひじょうに多くの豪邸《ごうてい》、多くの館、多くの部屋がある。道路くらい広い階段はロウソクの火に照らされ、上の豪華なバルコニーに続いている。細い階段はまっ暗で、屋根裏部屋や地下室に続いている。建物と建物をつなぐ通路や橋があり、塔があり、トンネルがある。何百もの扉を開けると、壁に琥珀の羽目板《はめいた》をはめた広間、洗濯物を乾燥させる部屋、小物入れのような化粧部屋、くさいトイレなどに出る。

さあ（と猫は語る）、さあ、この迷路のような宮殿の奥へ、宝石のような薄明かりのなか、静寂のなかを進んでいこう。階段を上り、この扉を通って、凍えるような庭を横切り、この角を曲がる。そしてこの扉を開けて、なかをのぞく。何が、だれが、みえる？

巨大な部屋がある。奥行もたっぷりあり、天井も高い。よろい戸はぴったり閉めてあって外の闇と寒さを遮断《しゃだん》している。二本の太くて高いブロンズの燭台《しょくだい》のロウソクだけが唯一《ゆいいつ》の光だ。ロウソクの火明かりが赤と金色にブロンズを染め、蠟《ろう》が白い鍾乳石《しょうにゅうせき》のように垂《た》れている。ただ一箇所だけ、部屋のまん中にロウソクの金色の光と熱が当たっている。薄ぼんやりした闇が上の天井を隠し、遠くの壁や隅をわからなくしている。その闇から、木と埃のにおいを運びながら、かすかな涼しい風がおりてきて、ロウソクの火を揺らし、影を踊らせる。

燭台近くの床には白チョークの太い線で部屋くらいの大きさの円が描かれていて、それが火明かりで浮き上がっている。円を四等分した部分にひとつずつ置かれた鉄の火鉢でまっ赤に燃えている石炭が、あたりの光に鈍《にぶ》い赤みを与え、部屋においと火の燃える音をそえている。

白い円のなかには黒い布をかけたテーブルがあり、その上には、白い柄《え》のナイフ、ひと振りの剣、何色かの色粉を盛った小皿が数枚、ワインの入った瓶が置いてある。

白い線の上に、テーブルから少し離れて、大きな木の椅子が置いてある。左右のひじ掛けは木彫《きぼ》りの熊に支えられ、椅子の背には聖なる王冠が三つ彫刻され、金箔《きんぱく》がロウソクの明かりでなめらかに光っている。円の外、ロウソクの光が闇のなかににじんでいるあたりに、ふたつの影が立って話をしている。男と悪魔だ。

男は背が低く太っていて、肩幅は広く、首は太く、腹が突き出ている。部屋履《へやば》きをはいた足までその体を包んでいる黒のローブは、縁取りの毛皮以外、飾《かざ》りは一切ない。男は自分の背丈ほどもある、彫刻をほどこしたステッキを指の太い大きな手に握っている。丸顔で、頬が丸く、ロウソクの光が、目元のたるんだ肉の下と口の両側に影を作っているが、白いものが混じったあごひげのおかげで、あごの下のたるんだ肉は隠れている。頭のまん中ははげていて、そのまわりに白髪《しらが》まじりの細かく縮れた毛がもっさり生えている。鼻と頬がまっ赤なのは、火鉢の赤い光のせいだけではない。これが（と猫は語る）、リチャード・ジェンキンズ、イングランドの魔法使いだ。

悪魔のほうは赤い毛におおわれている。ロウソクの明かりのなかで、その毛が赤いベルベットのようにみえる。先が矢尻《やじり》の形をしている長い尻尾《しっぽ》は巻いていて、悪魔が動くたびにゼンマイのように震える。大きく丸い顔は恐ろしげで、いどみかかるような目はぎらぎら光り、頭には雄羊《おひつじ》のような角《つの》がある。頭と背中のまわりで赤い霧が揺らめいている。

「人のいうことをちゃんときけ」ジェンキンズが悪魔に——英語で——いった。「おれと話すときは、その頭を取れといっているだろう！」

悪魔はさんざん体をよじってくねらせたあげく、ぴったりかぶっていた頭をねじるようにしてはずした。その下にはまったく別の——少年の顔があった。茶色の目がロウソクの煙にまばたきをする。短く刈った金髪が立っている。長袖のベルベットの衣裳を着た少年は悪魔の頭を両腕にかかえて、その頭から垂れている装飾モールをいじっている。スパンコールのようなモールは、悪魔の頭だけでなく肩からも突き出ている。それが光のなかで震えるので、少年のまわりで赤い霧が揺れているようにみえる。この悪魔の（と猫は語る）名前はクリスチャン。とても従順《じゅうじゅん》な悪魔だ。というのも、主人であるジェンキンズよりずっと小柄でやせていたし、主人を恐れていたからだ。

「ちゃんときいてろ」ジェンキンズがいった。「どれも重要なことばかりなんだ。おまえがしくじったら、何もかもがだいなしになってしまうんだぞ」ジェンキンズは殴《なぐ》るのを忘れていたとばかりに、少年の頭を思い切り殴った。

クリスチャンはうなだれ、主人から目をそらして、闇のなかをみつめた。

「こら——いわれたことをちゃんときいてたか？」

「ご主人様——怖いんです」クリスチャンがこんなことをいうのは、よほど怖がっている証拠だ。「あの、ぼくたち――いえ、ご主人様は、これをやらなくちゃいけないと思ってるんですか」

「いったいなんのために練習してきたと思ってるんだ、このばか。それに、そんなことおまえの知ったことか」クリスチャンはいっそうなだれた。「口を閉じろ。つべこべいうな。いわれたとおりにしろ――間違《まちが》えずにな、わかったか？　間違えずにやるんだぞ、さもないとぶん殴るからな。さあ――最初の合図は？」

　それをきいてクリスチャンはびっくりした。頭に答えが浮かんでこない。というか、何も浮かんでこない。沈黙が続く。ジェンキンズが長いこと待ってくれないのはわかっていたが、あせればあせるほど、考えられなくなる。そして、びしっ！　ジェンキンズの手が飛んできて少年の頭を殴った。頭のなかにがんがん音が響く。目に涙があふれ、体が震えだした。もっと痛い目にあわされたらどうしよう。

「泣くな！　おびえることはない。ちゃんと合図を覚えていればな。何か恐れるものがあるとしたら、それはこのおれだ！　さあ、最初の合図は？」

　クリスチャンは涙を飲みこんで、はなをすすり、ぼそぼそといった。「戸棚のなかに隠れます」

「そう、そうだ、戸棚のあとは――」

「手に紐を持って――」

「落とすなよ、それからそのときになるまで引っぱるんじゃないぞ」

「はい、ご主人様。ぼくは戸棚のなかに隠れて、ご主人様がいろんなことをいって――」

「そうだ。だが、合図の言葉はなんだ、このできそこないの、でくの坊」

「ぼくは待っていて、黙っていて、それからご主人様が……その……あの……」それでもまだちゃんとした答えが頭に浮かんでこない。クリスチャンはつい不安になってジェンキンズの手をみてしまう。その手はじりじり上にあがってきている。「ご主人様が口を開いて――」

「なんというんだ？」

「あの……あの……殴らないでください。いま思い出します！　そうだ――『快《こころよ》き姿！』……そうだ……『われわれの前に現れよ。まことの姿ではなく、快き姿で！』」ジェンキンズが手を下ろすのをみて、クリスチャンは間違えていないのがわかった。「それで、それが――合図で、ぼくが鐘を鳴らすんです、ご主人様」

ジェンキンズが顔をしかめた。「ほう？　それが鐘を鳴らす合図か？」

クリスチャンの目がジェンキンズの顔から、そのうしろのロウソクへ、さらに後ろの闇へとさまよう。ジェンキンズの口調からすると、もしこの質問に答えそこねたら、頭に一発くらうくらいではすまないだろう。「それが合図で、鐘を鳴らします」そういって体をすくめた。

「それが合図で、おまえが鐘を鳴らす」ジェンキンズにそういわれ、クリスチャンはほっとして、緊張がほぐれ、脚の力が抜けた。

ジェンキンズが太い人差し指でクリスチャンの胸を跡がつくくらい強く突いた。「間違えて、雷《かみなり》の音を出す金属板の紐を引っぱるんじゃないぞ！　よく覚えておけ！　それで、鐘を鳴らしたあと、どうする？」

クリスチャンの顔が悲しげにゆがんだ。やっと思い出すたびに、もっと思い出せといわれる。「それから……ご主人様が火薬を火に投げこんで、煙が上がって……」

「ほう？　それから？」

「それで、こういうんです。『われわれに害をなすなかれ。われ汝《なんじ》に命令する。神にかけて、聖母マリアにかけて、ここにきて姿を現せ！』」

「ふむ」ジェンキンズはそういうと手を伸ばした。そして、びくっとして体を引いたクリスチャンの肩をたたいていった。「その科白《せりふ》、よく覚えたな」

　実際、クリスチャンはよく覚えていた。というのも、それはお守りのように思えたからだ。その科白は自分をジェンキンズから守ってくれて、また自分たちを皇帝から守ってくれそうな気がしたのだ。とにかく、クリスチャンは殴られなかったのでうれしくなり、また主人にほめられて得意になり、顔をまっ赤にしてうつむき、にやにやしてしまうのをどうしようもなかった。そしてもっとほめられたくて、口早に続けた。「それから、雷の板の紐を引っぱって、ゴロゴロっていわせて――」

「そうだ、いいぞ。それから？」

「それから、ご主人様が『きたれ、悪魔よ！　きたれ、ああ、きたれ！』といって、火に雷玉を放りこむから、ぼくが戸棚から出ていく……けど、雷の板の紐は持ったままで――」

「引っぱるんじゃないぞ」

「まだ、まだ引っぱりません。そこで踊るんです。悪魔みたいに。ぼくは鳥笛を持ってます」そういってジェンキンズに、手に持った笛をみせた。これを歯の後ろにはめておくと声が変わる。「それから――」

　ジェンキンズが突然手を上げたので、クリスチャンはまたひるんだ。しかし、ジェンキンズはその手を、温かくて分厚い肩掛けのようにクリスチャンの肩に置いた。「よし、よくできた、クリスチャン。そこまでは完璧《かんぺき》だ。残りもきっと思い出せるぞ」

クリスチャンはよけいに体が震えてきた。理由のひとつは、ジェンキンズの手が肩に置かれているからで、もうひとつは、残りも思い出せるかどうか自信がないからだった。もし思い出せなかったら、尻も腕も脚も殴られるだろう。頭はいうまでもない。「さあ、どうでしょう、ご主人様。自信がありま――」

「思い出せるとも。これから全部おさらいする時間はない。悪魔の頭をかぶって、戸棚に隠れていろ」

またクリスチャンの目に涙が浮かんできて、体がぶるぶる震えてきた。悪魔の頭をかぶるのは大嫌いだった。とても重いし、息苦しいし、音や声もよくきこえなくなる。狭い戸棚に隠れるのも大嫌いだった。なかなか時間がたたなくて、合図をすっかり聞き逃してしまったような気さえしてくる。

もう最初の合図は思い出せない。ほかのこともすべて恐ろしさのあまり闇に消えてしまった。思い出せるのはジェンキンズの怒りと、これまでに殴られたときの痛みと、ひもじいときのみじめさだけだ。「お願いです、ご主人様、もう一度、おさらいさせてください……自信がないんです……忘れるかもしれないと思いませんか、ご主人様。ちゃんと覚えておきたいんです」

ジェンキンズは身をかがめてクリスチャンの顔に顔をくっつけるようにしていった。「もししくじりそうな気がしたら、皇帝がここにくるということを思い出せ！」

クリスチャンはジェンキンズのことが怖くてたまらず、そのジェンキンズが目の前にいて、いつ殴られてもおかしくないという事実におびえ、皇帝のことはすっかり忘れていた。ところがジェンキンズにいわれて、いま、恐ろしい情景《じょうけい》が音もなく、はっきりと目の前で踊りだした。皇帝に悪魔の頭を剝《は》ぎ取られて、ただの男の子だということがばれてしまい、処刑人が鞭を鳴らして、背骨が折れそうなくらい激しく振りおろす。自分の首とジェンキンズの首が並んで杭の上にさらされ、体のほうは隣《となり》の通りの絞首台にぶら下がっている。クリスチャンはぞっとしてジェンキンズをみつめた。涙が頬を流れている。

「いいか」ジェンキンズがいった。「皇帝のことは心配しなくていい」そういってから、体をかがめてクリスチャンに顔を近づけると、素早《すばや》くあたりをみまわしてから、小声になった。「皇帝はばかだからな！」それからもう一度、だれもいない部屋をみまわした。「皇帝がばかだということはもう何度も証明ずみだ。まっ昼間におまえをまっ裸《ぱだか》にして皇帝に、緑のヒゲのフィンランドのアナグマですといえば、信じるくらいばかだ」クリスチャンはそのジョークに笑おうとした。ジェンキンズはクリスチャンが抱えている悪魔の頭を取った。「世の中には二種類の人間がいるんだ、クリスチャン。だます人間と、だまされる人間だ。おれたちはだます人間で、皇帝はだまされる人間だ。だが、それでも信じやすく演出したほうが事は簡単だ。だから、ちゃんとやれ！　おれのベルトと拳《こぶし》を思い出せ――そうすれば集中できる！」ジェンキンズはそういって、悪魔の頭をクリスチャンの頭にのせると、雄羊の角を引っぱったりねじったりして、しっかりかぶらせた。「さあ、戸棚に入れ。早くしろ！」

　部屋の壁に張ってある羽目板が一枚だけはずれていて、そこから外壁までは狭い闇になっている。冷たい風が吹きこんでくる。クリスチャンは悪魔の頭がしっかり頭にはまっているのを確かめると、恐ろしくて震えながら、するりとその穴から闇のなかへ入っていった。

　悪魔の頭と肩についているモールが羽目板に少し引っかかると、ジェンキンズがクリスチャンの脚を蹴《け》飛《と》ばして、モールが羽目板からはずれて、クリスチャンがなかに入れるようにした。ジェンキンズはいらいらしながら、クリスチャンが鐘と雷の板の紐を握るのを確認すると、羽目板をもどして、おびえている弟子を冷たく狭い闇のなかに閉じこめた。クリスチャンはそこで、じっと動かず、音も立てず、こわばった手に紐を握りしめて、いつまでも待つことになった。

はずした羽目板をもどすとほかの羽目板とまったく見分けがつかなくなる。それを作ったジェンキンズでさえ、ときどき、爪でさがしあてるのに数分かかることがあるくらいだ。

ジェンキンズは鼻歌を歌って皇帝がやってくるのを待ちながら、まず燭台をその羽目板から少し遠ざけて、ロウソクの火明かりでばれないようにした。次にテーブルと、火薬を入れた鉢を確認した。そして大きな木の椅子の埃を払っていると、庭を行進してくる足音がきこえてきた。足音が木の階段を上がって扉までやってくる。拳でたたかれた扉が揺れ、大きな声がきこえた。「皇帝の名において、扉を開けろ！」

ジェンキンズは飛んでいって両開きの扉を開けた。槍《やり》を持った黒ずくめの兵士たちが入ってきくると、素早く部屋中に散らばり、皇帝の敵がいないか確かめる。ジェンキンズは兵士たちをみないようにした。羽目板の仕掛《しか》けがばれることはないだろうと思っていたが、もしみつけられるんだったら、いずれみつけるだろうから、そちらに目をやって手助けをしてやる必要はないと考えていた。皇帝が入ってくると、ジェンキンズは腹を床につけてひれ伏し、深い敬意を示した。

大股《おおまた》で入ってきた皇帝は鋭い目で、部屋をみまわし兵士たちを監視している。だれひとり信用してはいないのだ。それから一瞬、監視するのを中止してずっと上のほうから、床にはいつくばっているジェンキンズをみおろした。

皇帝はブーツの先で相手をつついていった。「立て、ジェンキンズ」これはじつに名誉なことだ。ジェンキンズは皇帝が――ほんのわずかとはいえ――信用している唯一の人間だったのだ。

皇帝が心から信用している人間はひとりもいない。というのは、常に暗殺を恐れているからだ。だから無防備でひとりでいるのは怖かったが、多くの人のなかにいるのも怖かった。襲《おそ》いかかろうとしている人間が大勢いるかもしれないからだ。だがおそらく皇帝が最も恐れているのは未来だろう。未来は長く暗い廊下のようなもので、先へいけばいくほど暗くなる。この暗い廊下を進まなくてはならず、そのうえ暗殺や襲撃《しゅうげき》をくわだてている者が一歩先、二歩先に待《ま》ち構《かま》えているかもしれないのだ。皇帝はジェンキンズの予言を、未来という恐ろしくて暗い廊下を照らしてくれるランプの光のようなものだと考え――ジェンキンズを信用しているのだ。が、それもほんのわずかだった。

さて、皇帝がどんな人物かというと、ほとんどの男より背が高くやせていた。髪はたっぷり肩の下まで、ひげは腰くらいまで伸ばしているが、どちらもよごれていて、よれて油で固まって揺れている。なので、ロウソクの薄暗い光では黒髪なのか金髪なのかわからない。地味な色の長いカフタンが首から足元までおおい、長い袖は手まで隠している。全体に複雑《ふくざつ》に入り組んだ刺繍がほどこしてあるが、弱いロウソクの光が暗い色の生地に吸いこまれているかのようで、どんな模様なのかはわからない。ただちりばめてある宝石だけが輝いていて、皇帝が動くたびに、ロウソクの火がちらつくたびに、霜のように光る。皇帝は宝石をきらめかせながら、体を揺らして大股で歩きながら、ジェンキンズの横を通って、チョークの線で囲まれた円のなかに入った。

ジェンキンズは床から立ち上がろうとしたがこれが大変だった。皇帝がそばを通るときの悪臭にそなえて息を止めておかなくてはならないからだ。皇帝の国ではだれでも最低、一週間に一度は風呂に入るが、皇帝は例外だった。そのため汗と尿のにおいのせいで、大きな獣《けもの》を飼っている檻のようなひどいにおいがする。ジェンキンズはけんめいに、バラの甘い香りをかいでいるときのような顔をしながら、両手をついてひざまずく格好になった。それからぎこちなく、息を殺したまま、よろよろと立ち上がった。立ち上がった瞬間《しゅんかん》、皇帝の家来《けらい》がまわりに押し寄せるのを感じた。黒ずくめの兵士と、ほかに多くの領主《りょうしゅ》がやってきた。領主たちは巻き毛を長く伸ばしている。みなあざやかな錦織《にしきおり》のカフタンを着ていて、その色が、ロウソクに近づくと燃えあがり、遠ざかると薄れる。

　領主たちのなかにふたつ見覚えのある顔がある。皇帝の国のはるか北の町からやってきた父と子だ。一度、ふたりはジェンキンズを訪ねてきたことがあったのだが、それは内密《ないみつ》の相談だったので、ジェンキンズは知らないふりをして、ふたりもジェンキンズのほうをみようとしなかった。

　それからパヴェル卿《きょう》。顔立ちのいい若者で、いつもにやにやしているうぬぼれ屋だ。お高くとまっていて、ジェンキンズなどには目もくれない。生まれのいやしいよそ者などどうでもいいのだ。だがジェンキンズのほうは、この若いパヴェル卿をじっくり観察した。噂《うわさ》によれば、パヴェル卿はジェンキンズのことを詐欺師《さぎし》で、ペテン師で、祭りの手品師だといったらしい。ジェンキンズは心のなかでつぶやいた。お若いの、今日の出し物をみたあと、あんたがどういうかききたいもんだね。

　皇帝が木の椅子に座ると、ジェンキンズはそのまえにひざまずき、頭が相手の頭より高くならないようにした。「偉大なる陛下《へいか》、どうぞ、失礼をかえりみず、ここで口を開くお許しをいただきたいと存《ぞん》じます」

　皇帝は頬杖《ほおづえ》をついて、ジェンキンズのほうをみてはいなかったが、口をゆがめてよくききとれないことをいった。どうやら「続けろ」といったらしい。

「陛下、わたくしはここに悪魔を召喚《しょうかん》したいと存じます。どうぞすべての方は円のなかに。円のなかは安全です。円の外は、安全ではありません。円の外にいれば、悪魔に八《や》つ裂《ざ》きにされてしまうでしょう」

　それをきいて黒ずくめの兵士たち何人かがあたりをみまわした。領主も数人が同じようにした。領主たちはみなじりじりと円のなかに入ってきて身を寄せ合った。しかし、部屋の壁近くに配置されている兵士たちは、許可が出るまでは動けない。

「陛下、あの兵士たちは――」

「あそこにいさせておけ」皇帝がいった。その声は大きく、よく通った。本人に叫ぶつもりがないときも大きかった。兵士たちはその場で体をこわばらせて気をつけをした。「悪魔が八つ裂きにしたいならさせてやれ」皇帝は兵士をひとりひとりみていった。「兵士はいくらでもいる」

「陛下、ではそのように」ジェンキンズは頭を下げた。「陛下、どうぞ、立つお許しをいただきたく――」ジェンキンズは、皇帝が許可しようと面倒《めんどう》くさそうに手を振るのをみて、ゆっくり立ち上がった。

「では、召喚の儀式《ぎしき》を始めさせていただきます」

　ジェンキンズはテーブルから水の入った銀の鉢と小さな銀の撒水器《さんすいき》を取り、歩きながら鉢の水を円のまわりに途切れなくまいていった。ひざまずいている領主にも、大胆にも皇帝にまで振りかけた。「この円を清め、聖なる汚《けが》れなき処女《おとめ》と、父と子と精霊《せいれい》の名において、このなかを聖域とする。神の御力《みちから》をお借りして厚い壁をつくり、地獄の力がおよばぬようにする」ジェンキンズは英語でいったので、皇帝も領主も意味はわからなかった。ジェンキンズは、英語でいえば、神秘的に呪文めいてきこえるだろうと思っていた。

　ジェンキンズはテーブルにもどると鉢と撒水器を置き、白い柄のナイフを手に取った。それと同時にこっそり、ほかの鉢に入れておいた火薬を少量つまみ、それからナイフをかかげて、ゆっくり円のまわりを歩き、最初の火鉢までやってきた。「寛大なる精霊たち、北と、氷と、風と、闇の精霊よ、われわれを守りたまえ。これからここに現れくる……」

その声は力強く発せられ、部屋の隅のほうまで届くと、木に反響してくぐもり消えた。

円の外にいた兵士たちのなかには、すでに青くなって震えながら、まっすぐ前に目を向け、影のなかをみないようにしている者もいた。だれの目にもとまらないように素早く、ジェンキンズはその火鉢のなかで赤く燃える石炭に火薬をひとつまみ落として、次の火鉢に向かった。その後ろで、石炭から緑にくすんだ煙がどんよりとわきあがり、もともと暗い部屋をさらに暗くした。

しかし、そのときにはだれもが、次の火鉢の前にいるジェンキンズのほうをみていた。「よき精霊たち、東と、日の出と、朝と、春の精霊よ、どうか……」

またひとつまみ火薬を火鉢に落とし、ジェンキンズは次の火鉢に向かう。皇帝さえ背筋を伸ばして座り、じっと耳を傾けている。ひざまずいている領主たちは身じろぎもしない。

「気高き精霊たち、南と、火と、何かと、ほかの精霊よ（なんだっていい、どうせ、こいつらに意味はわからないんだから）、どうか、われわれを守り……」

闇のなかで、戸棚に隠れているクリスチャンはジェンキンズのいいかげんな言葉をかすかにきいているうちに、恐怖で吐《は》き気《け》がしてきた。指を動かしてちゃんと紐を握っているかどうか確かめる。落としてしまったかと思ったのだ。胸のなかのぞっとするほど空っぽな空間で心臓が激しく打っている。本当に、悪魔の頭をかぶったまま吐いてしまいそうな気がした。

「精霊たちよ、西と、日没と、雨の精霊よ、どうか、われわれを守りたまえ。これからここに……」

そのときにはもう煙がロウソクの前に漂っていて、何ひとつはっきりみえなくなっていた。煙のにおいは強烈で不快で、それをかぐと、頭をきつく締めつけられるような気がした。

ジェンキンズは円のまん中にもどり、皇帝の椅子の前にいくと、両手に持ったナイフを上に向けた。「わがもとに現れよ、地獄の住人！　現れよ、われ汝を召喚す、奈落《ならく》の霊よ、現れよ、現れよ！」

ジェンキンズはナイフにキスしてから鞘《さや》におさめ、それをテーブルにもどすと、大げさな身振りで剣を取り上げ、こっそりと火薬をつまんだ。それから北に置いてある火鉢の前に立つと、目の前に剣をかざし、大声で唱えた。「汝、地獄の輩《やから》に命じる。われらが救世主、イエスと、われらが父と、精霊の名において、われわれの前に現れよ。まことの姿ではなく、快き姿で――」

煙のたちこめた、息苦しい、ほとんど何もみえない闇のなかに鐘の音が響《ひび》いた。鈍い音がして、気絶した兵士が倒れた。椅子に座っていた皇帝がはっとして、木のひじ掛けをつかんだ。顔を上げて、煙のなかに目をこらしている。

「現れよ！」ジェンキンズが大声で唱えると、だれもがまた飛びあがった。ロウソクの光は弱々しくなっていたが、石炭は煙のなかで赤々と燃えている。「われわれに害をなすなかれ。神にかけて、聖母マリアにかけて命じる。害をなすなかれ。現れよ！　姿をみせよ！」

部屋の空気が、壁そのものが、突然に揺れてうめき声を上げたかに思われ――すさまじい雷鳴《らいめい》がとどろいた――それも壁のなかから！――そしていつまでも鳴りやまない。皇帝は椅子から立ち上がり、目の前をみつめたが、渦巻く煙以外、何もみえない。またひとり兵士の倒れる音がした。ジェンキンズの咳払《せきばら》いがきこえた。

「きたな。近くにいるのはわかっている。さあ、こい、姿を現せ。さあ、悪魔よ！」ジェンキンズは大声で叫ぶと、雷鳴が消えていった。「さあ、こい、姿を現せ！」手に持っていた火薬を火のなかに投げ入れると、素早く後ずさって顔をそむけ、目を閉じる。

白い閃光《せんこう》が雲のような煙を照らした。まるで稲妻が雷雲《らいうん》を照らし、目にみえるものすべてを焼きつくしたかに思えた。クリスチャンは力をこめて戸棚の扉を押し開けた。大きな音が響く。クリスチャンは煙のなかに飛びこんでいく。鐘の音と雷鳴をもう一度響かせてから、鐘の紐を落とし、手首に巻いている雷の音の紐をゆるめると、踊って、飛《と》び跳《は》ねて、くるくる回った。心臓が重く鼓動《こどう》するたびに、吐き気がこみあげ、恐怖がつのる。

兵士たちは煙のむこうにいるクリスチャンをみつめた。ぼんやりした不気味《ぶきみ》な影が踊っている。暗い部屋のなかでも、その姿は赤く光っているのでよくみえる。兵士たちは後ろの壁に背中をぴたりとつけた。地獄からやってきた悪魔だと思いこみ、自分たちがここにいるのをみられたくないと思った。

皇帝も領主も煙で目に涙をにじませながら、白い閃光でまだ目がくらんでいたが、あたりに立ちこめている雲のような煙のむこうにいる赤い影をみつめている。怪物のような頭を持つ何かが、赤い地獄の光をまとって動いている。あれは、間違いなく尻尾だ。巻いた尻尾が怪物の後ろで跳ねている。それに上半身と腕が、うねり、ねじれるところは、とても人間とは思えない。皇帝や領主たちが息を飲む音がきこえ、ロザリオをまさぐる音がきこえ、ジェンキンズはにやっと笑った。クリスチャン、よくやった。うまいじゃないか。

「邪悪《じゃあく》なる者よ、汝、わが命令に従うべし！」ジェンキンズが大声でいった。その激しい口調に、クリスチャンは怒られたのかと思い、びっくりして円の縁から後ずさった。部屋のなかで、悪魔が魔術師を恐れたのをみてほっとした者がいたとしても、次の瞬間、そんな気持ちは吹き飛んでしまったにちがいない。悪魔が叫び声を上げ、円の縁まで走ってきて、長い爪の生えた足で木の床をかりかり、がりがり、引っかきはじめたのだ。不気味な頭のまわりで赤い霧がきらめいている。悪魔はうなり、けたたましく早口でまくしたてた。それも思い切りいやらしく、耳をふさぎたくなるような調子《ちょうし》で。そして長い爪の生えた手を円のなかに伸ばそうとする。ひざまずいていた領主たちは円の縁に近すぎるような気がして、膝をついたままなかのほうにいこうと押し合い、おびえて押し殺した声を上げた。

「この円はわれわれを汝から守ってくれる」ジェンキンズが、皇帝たちの言葉できっぱりといった。「これは聖なる円だ。われ、汝に命じる。われわれに理解できる言葉で話せ。口を開き、質問に答えよ」

悪魔は金切り声を上げ、奇妙な、しゃがれた耳障りな声でいった。「ききたいならきけ！」そういうと円の縁をうろうろ歩いた。

「皇帝陛下がおききになりたいのは」ジェンキンズがいった。「敵はだれか、ということだ」

悪魔は引きつったような笑い声を上げた。奇妙な、けたたましい、鼓膜《こまく》に響く声だ。「皇帝、おまえの友人を教えてやる」悪魔はそういうと踊るような足取りで前に出てジェンキンズのほうに手を伸ばした。ジェンキンズは魔法の円のなかで落ち着いて、ひるむことはない。「この男がおまえの友人だ――できることなら、ずたずたに引き裂いてやりたい！　この男がおまえの友人だ――ほかの者はすべておまえの敵だ！」

皇帝はじっと立ったままだ。

「未来はどうだ、悪魔」ジェンキンズがたずねた。「未来に関して何か忠告はないか」

「北の者たちの願いを聞き入れてやれ」悪魔がきしるような声で答えた。「聞き入れてやれば、そこからよきことが生まれる。もし拒否《きょひ》すれば――」悪魔は声を上げて笑った。甲高く、鋭く、耳をつんざくような声だ。またひとり、兵士が気を失って倒れた。

「もうひとつ質問がある」ジェンキンズがいった。「偉大なる陛下は、命の水をお望みだ。作り方を教えてほしい」

「だめだ、だめだ、だめだ！」悪魔は叫んだ。「人間が使うもんじゃない！　作り方は教えられない！」

「悪魔よ、命令だ！」ジェンキンズが大声で呼びかけ、剣を振り上げた――が、その声をかき消すかのように雷鳴がとどろき、目もくらむような閃光が走った。その音と光にまぎれて、クリスチャンは素早く戸棚のなかに駆けもどり、扉の内側についている把手《とって》をつかんで力まかせに引っぱった。扉は大きな音を立てて閉まり、クリスチャンはふたたび羽目板の後ろに姿を隠した。いったんなかに入ると、羽目板の内側にモールを軽くこすりつけながら、ぐったりと膝をついて、痛いほど強く打っている心臓の上に手をあて、吐き気を飲みこんだ。

「悪魔よ、悪魔よ、もどれ、われ、汝に命じる！」ジェンキンズが英語で怒鳴《どな》った。「われ、汝に命じる。神と、処女にして母なる聖母の名において命じる。もどれ、もどれ、もどれ！」

　しかし、クリスチャンは戸棚のなかから出ていこうとはしなかった。ジェンキンズにそう教えられていたからだ。

　ジェンキンズはがっくり膝をついた。「偉大なる陛下、どうぞ許しください。悪魔と渡り合うにはまだ力不足でした。とらえておくことができません――いってしまいました」

皇帝はふたたびゆっくり椅子に座った。目の前をじっとみつめている。雲のような煙がうっすらとロウソクの前を漂っている。部屋の奥のほうに垂れこめた闇のなかに、床に倒れた兵士たちの姿がみえる。

「そのうちもう一度試《ため》して、悪魔に命の水の作り方を聞き出します。陛下、どうぞ、今回はお許しください」

皇帝は、そんなことはどうでもいいとばかりに手を振った。「おまえはわしの唯一の友なのだな、異国の者よ」

「偉大なる陛下……悪魔の言葉にすぎません……が、このわたしが描いた円のなかにいる限り、嘘偽《うそいつわ》りは申せません……間違いなく、わたくしは陛下の友であります、が、唯一の友であるかどうかは……」ジェンキンズは肩をすくめた。

「北の領主たちには望みどおりにさせよ」皇帝はそういって自分の椅子の左のほうをみた。そこには北の町からやってきた領主たちがひざまずいている。だれもがみな目をふせ、ひたすら床をみつめている。

椅子の右にいただれかが口を開いた。「恐れながら偉大なる陛下、どうか意見を述べるお許しを」

ジェンキンズはそちらをふり向いて、むっとした。パヴェル卿だ。

皇帝はうなずいて、発言を認めた。

「偉大なる陛下」パヴェル卿はいった。「陛下ほど賢明《けんめい》なお方が、イングランド人や悪魔の言葉に耳をお貸しになるとは思えません。よろしいですか、陛下――なぜこの部屋はこんなに暗く、煙が充満しているのでしょう。なぜジーンキンズ氏は火薬を火にくべて、まぶしい光を生じさせたのでしょう。それは、われわれの注意をそらして、そのすきに共犯者《きょうはんしゃ》を隠れているところから出すためです。共犯者に悪魔の扮《ふん》装《そう》をさせて。われらが賢明なる皇帝は、イングランド人の偽りに耳を傾けるような方ではないと存じます」

皇帝は何もいわず、細長い部屋の奥の暗がりをみつめている。北の町々の長老格《ちょうろうかく》のひとりがいった。「恐れながら偉大なる陛下、どうか意見を述べるお許しを――あの鐘の音をわれわれはききました。しかし、鐘などどこにもありません。また、われわれがきいた雷鳴はなんでしょう。あれもイングランド人の作り事だというのでしょうか」

パヴェル卿はにやっと笑った。「陛下、北の領主たちの純朴さは、あのイングランド人のずる賢さとじつに対照的《たいしょうてき》です。どこかに鐘が隠してあって、紐を引っぱれば鳴るようになっていて――雷鳴は雷の板でしょう。陛下も劇場に同じ物をお持ちではありませんか。ジーンキンズ氏が自分で紐を引っぱったのか、共犯者が引っぱったか、どちらかに決まっています。じつに単純《たんじゅん》な仕掛けで――見世物小屋《みせものごや》が並んでいるところにいけば、暗いテントのなかでごらんになることができます。陛下もご存じのとおりです」

戸棚のなかに隠れていたクリスチャンにはこの言葉はきこえなかった。パヴェル卿は普通の声でしゃべっていたからだ。そのおかげでクリスチャンはジェンキンズの感じている不安を感じないですんだ。とはいえ、ジェンキンズは不安やおびえを表に出すような男ではない。ただ丸い頭を上げて、かすかな笑みを浮かべているだけだ。

「それになぜ、あの悪魔は兵士たちを八つ裂きにしなかったのでしょう。ジーンキンズ氏はこの部屋からひとりでも多くの者を部屋の外に出して見物人を減らそうと、円の外にいる者は八つ裂きにされてしまうと脅したではありませんか。ところが、あの恐ろしい悪魔はいったい何をしました？　踊って、金切り声を上げて、だれにもなんの悪さもせずにいなくなってしまった。まるで舞台衣装を着た少年のようではありませんか！　ジーンキンズ氏にうかがいたい。給仕《きゅうじ》のボーイはどこにいるのです。よかったら、われわれにワインでも持ってこさせていただきたい」

ジェンキンズは、相手の質問はすべて無視するに限ると決めた。そしてあごを上げてパヴェル卿から目をそらし、おまえみたいなやつに答えてやるもんかという態度を取った。

皇帝が口を開き、「わしの秘薬は？」といってジェンキンズをみた。

ジェンキンズはとっさに答えた。「偉大なる陛下、それは並大抵の苦労では手に入らないのです。膨大な——膨大な労力が必要です！——悪魔から秘法《ひほう》を聞き出さなくてはなりません。多くの、多くの本が必要です——多大の努力を要します——が、そのうちきっと秘法を解《と》き明《あ》かしてみせます」

「隊長！」皇帝が叫んだ。すると黒ずくめの護衛隊の隊長が（なんとか気絶せずにいて）部屋のむこうから駆けてきた。「その者を捕らえよ」皇帝が指さした。

隊長はパヴェル卿をつかまえた。パヴェル卿は、ジェンキンズに対するいただちを抑《おさ》えきれず、言葉の選択を誤《あやま》ってしまったのだ。皇帝は見世物小屋のペテン師にだまされたと公言したようなもので、皇帝が間違っていると公言することは反逆罪《はんぎゃくざい》にあたる。

反逆罪に問われた者は、人々の前で処刑され、その首は宮殿の門の上にさらされ、体は四つに切り離されて、街の四箇所にひとつずつぶら下げられる。

ジェンキンズは真顔《まがお》で、パヴェル卿が部屋から護衛兵に連れていかれるのをみていた。こんな場面でにやついているところをみられたくはなかったからだ。が、心のなかでは笑っていた。皇帝が自分を信じることはわかっていたのだ。ジェンキンズにはよくわかっていた。だれかが自分のことをペテン師だということを証明すればするほど、皇帝は自分のことを信じるようになる——なぜなら、皇帝はばかで、ばかは常に、耳に吹きこまれる大嘘を信じ、真実を信じることを拒絶するからだ。その事実がどんなに明らかであろうと関係ない。それがわからないとは、パヴェル卿もばかな子ども同然だ。ばれたらどうしようとおびえるクリスチャンもばかな子どもだ！

　皇帝が立ち上がり、強烈な汗のにおいが、宝石をちりばめた絹のカフタンから漂ってきた。皇帝はこれをもう何日も着たままでいる。皇帝は長いこと黙って立っていた。うつむき加減《かげん》なので、ロウソクの明かりが油のにじんでもつれている髪の毛をてかてか光らせ、金色の刺繍糸の端のほつれを際立たせている。ロウソクの光が長い鼻と、くっきり浮かんだ頬骨を照らし、そのせいで目が落ちくぼんで黒い穴のようにみえる。

　ジェンキンズはひざまずいたまま、領主たちも同じ姿勢で、忍耐強《にんたいづよ》く皇帝が口を開くのを待っている。ほかにはどうすることもできない。

　皇帝が顔を上げて、ジェンキンズをみた。火鉢の火の赤い光が皇帝の顔の下のほうだけ照らし、ロウソクのぼんやりちらつく光は暗く、ジェンキンズには皇帝の表情が読めなかった。目は相変わらず黒い穴のままだ。皇帝らしい大きな鼻の作る影と、皇帝らしいひげがゆがんだ口を隠している。しかし、影になっている顔全体の様子には不穏《ふおん》な気配がある。ジェンキンズは胸のなかで心臓がぎゅっと縮むのを感じていた。

　まいった、皇帝はわかっているらしい。ジェンキンズは思った。皇帝はわかっている。ついさっきまでの快感はどこかにいってしまった。鼓動が速く打ち、不快でたまらず、全身にうっすら汗がにじんできた。

ジェンキンズには、皇帝がばかだと信じるに足る十分な理由があった。しかしまた、もうひとつ、よく知っていることがあった。自分がばかだとわかったばかほど始末に負えないものはないということだ。そして怒っているばかが皇帝で、その皇帝は朝から晩まで罪人を処刑させて家来を喜ばせているとあっては、ペテンがばれたペテン師は間違いなく悲惨《ひさん》な目にあう。

ところが皇帝はこうひとことといったきりだった。「祈りにいく」ジェンキンズは深く頭を下げた。それは敬意からではなく安堵《あんど》からだった。皇帝が部屋から出ていくと、そのカフタンからまた汗のにおいが流れてきた。何か小さい物が木の床の上を転がる軽い音が、そのあとに続いた。ひざまずいていた領主はみな立ち上がって、皇帝のあとを追い、そのあとを兵士が追っていく。

領主と兵士が出ていって扉が閉まり、足音がきこえなくなると、ジェンキンズは深く息を吸って、感謝《かんしゃ》のため息をついた。しばらくじっとしていたが、すぐに自分を抱きしめた。無事でいられたことがうれしくてたまらなかったのだ。皇帝はやはり、ばかのなかのばかだ！　ジェンキンズは部屋のなかを注意深く見回し、黒ずくめの兵士たちが、気絶して倒れた仲間もいっしょに連れていったのを確かめた。燭台からロウソクを一本取って、テーブルにあった鉢のなかに立てると、部屋中歩いて、隅から隅まで照らしてまわり、だれも残っていないことを再度確かめた。

確かめているとき、皇帝のカフタンから何かが落ちて小さい音がしたのを思い出した。そこでロウソクを持ってチョークで描いた円のところまでもどり、体をふたつに折るようにして木の床を照らしてみた。するときらきら光っている宝石が三つ目に止まった。皇帝のカフタンについていた糸が切れて落ちたものだ。ルビーが二個とエメラルドが一個。ジェンキンズは注意深く宝石を手に握り、さっきいた部屋の反対側に歩いていった。クリスチャンが隠れている戸棚の前を通るとき、どうしようかと思った——が、手の宝石をみて、さっさと歩いていった。クリスチャンにはもうしばらく戸棚にいてもらったほうがいい。もう出てきていいと声をかけるまでは、出てこないだろう。

　長いロウソクで足元を照らしながら、部屋の奥の扉を抜けて、すぐに細くて暗い階段を上っていった。目の前の闇はロウソクの光に追われていなくなるが、すぐ後ろにもどってくる。階段を上りきると、火明かりがもうひとつの扉の羽目板をてらてらと照らした。ジェンキンズはなかに入った。そこは、階下の悪魔を召喚した部屋とくらべるとずいぶん小さい部屋だった。

　ロウソクの光のせいで、黒い木のテーブルの上に、揺れる筋が一本できている。テーブルがつやつやしているのはワックスのせいではなく、使いこんだせいだ。ジェンキンズがロウソクを上げると、光がまわりの壁をはいあがり、天井を横切り、やがてひとつの壁を占めているいくつもの本棚の上で止まった。

　重々しい高価な本が並んでいる。表紙は分厚い革で、しっかり閉じられるように鉄の留め金がついている。何冊かは鍵《かぎ》までついている。題名は『地獄の王子とその軍団』『灰色の皮』『セームンドの魔法の書』『マーリンの書』など。どれも黒魔術《くろまじゅつ》の本だ。

　ジェンキンズは部屋の奥にある扉に向かった。ロウソクが、いくつもの棚に並ぶほっそりしたガラス管やるつぼに小波《さざなみ》のような光を投げかけ、冷たい石の乳鉢《にゅうばち》や乳棒《にゅうぼう》を照らす。天井からぶら下がっている乾燥させた薬草の束が浮かび上がり、その影が移動していくのは、ジェンキンズがロウソクを持って薬草の束に近づき、その下を通り過ぎていくからだ。

ロウソクが大小の薬瓶《くすりびん》のラベルを照らす。「絵に描かれた黒い聖母の涙」「赤ん坊の脂《あぶら》」「ワニの糞《ふん》」「絞首刑になった男の頭蓋骨《ずがいこつ》に生えた苔《こけ》」。それらはロウソクの光が通り過ぎると、また闇のなかに沈《しず》む。どの薬瓶にも（と猫は語る）ラベルに書かれたものは入っていない。ワニの糞は宮殿の馬屋から持ってきた馬の糞だし、赤ん坊の脂は宮殿の厨房から持ってきたラードだし、処刑された男の頭蓋骨の苔は宮殿の噴水のまわりから持ってきたものだし、黒い聖母の涙はクリスチャンの涙で――クリスチャンは、どんな聖母の絵よりもたくさん涙を流したし、涙を流す理由もたくさんあった。ジェンキンズは、この散らかった物置部屋の奥の扉を開けて次の部屋に入った。そこは明るくて暖かかった。これがジェンキンズの私室で、ジェンキンズはとても気に入っていた。

窓には木のよろい戸がはめこまれ、その前には赤のベルベットのカーテンが引かれて、冬の闇と寒さを閉め出している。青と白の模様入り陶製暖炉が発散する熱で、部屋のなかは暑すぎて、木の壁がきしみ、かすかな森の香りを放つほどだった。暖炉のそばにはクッションのついた座り心地《ごこち》のいい椅子があり、その前には足台が置いてある。椅子の後ろの台にのっているオイルランプはジェンキンズの読書用だ。椅子の脇《わき》にある低いテーブルにはごちゃごちゃといろんな物が置いてある。絹の栞《しおり》をはさんで閉じた本、ケーキののった皿、くし形に切ったレモン、ホルダーに入れたティーグラス、オイルランプがもうひとつ。テーブルの隣にある銀製のサモワール（ロシアの湯沸かし器）は脚がワシの爪の形になっていて、注《つ》ぎ口《くち》はワシの頭の形になっている。

部屋の反対側にあるジェンキンズのベッドは、赤のベルベットのカーテンで囲まれている。カーテンで囲むようにしたのはクリスチャンで、なかのベッドを作ったのもクリスチャンだった（クリスチャン自身は物置部屋の床で寝ているのだが）。ベッド脇のテーブルにはもうひとつオイルランプが置いてある。寝る前の読書用だ。

さらに多くの本が壁をおおっている。訪問客《ほうもんきゃく》の目につきやすい棚には革装丁《かわそうてい》の魔法や錬金術《れんきんじゅつ》の本が詰まっている。しかし、いちばん上や下、隅などの目につきにくい棚には安っぽい本が置いてある。それらは布装丁だったり、装丁さえされていない中身だけのものだったりする。そんな本の多くはロマンス物だ。ジェンキンズはおもしろいロマンス物が好きだったが、ジョークの本も好きで、それから旅行記や不思議《ふしぎ》な話も好きだった。『子牛とウサギを産んだヘースティングズの女』『つい最近、耳に快い音楽を奏《かな》で、甘い香りを漂わせてギティングズ通りの住民を驚かせた奇妙な幽霊』。ジェンキンズはこんな本が好きだった。というのは――ジェンキンズほどそれがよくわかる人物はいないだろうが――本当のことは何ひとつ書かれていないからだ。

ジェンキンズはロウソクを、椅子のそばのテーブルの上に置き、ケーキをつまんで、口に放りこむと、ベッドのほうにいった。カーテンを開いて、ベッドの頭のところに作り付けてある木の棚のほうに手を伸ばした。

棚から箱を取り、ベッドに座って膝の上に置くと、着ている服のなかから長い鎖を引っぱりだした。その先には鍵がついている。

ジェンキンズはケーキをもぐもぐやりながら、その鍵を差しこんで箱を開けた。なかにはコインと宝石の小さな山があり、ジェンキンズはそれにさっき床の上でみつけた三個の宝石を加えた。箱に入っている宝石はすべて皇帝のカフタンから落ちたものだ。皇帝は宝石をちりばめたカフタンを着たまま寝るので、悪夢をみるたびに宝石を留めてある糸が切れる。そして皇帝が宮殿を歩くと、宝石が糸から落ちるのだ。召使いはそれを拾うと、そのうちのいくつかを皇帝の服を作る工場に持っていく。ジェンキンズはすべて自分のものにする。

　ジェンキンズは棚に箱をもどした。それからもうひとつケーキをつまむと、ロウソクを片手に部屋を出た。小さな物置部屋を抜け、暗い階段を下りて悪魔を召喚した部屋に向かう。

　暗く広い部屋をぐるっと回って、隅という隅をロウソクで照らしてみた。それから、皇帝が出ていった扉を開け、しばらくそこに立って耳をすませ、暗い庭を見下ろして、兵士やスパイが残っていないか確かめた。ほかにだれもいないことが確認できると扉を閉めて、また例の部屋にもどり、チョークで描いた円のなかに入って、まだ燃えているロウソクをすべて消した。火がついているのは手に持ったロウソクだけだ。それまで天井の端のほうでじっとしていた闇が下りてきて、部屋の隅にいた闇も忍び寄ってきた。細長く、天井の高い闇のなかで、ジェンキンズのはげた頭と、ひげの生えた肉付きのいい顔と、広い肩だけが、持っているロウソクで黄色く照らされている。

　ジェンキンズは壁のほうに歩きながら、片手をロウソクの片側にそえていたので、光は片方しか照らさなかった。ロウソクの光が当たっているのは、木の羽目板で、それもほんの一部だけだ。ジェンキンズが壁にそって歩いていくと、光の当たる部分も動いていく。このあたりだったなと思ったところで、ジェンキンズは板をたたいて呼びかけた。「クリスチャン——クリスチャン——もう、出てきていいぞ」

　隠し戸が大きな音を立てて開くと、クリスチャンが戸棚から転がり出てきた。そしてふらふらしながら壁に寄りかかり、悪魔の頭を引っぱって外し、まっ赤な顔で、見開いた目はぎらぎらしている。大きな部屋は、隠れていた場所と同じくらい暗い。ジェンキンズがロウソクを目の前に突き出した。
「よし、よくやったな」ジェンキンズはごつい腕をクリスチャンの肩に回したが、クリスチャンは小さくなっている。「おれまで、本物の悪魔かと思ったくらいだ。皇帝は魔王だと思ったんじゃないか！」ジェンキンズはクリスチャンを抱きしめたが、クリスチャンのほうは恐怖と警戒心《けいかいしん》で丸太のように体を固くしている。抱きしめられ、ほめられたあとで一発食らうことがよくあったからだ。ところがジェンキンズはこういった。「さあ、急いで二階にいって、着替えろ。だれかにみつかるとまずい。あとでケーキをやる」その言葉でジェンキンズが本当に喜んでいるらしいことがクリスチャンにもわかった。

　クリスチャンはうれしくてわくわくしてきた。弾《はず》むような足取りで階段のほうにいくと、ぜんまいのような尻尾が跳ねた。ジェンキンズは尻尾を蹴飛ばしたが、からかい半分だった。「そうとも、ケーキをやるぞ」クリスチャンの後ろから声をかけながら、そのあとをゆっくり上がっていった。「お話をひとつ読んでやるぞ」

　クリスチャンは物置部屋を踊るようにして抜けるときも満面の笑みを浮かべていた。クリスチャンをしばらく幸せにするのはなんの苦労もいらない。暗い隠れ場所から出られて、主人の機嫌《きげん》がよくて、ケーキとお話が待っていれば――それだけで十分だ。

　ジェンキンズの部屋に入ってじっと立っていると、主人がベルベットの着ぐるみのボタンをはずしてくれたので、クリスチャンは剝《は》ぎ取《と》るようにしてそれを脱ぎ、悪魔の頭といっしょに主人のベッドの下に隠した。下は裸だった。裸にならないと着られないくらい、着ぐるみはきつかったのだ。

　クリスチャンが手早く服を着る間、ジェンキンズはひじ掛け椅子に座って、軽くため息をつき、足台に足をのせ、満足げに両手を腹の上で組んだ。今日はよく働いた、夜はのんびりしてもいいだろう。

クリスチャンは主人の思っていることがわかっていたので、サモワールの上から銀のポットを取り、ティーグラスに濃《こ》い紅茶を少し注ぐとサモワールの湯をそれに足して、ジェンキンズのそばにあるテーブルの上に置いた。それからケーキがのっている皿をジェンキンズのそばに寄せた。主人の靴を部屋履きに替える必要はなかった。なにしろジェンキンズは部屋履きを脱ぐことはないからだ。

「枕を背中にあてましょうか、ご主人様」

「いや、いい」

「厨房にいってきましょうか――」

「あとでな」ジェンキンズがいった。「ケーキをひとつ食べていいぞ」

「ありがとうございます、ご主人様」クリスチャンはケーキをひとつ取ると、ちらっとジェンキンズの顔をうかがった。ジェンキンズはテーブルから本を一冊手に取って、それをめくっているところだ。クリスチャンはケーキをもうひとつ取って手に隠すと、床にあぐらをかいて座った。

ジェンキンズは椅子に腰かけて、楽な姿勢になろうともぞもぞしながら、本を印のあるところまでめくった。「船のハンサムな給仕係」という話のところだ。これは兄の服を着て男の子になりすました女の子の話だった。女の子は広い海を、いなくなった恋人をさがしている最中に海賊にさらわれてしまう。ジェンキンズはこんな話が大好きで、読んできかせるのが趣味だった。女の子の言葉は高いけれど落ち着いたりりしい声で、陽気な水夫の言葉は太い声で、海賊の言葉はうなるような恐ろしげな声で読む。クリスチャンはケーキを少しでも長持ちさせようと、ちびちびかじりながらきいている。クリスチャンもこの話が好きだったが、とりわけこれが好きなのは、ジェンキンズがいつも楽しそうに登場人物を演じるからだ。ジェンキンズは読むうちに、どんどん上機嫌になっていった。クリスチャンは思った。もしかしたらもうひとつケーキを食べていいといってくれるかもしれない、そうなるとケーキが三つだ。

ハンサムな給仕係の話が終わりに近づいたが、まだ終わらない。そこまで読んだとき、外の扉、物置部屋の扉をノックする音がした。ジェンキンズは読むのをやめて、本の端からクリスチャンをみた。

クリスチャンは不満げな声がもれそうになるのを抑えて――そんなことをしたら主人はかっとなる――立ち上がり、物置部屋に入っていって、扉を開けた。扉の外、階段を上がった狭い暗がりに、ふたりの北の地の領主が立っていた。

「どうぞ、お入りください――主人がお待ちです」クリスチャンは北の地の言葉を話すのがジェンキンズよりずっとうまい。

クリスチャンが脇にどくと、ふたりは物置部屋を歩いていった。年上の領主はまっすぐ前を向いていたが、年下のほうはまわりの本をみたり、瓶や薬草の束をみたりしている。

ジェンキンズが椅子から立ち上がって挨拶《あいさつ》し、握手をしながら、この狭苦しい部屋にきていただけるとはじつに名誉なことですといった。その間に、クリスチャンが物置部屋から重い椅子をふたつ引っぱってきた。年上の領主はジェンキンズが使っていた座り心地のいい椅子に座り、息子とジェンキンズがそれほど座り心地のよくない椅子に座った。どちらも、クリスチャンが埃をはたいたばかりだ。

「どうぞお飲み物でも」ジェンキンズがそういって「クリスチャン！」と呼びかけたが、クリスチャンのほうはすでにワインとグラスとケーキを、ベッドの端のほうにある小さな戸棚から持ってきていた。

「気のきく召使いだ」年上の領主がそういってほほえんだ。「今日は、じつにおもしろいものをみせてもらった。悪魔を召喚するところなど初めてみた」流ちょうな英語だった。北の町は皇帝の領土のはずれにあるため、ほかの土地の住民より他国の人々に会う機会が多かったのだ。

「ありがとうございます」ジェンキンズがいった。

「いやいや、こちらこそあの悪魔に感謝せねばな。とても助かった」領主はほほえんで、一瞬、クリスチャンのほうに目をやった。クリスチャンは命じられたらいつでも対応できるよう、そばに立っている。「だが、あの悪魔の言葉は――いささか――直接的すぎではなかっただろうか」

「『北の者たちの願いを聞き入れてやれ』？」若いほうの領主がいった。「ちょっと露骨《ろこつ》すぎるぞ、ジーンキンズ」

「ですが、悪魔にあのようにいってほしいということではありませんでしたか」

「たしかにそういったが、もう少し遠回《とおまわ》しにいってほしかった。われわれが心配しているのはだな、ジーンキンズ、あそこまではっきりいわれたら、皇帝もうさんくさいと思うのではないかということだ。皇帝は、われわれが悪魔の助けを借りるのに金を払ったと察して、われわれが西の国々と貿易をする許可を与えないことにするのではないか」

「なんにせよ、皇帝は許可を与えないと思うが」若い領主がいった。

「よろしいですか」ジェンキンズはまた、突き出た腹の上で手を組みながらいった。「これまでの人生で学んだことのひとつは――遠回しなやり方は時間のむだ、ということです。もしわたしが皇帝と遠回しなやり方をしていたら、いったいどうなっていたと思われます？　おそらく、わたしのことをまったく理解しなかったか、わたしのいうことを誤解したか、あるいはこう考えたか。こいつはこざかしくて抜け目のないやつだ――いったいどんな手を使うつもりだ？　しかし、わたしの悪魔は単純《たんじゅん》明解《めいかい》にいってのけました。したがって、誤解も間違いもありえません。もし皇帝があやしんでいるとしたら、こうお考えになったはずです。自分をだまそうとする者がいるとしても、ここまであからさまなだましかたをするだろうか。まさか、そんなことをするはずがない！　ひと言、よろしいですか、もし嘘をつくなら、大きな嘘をつくことです。とんでもない大嘘を。そうすれば間違いはありません！　結局は同じなのです。嘘を信じる者はそれがどんなにあからさまな嘘であっても信じ、嘘を信じない者は、それがどんなに巧妙《こうみょう》で抜け目のない嘘であっても信じないのです。われわれは今日、それをこの目でみたではありませんか。嘘を信じない者がどうなるか」

「パヴェル卿には悪いことをした」年上の領主がそういってクリスチャンにほほえんだ。クリスチャンはほほえみ返す勇気はなかった。「ジーンキンズ、そなたの悪魔には、その単純明快な言葉で皇帝にこう伝えさせてほしい。われわれが西の国々と自由に交易をすることをお許しいただければ、それは大いに皇帝自身のためにもなると。われわれは広大な森林を北の地に持っている！　そしていま、フランスとイギリスはふたたび戦争に突入しようとしている。どちらも、軍艦《ぐんかん》を作るための木材が必要なはずだ」

「ドイツとオランダも」若い領主がいった。「商船を作るための木材を必要としている。それに毛皮の取り引きも大きい」興奮《こうふん》した調子でいう。「ビーバーはわれわれの森林を荒らすが、ビーバーはヨーロッパでは帽子になる――罠でつかまえて大量に売りつけることができる」

「それから奴隷も」年上の領主がいった。

「奴隷も?」ジェンキンズがたずねた。

「ラップ人だ。やつらはビーバーより手に負えない。われわれの猟のじゃまをして、木を切るじゃまをする。北の地から一掃《いっそう》するに限る。そうすれば、木の伐採《ばっさい》も手早く安くできるようになる」

息子がいった。「ラップ人なんか全員殺してしまおう、殺してしまえばいい」

父親は愉快《ゆかい》そうに息子をみると、ジェンキンズのほうに目を向けてほほえんだ。「いや、かなりの人数になる。売れば金になるものをむだにするのはもったいない、そうでしょう、ジーンキンズ?」

ジェンキンズは声を上げて笑うと、クリスチャンに領主たちのグラスにもっとワインを注ぐよう合図した。クリスチャンはすぐにいわれたとおり、身をかがめてワインを注ぎ、頭を下げて男たちの騒々しい笑い声をきいていた。召使いは主人や客の冗談《じょうだん》に笑ってはいけないことになっていたのだが、そもそもおかしいとは思えなかった。「ラップジン」というのがなんなのかよくは知らないものの、奴隷として売られるというからには、人間にちがいない、そう思うと笑う気にはなれなかった。自分も奴隷のようなものだ。というのは、父親に——大きな体をしていたということくらいしか覚えていないが——六ポンドでジェンキンズに売られたのだ。ずいぶん前のことで、ずっと小さかった頃のことだ。ジェンキンズに買われてからしばらくのことはよく覚えていないが、怖くて、不安で、悲しかったことは覚えている。

笑いがおさまると、ジェンキンズは肉付きのいい厚みのある手を組んで、まるで祈りでもするかのように、赤い鼻の先に持っていった。「ええっと——ところで——この件でわたくしの報酬《ほうしゅう》については再度、ご検討いただけたでしょうか」

年上の領主も両手の指先を合わせて三角形を作った。「それについては考えてある。親族にひとり、若い娘がいる。地所は小さいのだが、わが一族と血縁関係《けつえんかんけい》にある。もしわれわれが西の国々と交易ができるよう皇帝の許可をとりつけてくれれば、そなたの妻にしようと思う」

　クリスチャンがみていると、ジェンキンズは自分の三角形にした手を腹におろして、椅子の背にもたれかかり、いかにも満足そうな表情を浮かべた。クリスチャンは、ジェンキンズがそんな顔をするのをみたことがなかった。「おそれながら、わたしもわたしの悪魔も心からお仕えします。皇帝は間違いなく、お望みどおりの返事をなさるはずです」

　ふたりの領主はもう一杯ワインを飲むと、では失礼、といった。ジェンキンズはいっしょに扉のところまでいき、急な階段を下りていくふたりの足元をロウソクで照らした。それから自分の部屋にもどると、クリスチャンをつかまえて、荒っぽくぎこちないダンスを踊った。「もうすぐおれは領主になれる！」大声で歌った。「もうすぐおれは領主になって、でっかい屋敷《やしき》で暮らすんだ。奴隷が土地を耕《たがや》して、貴族の娘を妻にする——食料品屋の息子が大出世！」そして少し酔っ払っていたので、クリスチャンをぎゅっと抱きしめて、その額《ひたい》にキスをした。

　クリスチャンはごつい腕から抜け出して、ジェンキンズをひじ掛け椅子まで連れていった。「だいじょうぶなんですか、ご主人様？　皇帝が——」

「だいじょうぶなんですか、だと？」ジェンキンズは大声でいった。それからクリスチャンの薄い頬を両手でつまんで、揺さぶりながらいった。「おまえは真珠《しんじゅ》を採りに海に潜《もぐ》ったことはないだろう、クリスチャン！　真珠は海底にあって、海底はぞっとするほど暗い——それに、ぞっとするほどの水の重みがのしかかってくるんだ。海底で死ぬこともある、ぞっとする——サメに食い殺されることもある。それでも人は真珠を求めて潜るんだ、クリスチャン。それでも人は真珠を求めて潜るんだ！」ジェンキンズはクリスチャンの頬を放して、片方をたたいた。ほんの冗談のつもりだったが、痛かったらしく、クリスチャンの目に涙がたまった。

それをみたジェンキンズは、黒い聖母の涙がそろそろ少なくなってきているかもしれないと思った。

「そろそろお休みになりますか、ご主人様」

「もうすぐな」

「ご主人様」クリスチャンがひじ掛け椅子のそばで小さくなってたずねた。

「なんだ」

「ご主人様が領主様になったら――ぼくはどうなるんですか」

そうきかれてジェンキンズは驚いた。ジェンキンズはあれこれ先の計画を立てる性格だったので、当《とう》然《ぜん》、この悪魔をどうするかは考えていた。自分が領主になって、悪魔なんかもういらなくなったときのことは考えていた。しかし、驚きあわてたのは、クリスチャンがそのことを考えていたからだ。ジェンキンズはクリスチャンの顔をみた。ほんの一瞬だったが、ジェンキンズの顔に浮かんだ表情はクリスチャンの大嫌いな表情だった。「だいじょうぶだ、かわいい弟子、先のことはちゃんと考えてやる」ジェンキンズは声を上げて笑うと、クリスチャンの鼻を指ではじいた。「それとも地獄に送りこんでやろうか、小悪魔？」クリスチャンが震えあがるのをみると、ジェンキンズはケーキをひとつやって、冗談だといった。

ジェンキンズは椅子に座って、うれしそうに二時間半ほど、自分が領主になったら、思い切りぜいたくな暮らしをするといって、これまでにやってきた思い切り気のきいたペテンの数々を話したかと思うと、

「船のハンサムな給仕係」の最後を読むといってきかず、実際、とてもうまく朗読したのだが、その途中でクリスチャンはうとうとしてしまった。

　しかし、クリスチャンにはジェンキンズの服を脱がせ、ベッドに寝かせ、しびんをそばに置いていくという仕事がまだ残っていた。そのあと、ロウソクを消してようやく自分の寝場所、物置部屋にあるテーブルの下にいった。ぐったり疲れていたので、数分後には意識《いしき》がなかった。

　ジェンキンズはしばらく心地よい眠りのなかにいたのだが、閉じたまぶたの裏の闇に皇帝の姿がありありと映った。実物そっくりだ。

　長く脂っぽい髪、大きな鼻、影のせいで穴のようにみえる目。皇帝の表情はこう語っている。わしが知らぬとでも思っているのか、この嘘つきめ。おまえはずっとわしに嘘をついてきた。わしはおまえが、どこまで大きな嘘をつけるか、どれだけわしをばかにできるか、みているのだ。いずれ、わしの部下がおまえを処刑しに……。ジェンキンズは飛び起きた。あたりはまっ暗だ。骨の髄《ずい》まで凍りついた。

　ジェンキンズは、長いことトラの背に乗ってきたようなものだ。トラは長いことおとなしく従順だったので、いつまでも安全だと思っていた。ところがときどき――それはいつも夜だったが――自分が乗っているのはトラなのだと思い出して、ぞっとする。そしていやおうなく考えさせられる。トラがこんな遊びはやめようと思ったら、どうなるのか。

　ああ、どうしよう。ジェンキンズは全身が凍りつくような思いで考えた。おれもそのうち間違いをおかす――か、能なしのクリスチャンが間違いをおかす――かして、皇帝でさえ気がつくようなことがあるかもしれない。ああ、おれよりずっと頭のいい魔術師がずっと巧《たく》みな仕掛けをもってやってきて、おれのいかさまをばらすかもしれない。ああ、どうしよう……。

　ジェンキンズの頭の中に、絞首台からみる情景が浮かんできた。何千もの顔がこちらを見上げて、処刑を見物しようとしている。処刑人が柄の長いペンチを火のなかにぐっと突っこむのがみえる。このおぞましい情景は強烈で、ジェンキンズは全身が震えてきた。目を閉じたが、まぶたはその情景を消してはくれない。

　ベッドのなかで縮こまり、両の拳を顔に押しあてて考える。どうすべきかはわかっている。いまある金をすべてまとめ、皇帝のカフタンからこぼれた宝石をすべてまとめ、貴重な本をすべてまとめて、逃げる。皇帝の手の届かないところまで。いざとなったら、クリスチャンも置いていく。いままで仕込《しこ》んできたが、しょうがない。

　しばらくベッドに座って逃げる方法を考えていたが、疲れていたし、酔っ払ってもいたし、いますぐ危ない目にあうわけでもない。

　ジェンキンズはいつもこう考える。明日の晩、逃げればいい。そうして何時間か目を覚ましているが、また眠るのだった。そして朝、目が覚めると、トラはまたおとなしくしていて、ジェンキンズはほっとする。朝になると、逃げる必要などないように思えるのだった。逃げたりしたら、領主になれなくなってしまう。

　ここに（と猫は語る）皇帝がいて、北の地に猟師や木こりを送りこんでいる。そしてここにジェンキンズがいる。ジェンキンズは、魔法などというものはなく、魔法使いと称している連中はみなペテン師だと思っている。

それからクリスチャン。クリスチャンは魔法はすべていんちきで、人は真実ではなく、大きな嘘を信じるものだと教えられている。

この三人のほうへ（と猫は語る）、シンジビスが近づいてきている。魔法使いになるべく生まれてきたものの、まだ半人前《はんにんまえ》だが、嘘をかぎつけることはできる。次は、このシンジビスについてさらに語ることにしよう。

第三章　処刑

木のまわりをまわりながら猫は、かたくて丸い小さな足で落葉を踏み、金の鎖を巻きつけていく。

さて（と猫は語る）、木でできた煙《けむ》い皇帝の街は、暗い空の下、闇のなかでうずくまったまま置いておこう。

さて、これから若い魔法使いの見習い、シンジビスの話をしよう。

黒と銀色の森を抜け、白い雪原を越え、シンジビスは弓で体を前に押し出しながら、スキーで一日に六十キロほど進んでいった。

おなかがすくと、歌をうたってライチョウを呼び寄せ、歌をうたって手にとまらせて、手早くその首をひねった。狐のように鼻をきかせて、雪の下で眠っているレミングをみつけることもあった。

眠くなると、冬眠をする熊のように雪のなかに深い穴を掘り、熊に姿を変え――やせっぽちの小さな熊だが、毛はふさふさしている――ぐっすり眠った。眠っている熊のじゃまをする者がいるとすれば人間くらいだが、魔法使いの見習いにとって人間など怖くはない。

雪の中で眠っていると、あの小さな家にいる夢をみた。扉をたたく音が響いている。シンジビスが出ないまま放っておくと、今度はよろい戸をせわしくたたく音がした。それから家のまわりを歩く大きな足音がして、あちこちの壁を激しく打つ音がした。それからよろい戸が一枚大きく開いて、老いた魔法使いがなかをのぞきこみ、シンジビスの名を呼び、手招きをして、首を振ってみせた。しかし、夢のなかのシンジビスは立ち上がってよろい戸を閉める。するとまた扉やよろい戸をたたく音が始まった。シンジビスは耳を手でふさいで、きこうとしなかった。おばあさん、寒いところにいるんですね、どうかそこにいて、わたしにかまわないでください。

夢がぼやけて長い闇に変わり、目ざめの時に変わると、シンジビスは熊から元の姿にもどり、袋から干した魚とトナカイの脂身を出して食べた。そして雪のなかから元気よく飛び出て歩きだした。

風がやんでどこまでも静かな大地を滑っていく。しかし、魔法使いになる訓練を受けた耳には、あらゆる音がきこえていた。スキーが雪をこする音、木々の間で風がささやく音、枝と枝がぶつかるかたい音、ふいにこだまする狐の叫び。

シンジビスはひたすら南へ進んでいく。方角は星が教えてくれる。一度、星が隠れてしまったことがあったが、そのときは灰色のホッキョクギツネに道をたずねた。「お姉さん――どちらにいけば、街に着きますか、南にある皇帝の街に？」

狐は素早く逃げていったが、はっと立ち止まって、肩ごしに後ろをみた。シンジビスを小熊だと思ったのだ。冬の熊はいつも腹をすかせている。相手が狐でも、つかまえたら食べてしまう。しかしよくみると、熊ではなく人間だとわかった。それも男の子だと思った。人間の男の子は狐を殺して、その毛皮で帽子を作る。ところがその子が持っている弓には弦が張っていない。狐はみんな好奇心が強い。人間の男の子はよく狐に話しかける——人間はいつでもおしゃべりだ——が、狐にわかる言葉で話しかける人間はめったにいない。そこで狐は尻尾を振って、返事をした。「あなたみたいな人間に会えてうれしいわ。あなたは、人間はこの世界の弟だってことを知ってるのね」

シンジビスがフードを後ろに押しやると、頭から狐の耳が飛びだして、狐の声を聞き取った。シンジビスがほほえむと、頭が狐の頭になった。「人間は手足が弱く、あごが弱く、目が弱く、耳が弱く、鼻が弱く、脚が弱く——頭も弱いんです！　でも、皇帝の街はどちらにあるんですか、お姉さん」

「あっち、あっちのほうよ」狐が答えた。「わたしがいくのと反対のほう！」そういうと狐は凍った雪原の上を、尻尾を上げて駆けていった。

こんな調子でシンジビスの旅の一部始終を話すと（と猫は語る）、ずいぶん時間がかかる。歩いて渡った氷の川、避けて通った村、つかまえて食べた鳥や獣《けもの》などをいちいちあげていく必要はない。簡単にこういってすませよう。取り立てて語ることもないまま、シンジビスは皇帝の街に着いた。それは北の未開の地からはるか南にあるが、まだ深い雪に埋もれ、霜じいさんに抱きしめられてきしんでいる。

シンジビスがそれまで何日もしてきたように、凍りついた雪の上を滑り、マツやカバの木の森を抜けていくうち、橇《そり》の鈴の音が、高く低く響いてきた。むっとするような馬の糞のにおいがぷんぷんしてきた。

馬の蹄《ひづめ》がかたく凍った雪を打つ音がきこえ、橇《そり》の下の鉄の板が雪面を滑りこする音がきこえ、金属の強いにおいがしてきた。滑るようなこするような足音、ぬれた革が風を切る音。大勢の人の叫び、おしゃべり、あえぎ、笑い声がきこえる。息には、粥《かゆ》やチーズや牛乳を消化している温かい胃からのにおいが混じっている。荷車や背負った荷物が、揺れたり滑ったりこすれたりする音。カブやニンジンの土くさいにおい、貯蔵してある野菜の湿《しめ》っぽいにおい、干した魚のかびくさいにおい。それらすべてが森を漂ってくる。シンジビスはそんなにおいや音をたどって、街に続く道に出た。

　夕暮れの薄明かりのなか、道をゆく多くの人が作る太くて黒い蛇《へび》のような列には、あちこちに黄色の模様がみえる。人が手に持つ灯りや、橇《そり》の先に揺れている灯りだ。次々にいろんな人が列に加わってくる。しかし、それでも、闇からスキーでやってきたほっそりした人影をみると、近くにいる人は振り返って、そばにいる人を肘《ひじ》でつついた。だれもが狐と同じように、男の子だと思い、刺繍をしたトナカイ革の服や、弓や矢筒をみて、遠くからやってきたラップ人の猟師の子だろうと思った。ラップ人をみたことのある人はほとんどいなかったが、みんな話にはきいていて、すぐに知ったかぶりをして話しはじめる人も出てきた。

「ラップ人の王子だ」だれかがそういいだして、その話はすぐに列の前にも後ろにも伝わっていった。

「雪とトナカイの王子で、熊を殺して呪われた。その熊というのが前世は自分のじいさんだったんだ。ほら、ラップ人はみんな魔法使いで奇妙なことを信じてるからな。それで、その罪ほろぼしをしようとこの街にある黒い聖母様にお参りにきたってわけだ。聖母様の涙をもらって村に帰れば、呪いが解けるんだろう」

そんなはずはないと思った人たちも、よくできた話だと思い、ほっそりした少年に好意を持った。そして黒パンやチーズや、玉ネギや豚の脂身など、ささやかなものを分けてやった。

　シンジビスも袋のなかから、前の日ににおいをかぎつけてつかまえたレミングや、塩漬けのトナカイの脂身を差しだした。しかし、人々は笑って、礼をいうだけで、受け取ろうとはしなかった。

　前のほうに街がある。夕暮れの雪明かりのなかに、城壁や塔の大きな影がみえる。街のあちこちで、家のなかや外でたかれている火の煙が立ちのぼり、上のほうでひとつになっている。そして街のあちこちでたかれている火の明かりが煙の雲の下側を照らしている。皇帝の街の上には常に恐ろしい雷雲がたれこめているかのようだ。

　一歩一歩、人々は凍りついた道をわずかずつ進みながら、何時間も何時間もかけて街の門へと近づいていく。

　さらに近づいていくと、多くの足音や蹄鉄の音や、雪のなかを滑る橇《そり》が立てる音などすべての音が、街を囲む高い城壁に反響した。それまでは広大な寒い大地に吸いこまれていたというのに。そしてまた街のなかから、シンジビスの耳や鼻に、新たな音と新たなにおいが運ばれてきた。鋳造場から響いてくるハンマーの踊るようなにぎやかな音、強烈な糞のにおいやごみを燃やすにおい、市場の喧噪《けんそう》、すさまじい悪臭にかすかに混じって漂う料理のにおい、教会の鐘の音《ね》。そのうちようやく、前方に細く開いた門がみえてきた。

　人の列がなかなか前に進まないのは、人も橇《そり》も荷車も、門に着くたびに衛兵に止められるからだ。衛兵はみな背が高く毛皮の帽子をかぶっている。詰め物をした黒のコートは厚く丈が長く、ブーツの上半分を隠している。腰には剣を下げ、手には槍《やり》を持っている。街に入ろうとする人がやってくるたびに、衛兵たちは袋を突き出して、「心付け！」という。すると人々はその袋に何か放りこんだり落としたりする。そのたびに、それが袋のなかに入っているものの上に落ちて、かちん、ちりんと音を立てる。

「『心付け』ってなんですか」シンジビスはまわりの人にたずねた。

「お金」すぐ前で震えている女の子がふり向いていった。その顔は冷たい風でひびができて鼻はまっ赤だ。「衛兵にお金をあげないと、入れてくれないよ」

「わしらからしっかり税金をむしり取っているくせに」後ろにいる老人がぼやいた。ひげの生えたあごがシンジビスの肩くらいの高さにある。「それでも足りないとばかりに——皇帝はわしらからかすめ取っていく。部下は部下で取り分を要求してくる。街に入るたびに、出るたびにな。盗人《ぬすっと》め！」老人は大声でいうと、シンジビスの後ろで小さくなった。衛兵がひとり振り返ったからだ。

「お金って、どんなものなんですか」シンジビスがたずねた。

　老人は仕事でよごれた分厚い手袋をはずして、手のひらに用意してある銅貨をみせた。シンジビスは銅貨をつまみ上げ、裏と表をみると老人に返した。それからしゃがんで、道ばたのかたくなった雪をひとつまみ取った。ミトンをはめた手に雪をのせて、低い声で歌った。老人には聞き取れなかったが、聞き取れたとしても意味はわからなかっただろう。しかし、老人がみていると小さな雪のかたまりは平たくなり、色が変わって、さっきの銅貨そっくりになった。老人は口をぽかんと開けてあたりを見回し、ほかにもみた人がいないかさがした。

「たまげた。わしにもそれができればいいんだが」老人はそういって、シンジビスのフードの下の顔をのぞこうとした。「おまえたちラップ人はみな魔法使いだときいているが、おまえもそうなのか」

　シンジビスはにっこりしてうなずいた。

　老人はまたシンジビスの手のなかにあるコインに目をやり、自分の服のポケットをそれでいっぱいにしてくれと頼もうかと考えたが、できなかった。ラップ人は変わった連中だときいていて、どう扱っていいかわからなかったのだ。この少年はちょっとしたことで怒りだすかもしれない。魔法使いを怒らせるのは危険だ。「うまくいくよう祈ってるよ。皇帝の手下がだまされるのをみるのは楽しいもんだ」

　門までいくと、シンジビスは衛兵の袋に銅貨を入れた。銅貨は本物と同じような音を立てたが、すぐにまた雪にもどるだろう。老人は信じられないとばかりに首を振っている。

「大広場へいけ」衛兵が人々を通しながら声をかけている。「全員、大広場へいけ」

　門につづく陰鬱なトンネルを抜け、混み合っている通りに入っていくと、人々がかたまって押し合いながら前に進んでいく。「大広場だって？」だれもがそういっている。「なんで大広場にいかなくちゃいけないんだ」

　人混みのなか、凍りついた雪の上でまっすぐ立っているのは大変だ。シンジビスは後ろから、横から、前から押されたり突かれたりした。腕を強くつかまれて、そちらをみると、門のところで会った老人だった。

「だれかが皇帝から勲章でももらうんだろう」老人が息を切らせながらいった。「それとも、お触《ふ》れでも出るか――税金をまた上げるぞ、とか！　これでもまだ足りないというのか。人頭税《じんとうぜい》、窓税、床税、材木税、塩税――」シンジビスは腕を曲げて力をこめ、老人を支えている。老人は足を滑らせてはぼやき、ますますシンジビスの腕や肩につかまってくる。

冬の夕暮れどきの薄明かりのなか、黒い木の壁と壁にはさまれ、人々は前へ前へと必死に進んでいる。人の流れのあちこちに衛兵が浮かび、手にした槍《やり》が、あるかないかの明かりを反射している。衛兵たちが咳をしながら、「広場へいけ！」と怒鳴るたびに、槍《やり》が揺れて冷たく光った。

ぴったり閉まった窓からわずかな光が闇のなかにもれている。通りの上に張ったロープから下がるランタンが、ちらちらと踊るような光を投げかけている。

前後左右で人が騒々しく押し合っている。それから悪臭。古くなったごみのすえたにおいや、むせるような汚水だめのにおいが、この寒さのなかでも強烈に鼻をつく。これが皇帝の街だ。闇、ちらつく光、騒音、人混み、悪臭。シンジビスが顔を上げると、家の屋根のはるか上のほうに夕闇の空が広がり、それに銀色の星々がずっしり重そうにぶらさがっているのがみえた。

やがて通りが広くなった。両側の木の壁も彫刻がしてあったり、金色に塗られたりしている。ロープから下がっているランタンも色ガラスを使ったものになり、赤や緑や濃紺《のうこん》の光が暗い壁や雪の上で踊っている。通りが広くなったので、人々の進みが速くなった。老人はまだシンジビスにつかまっている。氷のようにかたい雪の上で転ぶのが怖いのだ。

広い通りをいくうちに大広場に出た。そこは広々としていて、だれもがゆったり歩く余裕があるにもかかわらず、前のほう、広場のまん中あたりにまた、びっしりと人がかたまっている。黒のコート姿の衛兵たちが、新たにやってきた人々に、まわりに集まるよう指示している。

「皇帝をみたことはあるか」老人がシンジビスにきいた。「みてみたいだろう。前にいけ。おまえは若くてたくましい。ほかの連中を押し分けて前にいけ」

シンジビスは皇帝をみたいと思い、弓をしっかり握ると、人々のあいだに片方の腕をこじ入れ、肩を押しこむようにして、一歩進み、二歩進んだ。これを何度もくり返し、体をくねらせていく。頑固に道をゆずろうとしない人がいると脇にそれて人混みのなかを泳いでいく。温かい汗、粥、香油のにおい。鼻をそんなにおいに突っこむこともしばしばあったし、大きな背中にぶつけることもあった。髪の毛がほかの人の服のボタンにからまって抜けてしまうことも、足をほかの人の脚に引っかけてしまうこともあった。しかし、身動きできないくらい人が密集《みっしゅう》しているので、倒れることもできない。老人はシンジビスのもう片方の腕と肩にしがみついて、シンジビスが通ったあとがまた人でふさがるまえについていく。そしてささやかながらできることはしようと、大声で叫んだ。「どけ！　どけ！　皇帝のお通りだ！」それをきくと、人々はあたりを見回して笑った。

長いことかかって、懸命に進むうち、ふたりは最前列までやってきた。そこには小石を敷いた場所があって、槍《やり》を持った衛兵が人を入れないようにしている。皇帝が話すための木の演台もある。その四隅に立てた柱にはランタンが下がっている。台はちょうどシンジビスの頭くらいの高さだが、首を伸ばして衛兵のすきまからのぞくと、そのむこう端に大きな椅子がみえた。椅子には布のようなものがかけてあり、それがランタンの光を受けて、ときどきすっかり乾いた血糊《ちのり》のように黒くみえたり、まっ赤にみえたりする。椅子の両側には火鉢が置いてある。

シンジビスの鼻が、焼けた金属と灰と石炭のにおいを捉えた。石炭は古い枯葉《かれは》が燃えるようなにおいがする。

台の中央、椅子の前には太い木の柱が立っていて、上から鎖がぶら下がっている。

ふたりの後ろにいる人々が揺れながら前へ出ようとすると、衛兵たちが手に持った槍《やり》を交叉《こうさ》させ、槍《やり》の長い柄《え》で押し返し、押しもどす。ふたりの後ろでは叫び声やうめき声が上がり、人の群れが大きな波となってあっちに揺れ、こっちに揺れしている。

そのときラッパの音が響き、木の階段を荒々しく踏みながら、穂先の光る槍《やり》を持った四人の衛兵を先頭に行列が台に上がった。

衛兵の後ろを、黒の毛皮をまとった背の高い人物がぎこちなく歩いてくる。

老人は興奮してシンジビスを軽くたたいて大声を上げた。「皇帝だ！　皇帝だ！」まわりの人たちがまた思いきり身を乗りだしたので、シンジビスの足が浮いた。するとまた衛兵たちが槍《やり》の柄で最前列にいる人々の胸を押し返した。何人かは地面に倒れて、ほかの人に踏まれたが、もう助けようがない。

台の上では、衛兵がふたり前にやってきてブーツで木の床を踏み鳴らし、槍《やり》の石突《いしづ》きで木の床をたたいて叫んだ。「皇帝陛下のおでまし！」

「陛下！」まわりの人々が叫び返し、拳を振り、歓声《かんせい》を上げ、大声を上げて、大気とそこに浮かぶ氷の結晶を震わせた。シンジビスは群衆《ぐんしゅう》の騒ぎのせいで頭がぼうっとしてきた。それにさんざん小突《こづ》かれたせいで、あざだらけだし、体のあちこちが痛んだ。

皇帝は大股で台のまん中までやってくると、群衆に向かって両手を広げた。分厚い毛皮のコートは、早朝の寒さのなかでまったく光を通さない闇のようで、重く流れるように足首のところまでたれさがっている。頭には、さらに身長を高くみせたいのか、王冠をのせている。王冠はさらに黒い毛皮で包まれ、黄金の十字架がはめこんである。群衆のなかでシンジビスだけは、皇帝のコートと王冠を作るとき犠牲になった者たちの苦痛と死をひしひしと感じ取ることができた。そしてシンジビスの目には、体をこわばらせた背の高い男が巨大な操《あやつ》り人形のようにみえた。「あれは、人ですか」シンジビスはたずねた。

「人かだって？」老人が大声を上げて、またシンジビスをたたいた。「神様だよ。地上の神様だ！」

　シンジビスは顔を上げて、空気をかいでみた。神様のにおいが、ほかの人のにおいとちがうかどうか確かめたかったのだ。しかし、においにちがいはなかった。

　台の上に立つ皇帝の後ろに、厚い毛皮を身にまとった衛兵や廷臣《ていしん》が立っている。先頭には小柄で太った男がいる。着ている新しいコートにはビーバーの毛皮で縁取りがしてあり、頭にのせた帽子は狐の毛皮でできている。人々の歓声に応えるかのように満面の笑みを浮かべている。まるで自分がみんなの注目を浴びているかのようだ。皇帝が小柄な男の方に両手をさしのべると、男はあわてて皇帝の前に飛んでいって、急いでぎこちなく両膝をついた。

「イギリス人の魔法使いだ」だれかがいった。「知ってるぞ。おれは宮殿で仕事をしているからな。まえにみたことがある。イギリス人の魔法使いだ」

　イギリス人の魔法使いは木の台の上で、皇帝の足元に伏せている。皇帝はブーツをはいた靴で魔法使いの肩をつついた。立っていいという合図だ。衛兵がきて立ち上がらせた。老人の口から何度も白い息が吹き出た。

　皇帝は両手を大きく広げ、魔法使いの両肩をつかみ——大勢の群衆の前で——両方の頬にキスをした。ラッパが鳴り響き、またどっと歓声が上がった。だれもが喉が痛くなるまで声を張りあげた。皇帝がそう望んでいるからだ。だれもがよく心得ている。皇帝のスパイがあちこちで見張っていて、歓声を上げていない者、すぐに黙ってしまう者、声が小さい者がいたら、すぐに逮捕するのだ。

シンジビスはこれらすべてをしっかり観察していたが、後ろの人々が背中を押して衛兵の槍《やり》のほうへ押しやる。そして衛兵がまたシンジビスを押し返す。シンジビスは何が何だかわからなかった。

皇帝が大股で椅子までやってきて腰を下ろすと、イギリスの魔法使いは、皇帝の椅子の後ろに集まっている廷臣たちに加わった。まわりではまだ歓声が続いている。だれも、最初に口をつぐむのは怖かったからだ。

ところがそのとき、もうひとつの行列が台までやってきた。皇帝は片手を上げて制した。とたんに歓声が静まり、人々は喉を休められるのでほっとした。

新しい行列は黒ずくめの衛兵たちに導かれてやってきた。先頭のふたりは手袋をはめ、間にはさむように大きな火鉢を持っている。まっ赤に燃える石炭をいっぱいに入れた火鉢は暗いなかでぼんやり光っている。石炭のなかには道具らしいものが突っこんであって、握りのところしかみえないが、その部分さえ熱で煙を上げている。

老人が体をよじってシンジビスのほうを向いて叫んだ。「処刑《しょけい》だ！　処刑が始まるぞ！」

空気が震えはじめた。それは氷が張るときの音ともいえない音に似ていたが、何百もの人間が全員、同時に、これから処刑がみられると気づいたときの緊張感の震えだった。興奮と恐怖の音。嫌悪《けんお》と焦燥《しょうそう》の音。まわりの群衆を包む空気に漂う汗のにおいが変わった。シンジビスには、においが重くねっとりしてきたような気がした。恐怖と飢えのいやなにおいだ。腐肉《ふにく》の悪臭にも似ている。シンジビスは全身がぞわぞわしてきた。

やがてひとりの男が台の上に連れてこられた。凍てつく寒さのなか、裸《はだか》だ。多くの黒いコートに囲まれたその姿は雪のように白くまぶしくみえた。しかし、よくみると、風にむしられた体はあちこちが赤く青く染まっている。頭皮もそうだ。男は頭の毛を剃《そ》られていた。ひげも剃り落とされている。衛兵たちが男を、台の中央にある柱まで連れていき、手を頭の上まで上げさせ、手首を鎖につないだ。男が寒さに震えるたびに、鎖が音を立てる。この男は（と猫は語る）、パヴェル卿だった。

「おやおや！」老人がいった。「寒い思いをするのも、あと少しだろうな」

衛兵が火鉢のほうにいって、石炭のなかから道具を一本取りだした。石炭が崩れて火が燃えあがった。衛兵が道具を振ると、まっ赤に焼けた大きなペンチがまわりの空気を震わせた。寒さのなか、煙をあげ、音を立てている。群衆が揺れ、ため息をついて、息をこらした。

衛兵がペンチを火鉢のまん中にもどすと、石炭も音を立てた。衛兵が別の一本を取りだす。今度のペンチは赤どころか黄色の光を発している。鎖につながれた男の背がいきなり高くなったようにみえた。男がはっとして身をこわばらせたのだ。鎖が一度音を立てたが、また静かになった。

「おやおや！　ペンチでつかまれると、あの男もすぐに温かくなるだろうな！」老人がそういって笑った――が、その声には恐怖も混じっていて、それきり口をつぐんだ。

衛兵がもうひとり出てきて、火鉢にふいごの口をあてた。火の勢いをもっと強くするつもりだ。

シンジビスは鎖につながれた男をみながら、大声で老人にたずねた。「あの人は何をしたんです」

老人は知らなかったが、ほかの人たちに押されて後ろにくっついていた男が、ふたりの間に顔を突っこんできて大声で答えた。「ジーンキンズ氏を嘘つき呼ばわりしたんだ。ジーンキンズ氏は悪魔を呼びだすことなんかできない、紐を使った仕掛けや、悪魔の格好をした人間を使って皇帝をだましたといったんだ！」

「皇帝をだましたといったのか？」老人が驚き、信じられないという顔でいった。「反逆罪だ！」

「それでこうなった！」そばの男がいった。まわりの人に押されて前に後ろに揺れている。

「どんな目にあっても文句はいえんな」老人がいった。そして人々が自分をみて、自分のいうことをきいたのを確かめると、台の男に向かって拳を振って叫んだ。「裏切り者！　反逆者！」

衛兵がまたペンチを火から引き抜いた。今度はすさまじい熱で白く青く輝いている。衛兵はペンチの先を開いて閉じると、男の方に一歩進んだ。男は逃げようとしたが、逃げられるはずがない。だれもが口をつぐみ、目を見開き、息を止めた。恐怖に満ちた興奮の悪臭があたりに立ちこめる。この街のどんなにおいよりもひどいにおいだ。

シンジビスは弓を下に落とすと、前にいた衛兵の槍《やり》の下をくぐり、ふたりのごつい衛兵のあいだをすり抜け、人々と台の間に敷かれた小石の上に身を投げ出した。身を投げ出したのは女の子だったが、前足を小石の上についたのは熊だった。あたりにあふれる悪臭のような恐怖を利用して姿を変えたのだ。衛兵たちはふり向いて、脇をすり抜けた女の子――それとも男の子――を捕まえようとして、黒い影を目にした――まさか熊のはずはない――が、その影は台の上に飛び乗った。衛兵たちは呆然《ぼうぜん》とながめるだけで、何もできなかった。

熊は台の上でひと跳びすると後ろ足で立ち上がり、白熱したペンチを持っていた衛兵を払いのけた。衛兵は後ろざまにひっくり返り、握っていたペンチが宙に飛んだ。ペンチは台の上に落ちると、床板を黒々とこがした。木の燃えるにおいと灰色の煙が漂った。

　そのときになってようやく、口々に叫ぶ声が響いた。「熊だ！　熊だ！」

　台の上に集まっていた人々は身じろぎし、震えあがった。廷臣たちはすでに押し合いながら階段を下りはじめている。皇帝も椅子から飛びあがり、いつものように、襲われるのではないかとおびえた。衛兵さえ後ろに飛《と》び退《の》いて、身を寄せ合った。大人の熊ではないが、それでも人間よりは力が強い。歯や爪を深々と突き立てることができる。

　三人の衛兵が前に飛びだし、槍《やり》を突き出した――とたん、熊は姿を消した。彼らの目の前で小さくなって空に舞い上がったのだ。衛兵たちはつんのめったが、ふり向いてあたりを見回した。上から三人の顔をめがけて、柔らかい羽根のかたまりが落ちてきた。柔らかい羽根だったが、爪に顔をえぐられ、衛兵たちは槍《やり》を落として膝をついた。

　群衆から甲高い驚きの声が上がる。かれらの目にはシロハヤブサが映っていた。ランタンの光に照らされた闇のなかで白く輝くシロハヤブサが舞い上がり、旋回し、くり返し衛兵たちを襲う。舞い上がり、旋回し、急降下し、美しいシロハヤブサが今度は皇帝を囲んでいる衛兵を襲い、次は台の縁にいる衛兵を襲う。みている人々は悲鳴を上げて小さくなった。

　突き出される槍《やり》の穂先が届く寸前、シロハヤブサは勢いよく空の高みへ飛び去り、台のはるか上で鳴き声を上げる――氷のような怒りの声――キーーーヤ！　キーーーヤ！

　衛兵があわてて守りの陣形《じんけい》を組み、皇帝を囲んで台から安全な宮殿へ移動している。廷臣たちはすべて、ほかの衛兵たちとともに、命令があろうとなかろうと関係なく、皇帝たちを追って逃げだした。

兵士たちまでが逃げるのをみて、広場の人々もあわてて駆けだし、足を滑らせている。

シロハヤブサは旋回しながらぐんぐん下降してきた――が、台から一メートルほどのところまでくると、灰色の翼を一度大きく振り上げてシンジビスの姿にもどった。そして体を丸くして、木の床の上にすっと下りると、跳ねるように立ち上がり、男の方に駆け寄った。男は鎖で柱につながれたまま裸で震えている。

パヴェル卿は目の前の少年――少年に見える――をみたが、ついさっきまではシロハヤブサで、そのまえは熊で、処刑人たちを追い払ってくれた。パヴェル卿はどうすればよいのかわからず、ただシンジビスをみつめるだけで、言葉も出てこない。

シンジビスはミトンをはめた手で鎖を持ちあげて口を開いた。「開け！　拳よ、種よ、卵よ、子宮よ、開け！」声の雨に打たれて、鍵が開いて鎖がばらばらになり、騒々しくけたたましい音を立てて床に落ちた。パヴェル卿は積み重なった鎖の輪のなかから一歩出て、しゃがみこみ、こわばった冷たい腕で冷たい体を抱きしめた。

大広場に積もった雪の上を黒い影がいくつか走って遠ざかり、小さくなっていく。台のまわりにはだれもいない。シンジビスは皇帝の椅子までいって、敷いてあった深紅の布を引きはがした。皇帝のにおいが立ちのぼる。皇帝の様々なにおいが鼻をつき、シンジビスはそれをかぎながら、そのひとつひとつを記憶した。それからパヴェル卿の体にかけてやって、二重、三重に包んでやった。パヴェル卿は布にしがみつくようにして体を温めようとした。そして顔を上げた。剃りあげられた頭も顔も傷だらけだ。もはや、うぬぼれ屋でもなければ、ハンサムでもない。

「おれは死んだのか？」パヴェル卿がたずねた。

そばでしゃがんでいたシンジビスは首を振った。それから立ち上がり、パヴェル卿を立たせた。「火鉢のところにいって、温まりましょう」

パヴェル卿は相手の手を借りて、大きな深紅の布を巻きつけ、よろけながら、いちばん近くの火鉢のほうにいった。大きなペンチがまだ石炭のなかで赤く輝いている。パヴェル卿はそれをながめながら、温かい火の上にかがみこんだ。

「体が温まったら」シンジビスがいった。「ここから逃げて」

「どこへ？」

「家族のもとへ」

パヴェル卿は首をふった。剃られた頭が揺れる。寒さのなかで青と赤の傷がまだらに浮かびあがっている。

「それなら――とにかく、この街から逃げて。うんと遠くへ」シンジビスがいった。

パヴェル卿は火鉢のそばにすわり、布をしっかり体に巻きつけ、頭までおおった。「おれは反逆者だ。いってはならないことをいってしまった。地上の神を、愚《おろ》か者《もの》呼ばわりしてしまった」

シンジビスはパヴェル卿の上にかがみこんだ。「兵士たちがもどってきます」

「どこへいけばいい。着る物もなければ、金もない。家族のもとに帰れば、家族まで反逆者になってしまう。ここから裸のまま、金もないまま逃げれば、おれが話しかける相手はすべて反逆者になってしまう。

おれに言葉をかけたり、パンをくれたり、古いコートをくれたりすれば、みな反逆者になってしまう。皇帝がそう決めた。兄弟、おまえだって」パヴェルはシンジビスをみた。「反逆者だ。おれはどこへいけばいい、兄弟。だれに話しかければいい？　だれに、食べ物や金を乞《こ》えばいい？　だれを反逆者にすればいい？」

シンジビスはそれまで魔法使いになる修行を積んできたが、その質問にはどう答えていいかわからなかった。黙ったまま、パヴェル卿のそばに立っているしかなかった。それから広場をみまわし、兵士たちがもどってきていないか確認した。

パヴェル卿は体を揺すって深紅の布を落とすと、ぎこちなくゆっくり立ち上がった。さっきのように裸だ。氷のような風に肌をさらして身震いした。手も足もすでに寒さでまっ白だ。「皇帝はおれの死を望んだ。なら、くれてやる」

シンジビスはまだ宮殿のほうをみつめていた。パヴェル卿は落ちていた槍《やり》を拾い上げた。しかし、手は凍って、指は槍《やり》の柄のようにかたくなっていて曲がらず、薪《まき》ではさむような感じだ。パヴェル卿は槍《やり》を引きずるようにして台の端までいくと、石突きの部分を、台の足のまわりに積もっている雪に突き刺した。シンジビスがふり向くと、パヴェル卿が、長く鋭い穂先に体を預けるところだった。槍《やり》はパヴェル卿の体を貫き、かたくなった雪の上に血がほとばしった。しゃがれた声がゆっくり喉からこぼれ、血が雪の上にしたたり落ち、そのなめらかに凍った表面を流れ、赤い氷になった。槍《やり》はパヴェル卿の体を支えきれず、倒れた。パヴェル卿もいっしょに倒れ、鈍い音を立てて雪の上に落ちた。

シンジビスは台の端まで駆けていくと、身をかがめて跳び下りた。「なぜ、こんなことをするの！」シンジビスは大声を上げた。

パヴェル卿はあおむけに倒れて、息がとぎれかけていた。シンジビスはすぐそばに膝をついた。パヴェル卿の目にうっすらと膜がかかり、この世界がみえなくなっていくのがわかる。この人を助けるために自分にできることはもう、何も、何もない。魂《たましい》がそれまでのすみかを離れていこうとしている。自分にできるのは、この人の魂を導いて、死者の世界《ゴーストワールド》への旅につかせてあげることしかない。

凍りついた、人影のない、大広場のまん中で、重くのしかかる黒と銀の空の下で、シンジビスはあぐらをかいて座った。まわりにはパヴェル卿の凍った血が赤く広がっている。シンジビスは目を閉じた。風の音に耳をすませる。風ははるか彼方から吹いてきて、処刑台の角にぶつかって左右にちぎれていく。「寒いかい、わしの子どもたち。寒いかい？」シンジビスは風のささやきのまん中の静寂に耳を傾け、黙りこんだ。シンジビスの魂が目を開く。広場から闇へ続く広い道がみえる。男がその道をぼんやり歩き、ときどき曲がったりしている。迷っているのだ。男の目にみえるのは知らないものばかりだろう。

シンジビスは呼びかけた。「友よ……友よ」男は、その声にふり向いた。シンジビスは駆けていって、男の手を取った。

死者の世界《ゴーストワールド》に続く道は、そこへ旅する人の数と同じだけある。シンジビスはその男にとっていちばんの近道へ導いていった。「ここはどこだ」男は小声でたずねた。「どこへいくんだ」答えれば、男はおびえ、どうしていいかわからなくなってしまうだろう。シンジビスは何もいわず、男の手を引いて、道の先へと歩いていった。

ふたりは死者の世界《ゴーストワールド》の門までやってきた。門は深い闇のなかにそびえていて、二枚の門扉《もんぴ》についている蝶番《ちょうつがい》は空中に浮いている。門の前にはいくつかの魂がうろうろ歩きながらため息をついている。なかに入る勇気もないが、もどることもできない魂たちだ。シンジビスは男の手を引いて、その間を歩いていった。魂たちの泣き声をきいてこの人も怖《お》じ気《け》づくといけないと思ったのだ。しかし、シンジビスも門に近づくにつれて怖くなってきた。

門は高く、上のほうは闇に隠れてみえない。そして死者のためにしか開かない。ただ魔法使いは別だ。魔法使いならなかに入ってもまた門から出てこられる。シンジビスは死者でもなければ、魔法使いでもない。門の押しもどす力を感じていた。

「さあ、歩いていって」シンジビスはいった。「門が開くから」

ところが男は前に進もうとしない。

「ここから先へは連れていってあげられないの。だから、歩いていって。後もどりしないように。門が後ろで閉じても、前に進むの。怖がらないで」

シンジビスが背中を押すと、男は前に歩いていった。門が開き、男はなかに入った。後ろをふり向くことはなく、門が閉まった。大きな音を立てて門が閉まったとき、風が起こり、その風がシンジビスを枯葉のようにつかまえて、魂のすみか、つまり体のなかに吹きもどした。

シンジビスは頭上の黒い空と銀色の星を見上げ、幾日《いくにち》も幾晩《いくばん》も眠っていたような気がした。しかし目を覚まして、赤と白の雪のなかで体を起こしてみると、体が冷たくなるほど時間はたっていないようだったし、広場もまだ人がいない。そばに転がっているパヴェル卿の死体には槍《やり》が刺さったままだ。シンジビスは立ち上がり、弓をみつけ、矢筒のなかを調べて、人に押されて折れた矢を捨てた。皇帝をみつけようと思った。シンジビスは人っ子ひとりいない大広場を宮殿のほうへ歩きはじめた。弓を肩にかけ、矢が音を立てている矢筒を脇に抱えた。

シンジビスの後ろには、パヴェル卿の死体が、だれもいない凍りついた広場で、自分の凍った血で雪に張りついている。

パヴェル卿の魂は鉄の森のなかにいるが、もう何も覚えていない。

パヴェル卿の話はここまでにしよう。彼は反逆者だった。真実を口にした。覚えておくといい（と猫は語る）、この世界では、本当のことを口にして死にたくなければ、足の速い馬に乗って、拍車をかけて逃げるように。

第四章
皇帝の黒い天使

シンジビスは宮廷にはいっていった（と猫は語る）。片手に弓を持ち、矢筒の矢が脇で音を立てている。猫の目が光り、毛が逆立つ。

パヴェル卿は死に（と猫は語る）、シンジビスは皇帝をさがすつもりだった。

宮殿の門には衛兵がいたが、一箇所にかたまって大広場のほうをのぞいている。まるで敵の攻撃を恐れているかのようだ。シンジビスは衛兵たちに近づきながら歌った。「白い雪の上の白いウサギはみえない、みえない。白い雪の上の白い狐はみえない、みえない、みえない。吹きだまりにまぎれた雪はみえない、みえない」

衛兵たちは目を開いて、シンジビスがやってきて、自分たちの間を歩いていくのをみていたが、どういうわけか、白目と歯は雪に、黒い髪は雪がけずれて顔を出した黒い石に、コートについている真鍮の輪の輝きは自分たちの槍《やり》の穂先にみえた。矢筒の矢が音を立てると、はっとしたが、そんなときシンジビスはすぐに歌をうたった。「街のにぎやかな音のなかで小鳥のさえずりはきこえない、きこえない」その声も、矢筒がコートをこする音も、矢羽根《やばね》の触れあう音も、シンジビスが衛兵たちのまん中やすぐそばを軽やかに歩いていくときこえるのだが、痰《たん》がからんだ咳か、ブーツが雪を踏む音のようにきこえてしまう。どちらも毎日聞き慣れていて、きいてもすぐに忘れてしまう音だ。

　こうしてシンジビスは宮殿の最初の庭園までやってきたが、あたりにはだれもいなかった。というのは、恐ろしい噂が街中に流れていて、外に出る者がいなかったからだ。暴動《ぼうどう》が起きてパヴェル卿の処刑が中止になったという噂もあれば、奇跡が起こって世界の終わりが近づいているという噂もあった。シンジビスは庭園をひと回りして、皇帝のにおいをかいでいたが、そのうち手と足を地面について熊の姿になった。熊は猟犬と同じくらい鼻がきく。門のところにいる衛兵たちには女の子の姿もみえなければ熊の姿もみえなかった――が、反対側からやってきたメイドが熊をはっきりみて逃げていった。

　熊は宮殿の扉からなかに入ると、皇帝のにおいをたどって大理石の広いホールを歩き、大理石の床に爪の音を響かせながら、広い階段を跳ねるように上がっていく。そして階段を上がりきると、後ろ足で立ち上がり、またシンジビスの姿にもどった。熊の鼻はにおいをかぐには便利だが、扉を開けるには少女の手のほうが便利だ。それに少女の口のほうが呪文を唱えるのに便利だ。

　シンジビスは次々に扉を開け、部屋から部屋へ歩いていく。暗く寒い部屋もあれば、煙がこもって暖かく、ロウソクの光に照らされ、鏡や金箔が輝いている部屋もある。が、シンジビスは、そんなものにはほとんど目もくれない――ひたすら皇帝のにおいを追っていく。

ある部屋では、数人の男が机についていた。全員ひげを生やし、黒くて長いローブを着て、頭には帽子かフードをかぶっている。ロウソクの光が作る男たちの大きな影がテーブルや壁に映っている。だれもが台帳を開き、インク壺とペンを前にしている。「白い雪の上の白いウサギはみえない、みえない」とシンジビスがつぶやきながら部屋に入っていくと、全員が顔を上げたが、またうつむいた。扉の羽目板をちらちら照らしているロウソクの明かり以外、何も目に入らなかったようだ。「街のにぎやかな音のなかで、小鳥のさえずりはきこえない、きこえない」

少年の声がした。「でも、お願いです。新しい知らせをきいてこいといわれてきたんです」テーブルの端に少年が立って、ひとりの男の椅子の背をつかんで、そこにいる男たち全員に訴えている。「どうか、ジェンキンズ様に伝える知らせを何か教えてください」

「陛下はいま裁判の最中だ」テーブルのむこうの端に座っている偉そうな老人がいった。「われわれは記録を取らなくてはならない。忙しいのがわからないのか。出ていけ！」

「でも、ご主人様に何か新しい知らせを持って帰らなくちゃいけないんです」

もうひとりの老人が顔を上げた。「あのイギリス人に伝えてやれ。現在、罪に問われて留置されている者たちはすべて、裁判なしで処刑されることになった、衛兵がもう取りかかっているとな。皇帝陛下、万歳！」

「皇帝陛下、万歳！」テーブルについていたほかの人たちが全員、その言葉をくり返すと、広げていた台帳にまた向かった。

「ご主人様に伝えます。ありがとうございます！」少年はそういうと、近くの扉から出ていった。

シンジビスはテーブルをまわり、皇帝のにおいを追った。老人やロウソクやインクのにおいのなかでも、そのにおいをかぎわけることができた。そして少年が出ていった扉と反対側の扉から出ていき、皇帝のにおいをたどって暗い廊下を進み、また別の扉を通った。そこではロウソクがまぶしく燃えており、その光を受けて黒々と大きな椅子の背が目に入った。

そこでは皇帝の悪臭がとくに強く――そのうえ、多くのおびえきった人々の強烈なにおいのほかにも、インクや食べ物や燃える香のにおいが強烈だった。

シンジビスは立ち止まり、もう一度、みられたり、きかれたりしない呪文を唱えると、椅子の後ろから前に出た。

そして皇帝の椅子の横に立った。急な階段の上から法廷《ほうてい》を見下ろしている。何百ものロウソクの火が起こす風が下から吹いてきて、シンジビスの顔を生暖《なまあたた》かくなでて、様々なにおいを運んでくる。

法廷は天井がアーチ形になった巨大な部屋で、薄暗く、金色に輝いている。太い柱が上のほうで、畝《うね》を切ったドーム型の低い天井へとつながり、そこからランプがぶら下がっている。ランプの火と煙で金メッキがぼんやりと光っている。煙はランプから漂って渦を巻くようにして天井の柱の間で雲になっている。

大きな部屋は人であふれていた。人々の青ざめた顔はみな皇帝の椅子のほうを見上げている。ランプがひとつ、熱が起こした風でこちらに揺れて、ひとつの顔を明るく照らし、髪飾りに編みこまれている紐の色を引き立て、後ろの壁や柱のあざやかな色を際立たせた――かと思うと、遠ざかり、そういった色を褪《あ》せさせる。そこは黒々とうごめく影と、瞬間的に生まれる強烈な光の模様でできている。豊かで生き生きとした色と金色に彩《いろど》られたまぶしい場所であると同時に色の褪せた、クモの巣のような灰色と藍色《あいいろ》がはびこる場所でもあった。

下にいる多くの人々は、法廷の中央で、シンジビスをみあげている。宮殿中の多くの人々が集まっている。黒ずくめの兵士、黒ずくめの神官《しんかん》。細やかな模様の極彩色《ごくさいしき》の綾織《あやお》りを身にまとった貴族、メイド、給仕、職人、料理人、馬屋番、犬小屋の番をする少年などなど。集まっているのは生者ばかりではない。どの壁にも、どの柱にも、アーチ型の天井にさえ、背の高い聖者の絵がずらりと並んで描かれている。頭の後ろには輝く光輪が、着ている物には金色の模様が描かれている。聖者たちは厳しいまなざしでみつめながら、生きている人々が満たしきれない狭い場所を埋めている。

集まった人々から、ランプから立ちのぼる生暖かい空気に乗って、無数の声とにおいが運ばれてくる。小声、愚痴《ぐち》っぽい低い声、うめきに似たささやきなどが、壁のあらゆるくぼみで響き、その響きが、カーブしている柱の角や側面にこだましている。言葉を発しない、数え切れないほどの人間の立てる音があふれている。そしてシンジビスは、魔法使いの訓練を積んできたので、様々な汗の臭気《しゅうき》や臭味《くさみ》をかぎわけることができた。新しくつんとするにおい、着慣れた服にしみこんだ古いにおい。石の扉をかすめる足の音、たがいに触れあうときの布や皮の音、革のベルトのきしむ音。宝飾品が触れ合って音を立てたり、輝きで人の目を射ったりする。ランプで燃えている香油の強いにおいをかぐうちに、シンジビスは頭が痛くなってきた。貴族たちの食べた肉のにおい、それほど金持ちではない人々が粥といっしょに飲んだ弱いビールのにおい。毎日毎日、こんな不快な音とにおいの世界でよく生きていけるものだ。

シンジビスが立っている階段の下は、衛兵が囲んでいて、そこには囚人たちが鎖につながれて立っている。その近くにある丸椅子には、黒ずくめの役人たちが帳面《ちょうめん》に書きこんだり、帳面を読んだりしている。弁護士たちは立っていて、みな灰色の服を着て――だれもがしゃべって、食べたもののにおいを吐きだしている。

　シンジビスは、みんながみつめているもののほうに顔を向けた。それはすぐそばの皇帝の椅子だった。そこに皇帝が腰かけている。シンジビスは一、二段階段を下りて、ほかの人たちと同じように下から椅子を見上げた。ほかの人の目からだとどんなふうにみえるのか確かめてみたかったのだ。シンジビスはその部屋にいる何百もの人々の目の妨げにはなっていない。姿が煙とロウソクの光と影のなかに溶けこんでいるからだ。だれの目にも、雪原にいる白い狐のようなものだ。

　皇帝の椅子の背は高く、幅が広く、尾羽根を広げた孔雀のような格好で、青、緑、銀、金のエナメルの丸い模様におおわれ、揺れるランプの光に照らされて霜のように輝き、ダイヤモンドやエメラルドやサファイアの光を放っている。その椅子に座っている皇帝は宝石を縫いこんだ金色の絹でできた裾の長いローブを着て、金とクロテンの毛皮の王冠を頭にのせている。シンジビスは階段をのぼって、その顔をじっくり観察した。皇帝は強烈なにおいがした。それは何日分もの汗と、恐怖と怒りのにおいだ。髪の毛もひげも脂でぎとぎとしてからまり、顔はこわばり、疲労と恐怖の表情に固まっている。

「死罪！」皇帝がいった。ちょうどシンジビスは皇帝のほうに身をかがめたところで、すえたにおいのする息を少し顔に吹きかけられた。シンジビスは身を引いて、後ずさった。下のほうで鎖の鳴る音がした。目をやると、囚人たちが衛兵に引き立てられていくところだった。そして次の囚人たちが前に押しやられた。シンジビスは階段の一番上の段に座って、皇帝の椅子のひじ掛けにもたれた（ひじ掛けはクジャクの

形に彫られて、金箔が貼られている）

　ずっと下のほうで、灰色のガウンを着た弁護士が立って、大声でいった。「偉大なる陛下、どうか、罰することなく、申し述べるお許しを！」そして返事を待たず、自分の担当している依頼人《いらいにん》の案件を説明しはじめた。高い声で、ほとんど息継ぎもせずに早口で申し立てる様子はまるで、自分自身の裁判であるかのようだ。その男の言葉を記録している役人もいれば、分厚い帳面をめくっている役人、一冊の帳面を閉じて、ほかの帳面を開いている役人もいる。

「わたくしの依頼人は、じつにいい性格の男でありまして、隣人を――ここにいる囚人でありますが――土地を盗んだかどで訴えております。陛下、この囚人は自分の土地と、依頼人の土地の境界に打ってあった杭を動かして、幅約一メートル、長さ約一キロ半の土地を不法に自分のものにしたのであります。陛下、わたくしの依頼人は賠償《ばいしょう》を求めております」

　皇帝は、シンジビスの後ろから、上のほうで、声を上げた。「有罪か？」

　別の弁護士が立ち上がって、訴えられている囚人のすぐそばにいって、小声で話し合った。弁護士は顔を上げていった。「偉大なる陛下、どうか、罰することなく、申し述べるお許しを。偉大なる陛下の温情にすがり、わたくしの依頼人は有罪を認めております。依頼人は誘惑にかられ罪を犯してしまいました。自身、その罪を認め、罪を悔い、偉大なる陛下の判決に従い、お決めいただいた賠償をすべて支払うつもりであります。どうぞ、依頼人にお慈悲《じひ》を」弁護士と依頼人は膝をつき、それから床に伏せた。

「死刑」皇帝がいった。「その者の土地はすべて、盗まれた者の土地とする。その者の死体はばらばらにして、街の決められた場所にさらし、その罪状を大声で読み上げるように。そうすればだれもが、このような盗みをくわだてる者がどのような処罰を受けることになるか学ぶことになるだろう。以上」

囚人は引き立てられていき、ふたりの弁護士は何もいわなかった。その囚人には家族がいて、家族には土地が必要だったし、隣人も相手が処刑されることなど望んでもいなかったし、土地を全部もらおうなどとは思っていなかったのだ。ふたりの弁護士は、皇帝に抗議するのは危険だということを知っていた。ところがシンジビスはくるりとふり向いて、皇帝の椅子のそばに膝をついた。「街のにぎやかな音のなかで、小鳥のさえずりはきこえない、きこえない。だが、眠りのなかでは、ささやき声がきこえる、きこえる……考えをあらためて、その男を生かしてやるように。考えをあらためて、その男を生かしてやるように――」

皇帝は耳がかゆいといわんばかりに首を振り、いらだたしげに顔をしかめた。「待て！」衛兵も囚人も足を止めた。

「その男を生かしてやれ、生かしてやれ、生かしてやれ」シンジビスが小声でいった。この手の呪文を習ったときは、姿を消して市場を歩き回って、売り手の値段を変えさせたり、買い手の気持ちを変えさせたりした。

しかし、皇帝の頭のなかでは常にいろんな声が響いていた。気分が変わるたびに声のいうことが変わるのだ。皇帝はそれをきいて、しょっちゅう怒り、しょっちゅう考えを変え、声に従ったかと思えば、また考えを変えて、その声に逆らったりする――ので、今度も「処刑！」と大声でいった。衛兵たちは何をぐずぐずしているんだといわんばかりだ。「さらに、その男の長男をむち打ちの刑に処す。そうすれば長男も父親の罪を忘れることはないだろう」

それまでは法廷に詰めかけていた人々がずっとざわざわしていたが、それが少しだけ静かになった。そこにいただれもが、声や表情や動作で、皇帝の命令をどれほどいやがっているかがわかってしまわないように気を引き締めたのだ。シンジビスは驚いた。それまで耳に命令をささやいて、それに逆らった人はひとりもいなかったからだ。

シンジビスは、囚人が急いで連れ去られていくのをみて、もう一度呪文をささやこうと口を開きかけた――が、さっきの呪文が事態をいっそう悪くしたのを思い出して、口を閉じた。

次は金持ちの商人の訴えだった。商人は、自分の使っていた年寄りのメイドを、食料室から食べ物を盗んだと訴えていた。商人がいうには、メイドはもう何週間も盗みつづけていて、罠を仕掛けて現場をおさえたとのことだ。証人が何人もいて、間違いないという。そして見せしめのむち打ちの刑を求めていた。商人は皇帝の前で、鎖につながれたメイドと同じくらい青ざめている。まさか、こんなささいな罪が、皇帝によって裁かれるとは思ってもいなかったのだ。

年寄りのメイドは弁護士を頼む金さえもっていなかったので、本来であれば、言い分などきいてもらえなかったはずだった。ところが、シンジビスが皇帝の耳にささやいた。「なぜ、その女は盗みを働いたのです？」

皇帝が身を乗りだすと、長い影が階段の上に伸びた。「なぜ、その女は盗みを働いたのだ？」

女はぼそぼそと答えたが、だれも聞き取れなかった。役人がひとりあわてて、そばにいって、まわりをきょろきょろ見回している女の言葉に耳を傾けながらいった。「偉大なる陛下、どうか、罰することなく、申し述べるお許しを。陛下、女が申すには、腹がへっていたとのことです。一日中働いて、薄いスープを何杯かと、パンをひと切れしか食べさせてもらえない、陛下、もしお疑いがあるなら、多くの人が証言してくれるでしょう、そう申しております」そういうとその役人も、女も、商人も、その弁護士も――みな、ひれ伏した。

「偉大なる陛下、お慈悲を」シンジビスは皇帝の耳にいった。

ところが皇帝はまた顔をしかめ、金色の絹のガウンに包まれた肩を怒らせた。「有罪だ。窃盗罪《せっとうざい》だ。主人から盗むことは裏切りであり――裏切りは反逆だ。反逆罪は死刑だ。その女を引き立て、処刑せよ。これ以上、盗むことができぬようにな」

シンジビスは皇帝の腕をつかんだ。皇帝は触れられて驚き、シンジビスのほうをみた――が、十センチも離れていないというのに、その姿はみえず、その声もきこえない。「月は、偉大なる陛下、海を支配する月は、姿を変える。ライオンは、偉大なる陛下、だれもが恐れるライオンは爪を隠す。変わらないものはない。偉大なる陛下、変わりなさい」

　皇帝は奥歯をかみしめ、ぎゅっと眉を寄せた。まるで痛みに襲われたかのようだ。そして大声でいった。「待て！」ふたたび兵士たちが立ち止まり、メイドも立ち止まり、ふり向いた。「待て！」皇帝がいった。「わしは寛大だ。その女は生かしておいてやる。盗みを働いたほうの手を焼け。しかし、その女の主人は！」皇帝は大声でいうと、シンジビスのみえない手を振り払って、立ち上がった。「このような罪を招いておいて、泣きついてきた！」皇帝は身をかがめて、下をみまわした。その影が大きく壁や丸い天井に映る。「歯をすべて抜いてしまえ。そしてスープ以外何も与えず、飢えがどのようなものか思い知らせてやれ。抜いた歯はつなげて首にかけさせ、使用人を飢えさせるとどうなるかの見せしめにしろ」

皇帝は椅子に座った。商人は連れていかれて、歯を抜かれ、歯をつなげた首飾りを首にかけさせられた。シンジビスは座りこみ、皇帝の椅子のひじ掛けにもたれ、おばあさんの言葉を思い出していた。皇帝の心は割れた鏡みたいなもので、いろんなものを映すが、すべてゆがんで映る。

法廷に、足音と鎖の音を響かせながら、兵士たちがパヴェル卿の家族を連れてきた。母親と父親、祖父母、兄弟、姉妹、妻と赤ん坊、甥《おい》と姪《めい》、いとこ、おばとおじ、召使いなど全員が追い立てられるようにしてやってきた。弁護士がさっと立ち上がり、皇帝に話す許しを願ってから、全員を反逆罪で訴えた。

「有罪！」皇帝がいった。

シンジビスは膝立ちになっていった。「いけません！　だれもパヴェル卿ほどの罪を犯してはいません！」

しかし、皇帝の頭のなかでは、ちょうどそのとき、多くの声があふれていた。怒りと恐怖、後ろめたさとおびえ、慈悲と憐憫《れんびん》などがせめぎ合っていて、頭蓋のなかに入ってきたもうひとつの声にはまったく注意を払わなかった。皇帝はいきなり立ち上がり、椅子の前をゆっくり行ったり来たりした。その影が伸びて大きく、絵の描かれた壁とアーチ型の天井に映った。皇帝は家族の者たちを指さして叫んだ。「反逆者め！　おまえたちがあの反逆者を生み、育てたのだ！　あいつがわしを殺そうとたくらんでいる間、おまえたちはあいつをかくまっていた！　おまえたちが、おまえたちが今日、あの男を自由にしたのだ！　反逆者め！　おまえたちは、ひとり残らず、殺してやる。最後の赤ん坊にいたるまで、これから生まれるはずだった、まだ生まれていない赤ん坊にいたるまでな！　二度と、わしにたてつく反逆者を産ませてなるものか！」

皇帝はもう忘れていたが、パヴェル卿はただ、ジェンキンズのことを詐欺師呼ばわりしただけだった。皇帝が覚えているのは、自分の命じた処刑に邪魔が入ったことだけだった。なぜ、どのようにして妨害されたのかはわからなかったものの、人民が反逆をくわだてたのではないかとおびえていたのだ。

皇帝は、飼い犬をいじめる子どものようなもので、常に自分がいけないことをしていて、いつ嚙みつかれてもおかしくないことを知っていて、つねに犬に嚙みつかれるのではないかと、びくびくしていた。しかし、実際に犬に嚙みつかれると、皇帝は激怒し、傷つき、憤《いきどお》る！

皇帝はこれまでずっとわかっていたし、恐れてもいた。人民を虐待《ぎゃくたい》しつづければ、嚙みつかれることは間違いない。そしていま皇帝は人民に嚙みつかれたような気がして、かつてないほど腹立たしく思っていた。いままでひたすら、彼らのなかからたえず生まれる反逆者を排除《はいじょ》することによって、彼らをよこしまな思いから遠ざけてやってきたのに、こんな目にあわされるとは。長い年月の愛と慈《いつく》しみを仇《あだ》で返すとは、なんと恩知らずな連中だ！

シンジビスも立ち上がって、連れてこられた人々をみていた。男、女、子ども、まだ歩くこともできない赤ん坊。シンジビスの目に涙がこみあげ、悲しみで喉が詰まって痛くなった。

どうすればいい？　呪文で皇帝をしばろうとしてみたが、それで事態はよくもなったが、同じくらい悪くもなった。そのつもりになれば処刑を妨害することはできる。パヴェル卿のときもそうした――が、命を救うことはできなかった。パヴェル卿は自殺したが、それで一族を救うことはできなかった。もしここで彼らを救えば、皇帝はさらに多くの人々を次々に処刑することになるのかもしれない。シンジビスは絶望した。ここにいる人々を救うことも、北の地を救うことも自分にはできない。

シンジビスは皇帝のそばにいってささやいた。「街中の人々に彼らの死をみせてやりなさい——彼らを次の祝日まで牢屋にとどめておき、処刑は公開にしなさい」シンジビスは何度も何度もくり返し、皇帝の椅子の上にまであがって、皇帝の耳のすぐそばでささやいた。そして皇帝がため息をついて座るときには、ひじ掛けの向こうに素早く飛び降りた。

「反逆者どもを牢屋に連れていけ。触れ役を走らせ、街中も触れて回らせろ。全員、聖ニコラウスの日に処刑だ」

そのあとも裁判は続いた。どんなにささいなことであってもすべて皇帝の前に持ち出されて裁きを受け、厳しい判決が言い渡された。どんなにシンジビスがそれをやめさせようとしても、それは変わらなかった。たまにシンジビスの言葉が帝の怒りの矛先《ほこさき》をそらすこともあったが、たいていはノミに噛まれたかのように、いらだたせ、すでに言い渡した判決と同じくらいひどい判決を、ときにはそれよりひどい判決を口にするのだった。

裁判はさらに続き、夜になり、朝まで続いた。法廷の床の上に寝転がって眠る者もいれば、退出して自分のベッドにいく者もいれば、新たにやってくる者もいた。皇帝の椅子の前にある階段の下のほうでは、帳面に突《つ》っ伏《ぷ》して居眠りして丸椅子から転げ落ちてしまい、他の者と交代する役人もいた。階段はやがて、眠りこんだ役人や弁護士たちのベッドになり、黒と灰色におおわれた。様々な物音にいびきが加わった。

皇帝は眠らなかったが、顔は青ざめ、目はまっ赤だった。憤然《ふんぜん》として眠らず、ときどき椅子から飛びあがっては、「裏切り者！」と叫んだ。シンジビスも寝てはいなかったが、疲れきっていた。顔を上げて、皇帝の耳にささやくこともできない。実際、疲れ果《は》て、呪文を正しく唱え続けるのも難しかった。多くの人々はときどき、階段の上の皇帝の椅子のそばに少年の姿をみた気がした。しかし、すぐにまた消えてしまうので、だれもが、疲れて見間違えたのだろう、ロウソクの火の間を流れる煙の雲だったのだろう、人がいるはずがないと思った。皇帝のそばに座ることなど、だれにも許されるはずがないのだから。

　そのうち、なんの前触《まえぶ》れもなく突然、皇帝が、目の前に持ってこさせてあった食べ物のなかからパンと酒の入った瓶を取り上げて立ち上がり、椅子の後ろに姿を消した。衛兵長が槍《やり》の石突きで床を打ち、大声で、本日はこれまで、と叫んだ。その声は法廷の柱の間やアーチ型の天井に響きわたった。召使いたちがランプの火を消し、ロウソクの火を吹き消すと、壁に描かれた聖人たちが闇のなかに一歩退き、頭上の光《こう》輪《りん》の輝きも褪せたようにみえた。

　シンジビスは弓と矢を持って、皇帝のすぐあとを追い、ローブの裾をふみそうになりながら歩いていった。皇帝はシンジビスを従えて、広い廊下を通り、広い階段を上った。階段の下にいた衛兵たちは皇帝がやってくるのをみると、目を片手でおおい、皇帝がどちらにいくのかみないようにした。シンジビスは歩きながら衛兵たちを観察した。だれひとり手を下ろさないで、指の間からのぞこうとさえしないで、皇帝がいってしまうのを待っている。

　両開きの扉を抜け、狭い廊下を通り、シンジビスは早足で皇帝のあとをついていく。暗闇のなかを、漂う煙のなかを歩いていくと、火の消えたロウソクが次々に現れる。ひとつの扉から次の部屋に入って、奥の扉から出て、また別の部屋に入って、また出る。皇帝が手に持っているランタンの光を体がふさいでみえなくなるくらい狭い階段を上るときは、ローブが壁をこする音がきこえる。皇帝はあちらに曲がり、こちらに曲がりして、寝室に続く道を――だれかが追ってきているとしても――たどれないようにと、自分では思っていたのだ。

狭く、埃っぽく、暗い廊下の途中、ある扉の前で皇帝は立ち止まった。そしてベルトについているポケットから鍵を取りだして扉を開けた。皇帝が扉を開けたまま、廊下に立って、まわりにだれもいないのを確かめている間に、シンジビスは素早くなかに入った。

奥にもうひとつ扉がある。皇帝は扉がひとつしかない部屋では寝ないことにしていた。そこはがらんとした、ソファとストーブ以外、何もない部屋だった。板敷きの床には何も敷かれておらず、漆喰《しっくい》を塗った壁にも何もかかっていない。

皇帝が扉を閉めると、手に持ったランタンが揺れ、壁や天井に映った光と影が揺れた。

皇帝はぐったりしてソファに座りこむと、ランタンをそばの床の上に置いた。ガラスを通して光がまわりに広がると同時にランタンの笠の影が天井にぼんやり映った。シンジビスは皇帝のそばの床に座って、あぐらをかいた。

ランタンはシンジビスの呪文にまどわされることなく、シンジビスの影を、天井の皇帝の影の横に映している――が、皇帝は天井に自分の影がふたつあることにさえ気づいていない。

皇帝は膝の上にかがみこむようにしている。なんの飾りもない壁を血走った目でながめ、体を前後に揺らし、その揺れに合わせてゆっくり、爪で顔を引っかく。長い傷が黒々と浮かび上がる。日の光の下だったら、赤くみえるだろう。何度もくり返し引っかくうちに、血がにじんできた。顔を引っかくのをやめれば、次は唇を噛むだろう。唇の内側にはすでにいくつも小さな傷がついている。

シンジビスはその様子から目が離せなかった。一本の矢で皇帝を殺し、この世界から抹殺《まっさつ》するつもりでやってきたのだが、いま、ここで、だれにもみられないはずの場所で、皇帝は涙を流し、自分を罰し、うめき声を上げている。

いまこれほどの苦痛を感じているということは、呪文にもかかるということではないだろうか。「眠りのなかのささやきはきこえる、きこえる」シンジビスはそういって、子守歌をうたった。

その歌はいきなり少し高くなっては、ぐっと低くなっていく。沖で持ち上がっては長い時間をかけて崩れて浜辺に打ち寄せる波か、木々の間を吹き抜けて枝の葉をざわめかす風のようだ。皇帝は目を閉じた。頭が重くなり、体を傾けてソファに横になった。歌が高まると、眠りも高まり、眠りが皇帝を飲みこんだ。

皇帝はいつも、一時間ほどで、ときには一時間もしないうちにぎょっとして目を覚ます。そしてその恐怖から逃れるために、また宮殿のいくつもの部屋と階段と廊下をめぐり、だれもさがしにこないよう祈りながら、また一時間ほど眠れそうな場所をさがす。

ところがシンジビスの歌は皇帝の眠りのなかに分け入って、恐怖を忘れさせ、夢に命令して歌のリズムに合わせさせた。恐怖に彩られた人生で初めて、皇帝は朝まで眠った。眠りが疲れ果ててしまうまで眠ったのだった。

目が覚めると、まだかすかにランタンの光に照らされた何もかかっていない白い壁がみえた。皇帝は体を起こすと、ぼんやりかすんだ目をしばたたいた。舌を動かしてみると、口のなかが乾いて、いやな味がした。そしてロウソクの煙と金色の鈍い光と闇が渦巻いて、怪物になるのをみた。その怪物はあぐらをかいて、すぐそばの床の上に座っている。皇帝は思わずのけぞり、ソファの後ろの壁に背中をぶつけ、あえぎに似た悲鳴を上げた。疲れてひりひりする目で扉を確かめる。どの扉も閉まって鍵がかかっている。眠るときは、すべての扉に鍵をかけ、かんぬきを差すことにしている。

　怪物はじっと座ったまま、何もいわない。襲ってくる気配もない。そばに弓が置いてあるが、そちらに手を伸ばそうともしない。皇帝も同じようにじっと動かず、怪物をみつめながら、こいつはいったい何者なのだろうと自問していた。

　鍵をかけた部屋のなかに、どこからともなく現れたシンジビスをみたのがジェンキンズだったら、不思議に思い、恐ろしく思っただろうが、きっと仕掛けがあるにちがいないと考えただろう。ところが皇帝は、神、天国、地獄、悪魔の存在を信じて疑うことがなかった——というのも、自分は地上の神だと信じていたからだ。そして天国に天使がいて、地獄に悪魔がいるなら、きっと幽霊もいるはずだ。目の前の怪物は、幽霊か、悪魔か、天使か、そのどれかだろう。

　皇帝は最初、幽霊がやってきたと考えた。死んだ祖先《そせん》のだれかが、天の許しを得て、自分か、この国に危険が迫っていると警告しにきたのだろう。しかし、この怪物は湿《しめ》った死装束《しにしょうぞく》を着てはいないし、鎧《よろい》をつけてもいない。不思議だ。

　皇帝は床に置いてあるランタンを取り上げ——部屋中の光と影が踊った——怪物の顔を明るく照らした。それをみて、これは人ではない、人の幽霊でもないと確信した。こんな恐ろしい顔はゴブリンか、人《じん》外《がい》の生き物に違いない。

　イギリスの女王に乞われて、一度、イギリスの画家が、皇帝が自慢にしている「黒い聖母」の模写《もしゃ》をするのを許したことがあった。できあがった絵は本物と見間違うほどで、どの線も、どの色も、どの宝石もすべて本物そっくりだった——が、模写にはイギリスの画家のイギリスくささがにじみ出ていた。神なき国イギリスの聖母になっていたのだ。実物の、あの美しい黒い聖母にはとてもみえなかった。

皇帝は、そばの床に座っている怪物の顔をみて似たようなことを感じた。それは、異界《いかい》の者が人間の顔を模写したもののようにみえたのだ。目と目の間、頬と頬の間が広すぎて、顔の下の部分が妙に細い。人間の顔ではない。輪郭《りんかく》は猫の顔のようで、ランタンに照らされた肌は深味のある金色で、それは古い教会にある影におおわれた壁にかけられた聖人たちの肖像《しょうぞう》に似ている。

猫の顔には猫の目がついているが、その目は黒く、緑ではない。ランタンの光を反射して明るく輝いているが、瞳《ひとみ》そのものは黒々としていて——長い髪と同じ色だ。細く編んだ髪や、ゆるくねじった髪が肩から垂れ下がっている。

豊かな黒い髪は肘のあたりまである。髪に編みこんである骨で作ったビーズが闇を背景に月光のように白く輝いている。一瞬、ランタンの光が金色にまぶしく燃えあがると、真鍮のスパングルがきらめいた。スパングルを編みこんだ黒髪は、深味のある金色の顔を縁取っている。宮殿では、だれも髪は長く伸ばしてカールすることになっていたので、皇帝にとって、ゆるく編んだ髪にビーズやスパングルや、白い羽根まで編みこんだ髪は異様で、異界の者としか思えなかった。

皇帝の腹が恐怖で震えた。悪魔が地獄に連れていこうとやってきたのだ。「おまえは——」皇帝は小声でいった。「おまえは——」

皇帝を落ち着かせようと、シンジビスはほほえんだ。

そのほほえみをみて、皇帝は震えあがった。怪物の顔の広い部分がよけいに広がり、狭い部分がよけいに狭くなったようにみえたのだ。離れていた目はさらに離れ、黒々とした瞳が光を捉《とら》えて輝いている。声は上げていないが、これほどあけすけな笑いはみたことがなかった。じっと観察してみたが、その笑いには、恐怖も、狡猾《こうかつ》さも、悪意も、怒りも、こそこそしたところも、秘密めいたところもなかった。

そういったものの一切ないほほえみを、皇帝はそれまで目にしたことがなく、まったく新しい表情のように思え、どう受け取っていいのかわからなかった。皇帝はこう考えた。この怪物は髪は黒く、肌は浅黒く、悪魔のようにみえるが、人を痛めつける道具は持っていないし、耐《た》えがたい悪臭を放ってもいない。それに、悪魔のほほえみに悪意がないとは考えられない。とすると、考えられるものはひとつしかない。天使だ。弓を持った天使——天使ミカエルの天国の軍団からやってきた射手《しゃしゅ》だ。皇帝はシンジビスを天使と決めつけ、そう信じこんだ。自分は皇帝であり、地上の神だ、自分が間違うはずがない。

「黒い天使」皇帝は呼びかけた。天使はそのつもりになれば、翼を隠し、人の姿で現れることができるのは知っていた。しかし、この国のどんな教会においても、猫の顔をした、黒い瞳に黒々とした髪の天使の絵はみたことがなかった。

シンジビスは天使がどんなものか知らなかったので、何もいわず、もう一度ほほえんでみせた。

「なぜ、わしのもとに現れたのだ、天使」

「あなたと遊んで、あなたのために歌うために」シンジビスはそう答えたが、「あなたに呪文をかけるために」と答えることもできた。どちらにしても意味は同じだった。

皇帝の体に喜びが広がった。そしてほっとして後ろの壁にもたれた。もう、おびえて後ろの壁に背中をぶつけることはなかった。天国の神が、天使を遣《つか》わしてくださったのだから。それも、地上の神と遊び、地上の神のために歌うようにと！　これこそ、自分がこの国を支配していることを主がお認めくださっている証拠だ！　これこそ、西の国々が堕落《だらく》していることの証拠だ。あの者どもはこの地上の神を認めようとしない！　皇帝は誇らしい気持ちで、そばにいる黒い天使をみつめ、顔をしかめて、白い肌で金髪の天使のことを考えた。そんな天使が国中の教会の壁に描かれている。描いたのは無知な画家どもだ。あの連中は自分の目で天使をみたことがないのだ。

「ジーンキンズに呼ばれてきたのか」皇帝はたずねた。

「自分でやってきました。だれかに呼ばれてきたのではありません」天使が答えた。

皇帝の顔にほほえみが浮かんだ。ジーンキンズは、体を張り、危険を冒《おか》して、地獄から悪魔を呼びだすことができる。だが、天使は呼ばれることもなく皇帝のもとにやってきて、皇帝と遊び、皇帝のために歌うのだ！　ジーンキンズよ、おまえの悪魔の忠告《ちゅうこく》などにもう用はない。

皇帝はそれまで身動きもしなかったが、いきなり立ち上がってシンジビスに片手を差しだした。これは皇帝の命令だった。シンジビスはあぐらをかいたまま、両脚の外側で床を押しつけるようにして立ち上がった。そして差しだされた手を握ると、すごい力で握り返され、指がくっついて動かせなくなった。皇帝はほんの一瞬、相手の顔をみた。まるで痛かったか確認しているかのようだった。それから扉の前までいった。「この扉を開けてくれ！」天使は、神の創造したもののなかでは高い地位にあるが、しょせんは使者だ。それにひきかえ、皇帝は皇帝だ。

シンジビスは鍵を回し、かんぬきを抜いて、扉を開けた。小さな薄暗い部屋に、廊下で燃えているたくさんのロウソクの光が差しこみ、温かい空気が流れこんできた。

皇帝は後ずさった。「外にだれかいるか？」

シンジビスは廊下に出てみた。皇帝はまだ手を放そうとしない。シンジビスは右に左に目をやった。「だれも」

皇帝は注意深く部屋から出ると、同じように右に左に目をやってから、左を向いて足早に廊下を歩いていったが、まだシンジビスの手を握ったままだった。皇帝のカフタンにちりばめられた宝石がいくつか小さな音を立てて落ちたが、ずらりと並ぶロウソクの火のささやきにまぎれてしまった。

面倒な道筋《みちすじ》をたどって——階段をふたつ上がって、ひとつ下りて、いくつもの部屋に入って、いくつもの部屋から出て、人のいない廊下を抜けて——皇帝はシンジビスを大きな美しい部屋に連れていった。部屋は香油ランプの光で照らされていた。壁ぞいに置いてある長椅子は小さな舞台くらいの大きさがあり、上には絨毯《じゅうたん》が何枚も敷かれ、クッションが何個も置いてある。皇帝は長椅子に寝そべり、いった。「さあ、天使、イングランドの魔法使いに会ってくれ」

魔法使いのシンジビスは、恐怖におびえている男に呪文をかけるのは難しく、思うようにはいかないことを知り、天使として、皇帝に仕えることにした。

さて次は（と猫は語る）、舌に魔力を持っている魔法使いが、すべての魔法はペテンだと思っている魔法使いに会ったときの話をしなくてはならない。

第五章
イギリスの魔法使いが天使に会う

カシの木のまわりをぐるぐる回ってやわらかな前足でリズムを取りながら、猫は物語を語る。歩きながら、木の葉を散らしながら、鎖を引きずって鳴らしながら。

覚えているだろうか（と猫は語る）、あの賢いイギリスの愚か者、リチャード・ジェンキンズ、皇帝に仕えている魔法使いのことを。少年に悪魔の格好をさせて、地獄から呼び寄せたといった男。自分自身がペテン師なので、世の中に本物の魔法などないと思っている男。その男の話の続きを語ろう。

皇帝が処刑の場から逃げたとき、ジェンキンズもいっしょに逃げた——ほかの人たちを押しのけ、ローブの裾をたくしあげてまっ先に逃げた廷臣のひとりだ。クリスチャンを待ってなどいなかったし、自分が何から逃げているのかもわからなかった。ただ、身に危険が迫っている、逃げなくてはと思っただけだ。

部屋につくと鍵をかけ、いつもの椅子に座って自分の体を抱きしめた。怖くて、本を読むことも食べることもできなかった。

クリスチャンがもどってきたが、何度もノックして大声を上げてやっと、ジェンキンズがクリスチャンだと納得して扉を開けてくれた。

ジェンキンズはクリスチャンが入るとすぐに、扉を乱暴に閉めて鍵をかけた。「どうなっている？」

「わかりません――だれも知らないんです！」クリスチャンは主人の怖い顔をみてこう付け足した。「一族の人たちがパヴェル卿を助けにきたのだといっている人たちもいます。でも、あれは街の連中だといっている人もいて……」ジェンキンズが噛みつきそうな顔をしたので、クリスチャンはいった。「でも、熊だという人もいました――熊が処刑台に跳び乗ってきたって――」

「熊だと！」ジェンキンズはクリスチャンの上着の前をつかんで、引っぱり上げた。クリスチャンは足が浮いてしまい、落ちないように主人にしがみついた。「ばかなことをいうな、この間抜け――熊だと！　そんなことがあるか！　あれは――」ジェンキンズはクリスチャンを奥の部屋に引きずっていった。

「――あれは暴動だ、間違いない」

ジェンキンズは自室のなかに入ると、クリスチャンを放り投げた。クリスチャンはベッドの端のところにある戸棚に激しくぶつかった。ジェンキンズは扉を乱暴に閉めて鍵をかけ、小さな部屋のなかを行ったり来たりしながら、両手を握りしめていまいましげにいった。「兵士たちがすぐに鎮圧《ちんあつ》してくれる。そうとも、あの皇帝が黙っているものか――すぐに終わる」

クリスチャンは床から起き上がり、棚に座った。そしてあざのできた脚をさすり、まばたきをしながら深呼吸をして、痛みとみじめさで泣きださないようにこらえた。涙がもったいない。ジェンキンズの黒い聖母の涙を入れる小瓶はどれもいっぱいだ。

「だが暴徒が宮殿に押し寄せてきたら……」ジェンキンズはぶつぶついっていたが、立ち止まって背中を丸め、拳をあごの下に当てた。「もし暴徒が宮殿に押し寄せてきたら……」ジェンキンズは小声でいった。「皇帝のお気に入りと思われてしまう！　パヴェルの処刑の責任も問われる！」ジェンキンズはクリスチャンのほうを振り返ってにらみつけた。まるで、おまえのせいだとでもいわんばかりだ。クリスチャンは立ち上がり、主人が向かってきたら、体をかわそうと思った。「リンチにかけられる！」ジェンキンズは小声でいった。

　クリスチャンは唾《つば》をごくんと飲んで、震えた。主人は気が楽になるようなことをいってほしがっている。それはわかっていたのだが、なんとなく――いや、間違いなく――暴徒が――もし暴徒がいるとして――ジェンキンズをみつけてリンチにかけてくれればいいのにと思っていたので、主人の気が楽になるようなことは思いつかなかった。

「おまえもだぞ！」ジェンキンズはそういってじわじわ近づくと、手を伸ばして指先でクリスチャンを突こうとした。「おれの召使いだということはわかっているからな。おまえがおれのことを嫌っていても、そんなこと連中がかまうもんか。――おまえも縛《しば》り首《くび》だ――いや、手足をつかまれて、八つ裂きにされるぞ」

「ぼくはご主人様を嫌ったりしてません！」クリスチャンは後ずさった。ジェンキンズに骨の浮き出た胸を何度も突かれて痛い。

「いや、嫌っている。それくらいわかっている。だが、よく覚えておけ。やつらはそんなこと、かまっちゃいない。やつらのことだ、血を求めてここにやってきたら、おれの血だろうが、おまえの血だろうが、どっちでもいいんだ――」ジェンキンズは言葉を切って、クリスチャンの両肩をつかんだ。そしてふと考えた。暴徒にこのクリスチャンをくれてやってはどうだろう。クリスチャンこそ、皇帝をあざむいたペテン師だといってやれば。いや、それともこいつが悪魔だといいはったほうがいいだろうか。暴徒は大喜びで悪魔を殴って、殴って、殴り殺してしまう頃には満足して、おれのことは放っておいてくれるかもしれない。

「もしかしたら、兵隊さんが暴動をしずめてくれているかもしれません」クリスチャンはそういいながら震えていた。主人のすぐそばにいるのがいやでたまらなかったのだ。

ジェンキンズは考えからはっとさめて、手を下ろした。「なら、いって確かめてこい！」クリスチャンは扉のほうにいきかけたが、襟《えり》と髪の毛を捕まれて引きもどされた。「それから厨房にいって、食べ物を持ってこい。ケーキを持ってこい！」ジェンキンズはそういってクリスチャンを扉のほうに押しやった。クリスチャンは鍵を開けると、そそくさと外側に出た。それから暗い階段を駆け下りた。後ろの方でジェンキンズがかんぬきを差す音がきこえた。

宮殿の暗く寒い庭に出ると、クリスチャンは震えながら壁沿いに歩いていった。奥歯が鳴らないように食いしばり、暴徒が立てる音がきこえないか耳をすませた。角までくるたびに立ち止まって、なんとかむこうがみえるくらいに少しだけ顔をのぞかせ――両目でしっかりむこうをみて――そうしてようやく角を回った。

兵士の一隊が雪を踏みしだきながら通りかかったので、クリスチャンは走っていって、何か知らせはないかきいてみた。しかし、ひとりだけ相手をしてくれた兵士も、あっちへいけと手を振っただけで、ほかはみんな、クリスチャンなどみえないかのようにまっすぐ前を向いていった。

もうしばらく歩いていくと、熊が宮殿の門からなかに入っていくのがみえたので、熊ににおいをかぎつけられたり、姿をみられたりしないように走って逃げた。処刑台に熊が現れたという噂があったが、クリスチャンは、あれが暴徒たちのひとりが飼っている踊る熊かもしれないと思った。だとすると、暴徒はすぐそばにいるのかもしれない。だが、叫び声などはまったくきこえなかった。

クリスチャンは宮殿のなかを歩いて、新しい知らせはないかきいてまわったが、何も収穫はなく、主人にいわれたようにケーキをもらいに厨房にいった。厨房は細長い建物だ。地獄のように明るいのは、いたるところで火がたかれているからだ。地獄のように熱いのは、料理の火と、沸騰《ふっとう》している鍋と、汗をかいて働く者たちの体のせいだ。おまけに地獄のようにくさい。食材や料理が多すぎてそのにおいが強烈で不快なのだ。脂身が音を立てて焼けて煙を上げ、スープがぐつぐつ煮えてあたりにキャベツのにおいを充《じゅう》満《まん》させ、鍋があちこちで大きな音を立て、ひしゃくが騒々しい音を立て、料理人がののしる。

クリスチャンは横歩きで、みつからないようにした。みつかったらろくな目にあわない。すさまじい熱さのせいで、厨房で働いている人々はいつも自分以外の全員にいらいらしているが、とくに、しょっちゅうやってきては主人のためにケーキをくすねていくクリスチャンのことを目の敵《かたき》にしていた。いつも、料理人が「またきやがったな！」と怒鳴ってクリスチャンの頭をなぐろうとするが、クリスチャンのほうは拳をかわして大きな石のかまどのほうに逃げていく。そして、赤く燃えている石炭の端にある小さな三本脚のソース鍋の横をそろそろと歩き、かまどのなかに入っていく。なかは暖かく、煙突をのぞけば、冬の闇と冷たく光る星がみえる。クリスチャンは火で温まった石にもたれて自分を抱きしめ、ひとりでいいから自分を愛してくれる人がいればいいのにと思う。

厨房のまん中にはテーブルがいくつも並んでいて、料理人たちがそこで作業をしている。鉢を鳴らしながら卵を泡立てている人もいれば、まな板の上で小気味《こきみ》いい音を立てながら野菜を刻んでいる人もいる。そういった人たちが大きな炉の端にやってきてソース鍋を取ると、手を伸ばして玉ネギや、束にしたハーブを下げてあるロープを引っぱる。そういった人々の話し声がほかの騒音に混じってきこえてくる。

「……熊だってよ、熊！」

「考えてみろよ、いったいなんだって、熊が……」

「……パヴェル卿の親戚だったたっていうんなら、わかるけど」

「陛下が簡単に片づけたって話だ」

「当たり前だろ。われらが皇帝は子猫じゃないぞ！」

「じゃあ、パヴェル卿は死んだのか。親戚たちの苦労も水の泡だったたってことか？」

「軍隊が出動したらしい」

「神よ、国民をお救いください、神よ、彼らをお救いください！」

「神よ、皇帝をお救いください！」

すると厨房のあらゆるところから声が上がった。「神よ、皇帝をお救いください！　皇帝陛下、ばんざい！」

クリスチャンはきいているうちに、体が温まってきて、こっそりかまどから外に出ると、だれの邪魔にもならないように、注意深く厨房を歩き回った。調理の火の間に置かれている長テーブルには料理が所狭しと並んでいる。ローストしたチキンや細長い魚、ねじった形のパンや、クリームやペーストリーや蜜のたれている蜂の巣などののった皿。

あるテーブルの上に、チェリーをのせた小さなアーモンドケーキを並べた皿があった。ジェンキンズの大好物だ。クリスチャンはその皿を取って、マントの下に隠し、近くの扉に向かった。

熱のこもった厨房から、身のすくむような寒さのなかに出てきたクリスチャンは思わず息を飲んだが、気にしてはいなかった。これからご主人様の暖かい部屋にもどって、ケーキを渡して、暴動はおさまりました、軍隊が出動しました、と伝えればいい。パヴェル卿は死に、皇帝は助かりました。そう伝えれば、ご主人は機嫌をよくするだろうし、ケーキをひとつくれるかもしれない——と思ったが、もらえないかもしれないと考え直して、途中でふたつ食べた。自分も魔法使いだと、クリスチャンは考えてみた。呪文を唱える。暴動よ、終われ、って。するとアダブラカダブラ！　怖がってるご主人の世界を変えて、幸せにしてあげよう。

クリスチャンの話をきいて、ジェンキンズはかなり元気を取りもどし、くつろいで椅子に腰かけて本を読んだり、ケーキを食べたりして、たまに聞き慣れない音がすると、凍りついたり、飛びあがったりする程度になった。しかし、クリスチャンにケーキをやろうというほど機嫌がよくなったわけではなかった。クリスチャンは二個食べておいてよかったと思った。「すべてこともなしだ」ジェンキンズは声に出して、一時間おきくらいにそういった。「実際、何も起こっていない、そうだろ？　実際、皇帝は子猫なんかじゃない、暴動など許すはずがない」そういってから、少し後で付け足すのだった。「いったい、おれは何を心配しているんだ。いままで、なんの問題もなかったじゃないか」

ジェンキンズはその晩はまだよく眠れなかったが、次の日、クリスチャンがいい知らせを持ってきた。パヴェル卿は間違いなく死に、親族一同が逮捕され、牢屋に入れられたというのだ。宮殿のなかではすべてがいつもどおりで、暴徒の気配もなければ、暴徒がいた様子もない。ジェンキンズはまだ部屋を出るのが怖かったが、心安らかに暖炉の前で椅子に腰かけ、ケーキを食べて、本を読んだ。そしてその晩は安心して眠りについた。

温かいベッドのなかで目が覚めた。どん、と音がした。はじめは耳の奥できこえる心臓の音かと思った。枕から頭を上げてみると、拳で扉をたたく音だとわかった。荒々しい怒鳴り声もきこえる。ジェンキンズはとたんに、また怖くなった。鼓動がいきなり速くなる。暴徒だ！　暴徒が――遅くなったが、押し寄せてきたのだ！　ベッドのそばの闇のなかで闇が動いた。ジェンキンズは悲鳴を上げて、枕に倒れこんだ。

「ご主人様！」

クリスチャンだった。ジェンキンズは暗闇のなかに手を伸ばし、クリスチャンの腕をつかんで引きよせた。「ロウソクをつけろ、ロウソクをつけるんだ」

ジェンキンズはクリスチャンを押しやると、ベッドの上に体を起こし、闇のなかに目をこらして音のするほうをにらんだ。

クリスチャンが暗闇のなか、手さぐりしたり、そろそろと歩いては物にぶつかる音がきこえる。一瞬、外の足音が止まり、怒鳴り声が響いた。「扉を開けろ。陛下の命令だ！」

　クリスチャンはロウソクをみつけると暖炉に突っこんで火をつけた。ロウソクの先で炎が揺れて踊り、ベッド、ベッドのカーテン、椅子、本などがぼんやりと影のなかから浮かびあがる。ベッドの上で体を起こしているジェンキンズの、はげた頭のまわりに生えているもじゃもじゃの毛があちこちにはねているのがみえてきた。丸い顔が恐怖でしまりなく青ざめ、目は大きく見開かれているが、その目が怒りでけわしくなった。ロウソクの火のむこうでおびえていクリスチャンの顔に気づいたからだ。ジェンキンズは自分がおびえているとき、ほかにもおびえている顔をみると腹立たしくてたまらなくなるのだ。「ぼんやり突っ立ってるんじゃない――扉を開けろ、ばか！」

「でも――」クリスチャンは目を主人から、乱暴にたたかれている扉に移し、また主人にもどした。

「『陛下の命令だ』といっているだろう、ばか！　暴徒なら『陛下の命令だ』などというはずがない。それに扉をたたいたりするものか――たたきこわすはずだ。さっさと空けろ！　だが、ロウソクはここに置いていけ！」

　クリスチャンはゆっくりと、暗い物置部屋のなかに入ると、音を立てて揺れている扉の前までいった。扉を激しくたたく音はすさまじく、クリスチャンはたじろいで耳を手でふさいだ。「扉を開けろ！」外の男が叫んだ。ほかにも大勢の足音がきこえる。槍《やり》の石突きで床をたたく音や、棍棒《こんぼう》で壁をたたく音もきこえる。

　ジェンキンズはベッドで考えていた。結局、暴徒だったら、どうすればいい？　クリスチャンをあそこに置いたまま、着替えて、ほかの扉から逃げるか？　いや、だめだ、この部屋にほかの扉はない。ジェンキンズはベッドの上で小さくなって毛布を頭からかぶった。病気のふりをしたほうがいい――そうだ、病気だ、気分が悪くてしょうがない。兵士か暴徒かは知らないが、こんなに具合が悪いのをみればあわれに思ってくれるかもしれない。

「扉を開けろ！　陛下の命令だ！」

クリスチャンはかんぬきを抜いて、急いで鍵を回した。びくびくしているより、さっさと終わらせるほうがいい。扉が押し開かれ、クリスチャンは後ろによろけた。

兵士がひとり入ってきた。黒ずくめだ。そしてクリスチャンをちらっとみると、襟元をつかみ、揺さぶりながら物置部屋を引きずっていき、ジェンキンズが毛布の下で隠れている部屋に入った。

兵士はクリスチャンを押しやり、ベッドの毛布を引きはがして床に放った。マットレスの上にはジェンキンズが寝《ね》間《ま》着《き》姿《すがた》で、頭を両手でおおっている。「陛下がお呼びだ！」兵士がいった。「さあ、こい！」

ジェンキンズはうつむき、目を閉じたまま、片手で毛布をさぐったが、毛布は床に落ちている。「病気なんだ」ジェンキンズはいった。「とても具合が悪い――」それからスペイン語とドイツ語でそれをくり返した。

兵士はクリスチャンのほうを向いた。主人よりはクリスチャンのほうが自分の言葉がよく伝わるのを知っていた。「陛下がお呼びだと伝えろ――急げ！　つべこべいうな――急げ！」

クリスチャンは兵士をよけるようにして、戸棚からジェンキンズの着替えを取りだした。さっきクリスチャンがたたんでしまったものだ。そして主人のところに持っていって声をかけた。「ご主人様、陛下からすぐに、ただちにくるようにとのご命令です」

「いくよ、いく！」ジェンキンズは大声で答えると、体を起こして、寝間着の上から服を着た。クリスチャンは主人がローブをまとうのを手伝い、ブーツを取ってきた。「おまえも着替えろ」主人が大声でいった。「おまえもいっしょにくるんだ！」

しかし、すでにクリスチャンは服を着ていた。物置部屋はすきま風が吹きこんで寒いのだ。ジェンキンズがまだ片方の足をブーツに押しこもうとしている間に、待ちかねた兵士が数人で連れだした。兵士は灯りのともったランタンを持ち、階段を下り、悪魔を召喚した部屋を抜けて、凍てつくような庭に出た。

庭を通って建物に入り、建物を出て別の庭を通っていく。庭は静かで、身を切るように寒く、暗い。長い廊下は肌寒く、薄暗く、兵士たちの大きな足音以外は何もきこえない――が、宮殿の奥にいくにしたがって、明るく、暖かくなってきた。壁にはからみ合った蔓《つる》や、赤や黄の花が描かれ、背の高い聖者や英雄の輝く姿が壁のくぼみから厳しいまなざしでこちらをみている。兵士が立ち止まった。前には金色の鋲《びょう》が打ちこまれた両開きの扉があり、扉枠には彫刻がほどこされている。隊長が槍《やり》の柄《え》でたたくと、扉が大きく開いた。ジェンキンズとクリスチャンは皇帝の住居に連れてこられたのだ。

その部屋は広く、天井が低く、金色に光り、ランプのなかで燃えている香油から花の香りが漂い、ずらりと並ぶ太い柱やその上のアーチがあちこちに黒々とした影を投げかけている。壁に描かれた行列や狩りの絵は、ランプの近くにある部分は色鮮やかに、陰になっている部分はくすんでみえる。天井は優雅に曲線を描き、その曲線の裾を柱が受け止めている。天井は黒く塗られ、金色の星が輝いている。柱の側面には背の高い用心深そうな聖人や、甲冑《かっちゅう》に身を固めたいかつい顔の英雄が描かれている。

ふたりとも、柱に邪魔されて皇帝がどこにいるのかわからなかった。ジェンキンズは体を深く曲げて、皇帝のみえるところにきたらいつでもひざまずける格好で進んだ。クリスチャンもすぐに真似た。

黒いひげを生やし、深紅の衣をまとった英雄がヘビを絞め殺している絵が描かれている柱をまわると、部屋の奥に作り付けられた低い玉座がみえた。上には毛皮やクッションがいくつも置かれ、そこで皇帝が待っていた。座っているような寝そべっているような格好だ。ジェンキンズは皇帝を目にしたとたん、膝をついて、伏せた。主人がそうしたとたん、クリスチャンも同じようにした。だれであれ、皇帝の頭より高いところに自分の頭を置いてはならないことになっているのだ。

しかし、ジェンキンズは額を床にこすりつけながらも、目をこらして皇帝の顔色をうかがい、どんな気分なのか推《お》し量ろうとした。

刺繍をほどこされたローブの肩にたれている皇帝の髪は脂ぎってもつれている。顔は青く、目は赤い。ローブは寝るときも着たままなのでしわだらけだ。ジェンキンズは皇帝に仕えてきた経験から、これはよくない兆候《ちょうこう》だと思った。ところが玉座の近く、皇帝の手のそばに低いテーブルがあり、上に皿や水差しが並んでいて——皇帝の膝の上には果物の皿が置いてある。皇帝がものを食べているのはいい兆候だ——少なくとも最悪ではない。

「ジーンキンズ」皇帝が話しかけた。「先日会ったときから、あの悪魔と話したか?」

まずい、最悪だ。ジェンキンズは返事ができなかった。全身から血が引くのがわかって、吐き気がした。まずい、皇帝はわかっている。わかっているんだ。嘘ばかり並べ立てたことがばれている。ジェンキンズは喉の奥から細い息を吐き出し、なんとか答えた。「いえ——あのときが最後でございます、陛下」

クリスチャンは、主人のすぐ後ろで頭を下げ、顔を上げないようにしていた。いつも、皇帝をみるのは恐ろしかった。そしていまは、ただただ、皇帝が自分に気づきませんようにと願っていた。皇帝のほうをみさえしなければ、皇帝もこちらをみることはないかもしれないと考えたのだ。

「ジーンキンズ、くそのかたまり」皇帝がいった。「おまえは長年研究をして、地獄から悪魔を呼びだす方法を究《きわ》めた。それも毎回、命と魂を危険にさらして。何日も断食《だんじき》をして――」

　クリスチャンは恐ろしさのあまり緊張の糸が切れて、くすっと笑いそうになった。というのは、ジェンキンズは断食など一度もしたことがなかったからだ。クリスチャンは唇をかんで、声を上げないよう息を殺した。

「そのうえ、悪魔を呼びだしたあとは、地獄の汚れを落としてきた」皇帝がつづけた。「それにひきかえ」――そういって胸をたたいた――「わしはそのようなことはしなかったにもかかわらず、天使のほうから訪ねてきてくれた。わしは地上の神だからな」皇帝はそういうと、手を伸ばして、玉座の反対側を指さした。

　ふたりはそちらをみた。

　そこには、皇帝が指さしたところには、ランプもなく、暗がりのなかに、人影がじっと動かずに座っていた。皇帝の頭より高いところに頭がある！　玉座にあぐらをかいて座り、三つ編みにした黒髪がゆったりと肩からクッションまでたれている。髪には月の光のように輝く白いビーズが編みこんである。奇妙な顔だ。クリスチャンもジェンキンズも、こんな顔はみたこともなかった。これまでに想像したどんな天使の顔にも似ていない。ジェンキンズは、これは美しいサルの顔か何かで、天使というよりゴブリンの顔といったほうがいいと思った。

　ジェンキンズはそれまでによく旅をして、皇帝がいったことのある土地よりさらに遠くまでいったことがあったし、そのさらに遠くまでいったことのある人たちと話したこともあった。土地によって人間の顔つきがちがうことは知っていた。ジェンキンズは皇帝が天使と呼ぶ者の顔をよくみるうちに、自分と同じ人間だということがわかった。ということは、こいつは嘘つきのペテン師ということだ。

ジェンキンズは自分を捉えている恐怖の下から怒りと嫉妬《しっと》がこみあげてくるのを感じた。ペテン師がもうひとりやってきて、おれにかわって皇帝に取り入ったのだ。

こいつはどうやって皇帝をだましたのだ。それも、よりにもよって、天使などといって。黒い髪で猿顔をしたやつはいくらでもいるが、こいつほど天使らしくないやつはいないだろうに！　それにしても、とんでもない嘘をついたものだ。ジェンキンズは舌を巻いた。

この命知らずのペテン師はどんないかさまを使ったのだろう。よっぽど巧妙な技を使えるのか。クリスチャンに着させた悪魔服の半分ほどでも悪魔らしいものが作れるのか。

「天使よ、これはわしに仕える魔法使いだ」皇帝がいった。「悪魔を呼びだして、命の水をみつけてくれる」

そのペテン師、黒い天使が皇帝のほうを向いた。「それはなんです？」皇帝以外のだれにも、それが天使の声にはきこえないだろう。

ジェンキンズはペテン師に面と向かって、命の水を知らない天使がいるのかと嘲《あざけ》ってやりたかったが、できなかった。皇帝を怒らせるとまずい。

ところが皇帝は顔をしかめた。「命の水だ、天使。永遠の命を与える秘薬だ。それがあれば、永遠に生きられる」

　天使が声を上げて笑うのをきいて、まわりの者たちはぎょっとした。ジェンキンズも、ペテン師が大胆にも笑ったことに驚いた。クリスチャンは——もしかしたら天使かもしれないと思っていたので——天使が笑ったことに驚いた。皇帝も驚いたがそれは、自分がまじめな話をしたときに笑われたことが一度もなかったからだった。

「永遠に生きられるものなどいません」天使がいった。

「どうか罰することなく、申し述べるお許しを」ジェンキンズがすかさず口をはさんだ。「偉大なる陛下、そして神の使いである天使、間違いなく主は永遠です」

「主とはなんですか」天使がたずねた。

　神を知らない天使などいるはずがない！　ジェンキンズはそう思って、皇帝の顔を覗《うかが》った。たとえ皇帝が天使の無知に気づいていたとしても、そんな素振《そぶ》りはない。それをみたジェンキンズは、皇帝が愚かであるとほのめかさないでそれを指摘《してき》する言葉を思いつけなかった。

「魔法使いは」天使がいった。「三百年生きますが、体は老いて疲れ、最後は喜んで死んでいきます。長い間生きているうちに、死者の世界《ゴーストワールド》に行く道と、そこからもどる道と、鉄のトネリコの木にある巣を覚えるのです」シンジビスは皇帝をみた。「しかし、生まれたときに魔法使いに引き取られ、魔法使いに育てて教えてもらった者でないかぎり、どんなものを使っても、三百年さえ生きることはできません」

　皇帝は天使を見返した。まるで顔を平手でたたかれたような表情が浮かんでいる。皇帝は深く息を吸った。クリスチャンは目をそらし、ジェンキンズは驚き、大喜びした——が、皇帝は息を止め、吐き出した。そしてこわばった笑みを唇の端に浮かべた。皇帝には黒い天使が必要なのだ。それは天国にいる神に気に入られている証拠だからだ。そして天使はつねに真実しか口にしない。もし天使が嘘をつけば、それは天使ではない。皇帝は、この天使がいっていることを真実として受け入れなくてはならないのだが、受け入れたくないのはだれの目にも明らかだ。皇帝は鋭い目をジェンキンズに向けた。

「おお、偉大なる陛下、嘆かわしい、嘆かわしい！」ジェンキンズは大声を上げた。「悪魔は嘘をつき――いままで、わたしをだましてきました！」

「悪魔はつねに嘘をつく」皇帝がいった。「そしておまえは――くそだ！　おまえが呼び出せるのは悪魔だけで――悪魔どもは嬉々《きき》としてやってきては、嘘をついておまえをだます。おまえは天使を呼ぶことはできない。天使がおまえの呼びかけにこたえることはない！」

「陛下のみに、陛下の呼びかけにのみこたえるのです」ジェンキンズは頭をふたたび絨毯にこすりつけて同意しながら、このペテン師に対する憎しみがさらに燃えあがるのを感じていた。「陛下、どうぞお許しくださって、わたしを下がらせてください。恥ずかしくてたまりません――わたしは悪魔の嘘を信じていたのです！」

「おまえのくさいにおいもいっしょに持ち帰れ」皇帝がいった。

ジェンキンズはすぐに膝をついて後ずさったが、クリスチャンはすでにそうしていた。「ありがとうございます。痛み入ります」ジェンキンズはくり返しながら退出した。

「出ていけ！」皇帝が大声でいった。

ジェンキンズは膝をせわしく動かして、柱の後ろまでいって皇帝からみえなくなると、クリスチャンにつかまって立ち上がった。そしていっしょに皇帝の住居から逃げだした。

いっしょに、薄暗く、ロウソクの燃える音のする廊下を抜け、暗く、凍りついた庭を横切りながら、クリスチャンがいった。「逃げるんですか、ご主人様？」

「逃げる？」

「ここから逃げるんですか、ご主人様――デンマークに？」クリスチャンは、自分はデンマークでジェンキンズに買われたと思っていて、いつもデンマークに帰ればいいのにと考えていた。

「冗談じゃない。どこにもいくものか」ジェンキンズは、ばかばかしいといわんばかりに答えた。「何か食べ物を持ってこい――腹を落ち着かせたい」

ジェンキンズの部屋にもどると、クリスチャンはトレイにパンと蜂蜜と果物をのせてもってきた。どれも厨房からくすねてきたものだ。ジェンキンズはいつもの椅子に座り、頬杖をついている。クリスチャンはトレイを主人の膝に置き、ベッドを直し、暖炉に薪をくべた。ジェンキンズは食べ物を口に運んでいる。クリスチャンはちらっと主人をみて、表情をうかがっていたが、そのうち口を開いた。「ご主人様、ここにいては危険なのではありませんか？　皇帝は、出ていけといわれました」

「おまえはばかか？　皇帝はあの部屋から出ていけといったんだ。もしこの国から、いやこの街から出ていけというつもりなら、ちゃんとそういっている。だから、そうじゃない。つまり皇帝はまだおれたちに用があるということだ」

クリスチャンはいつもの丸椅子に座って、椅子の縁をつかみ、足を引いた。「そうなんですか？」クリスチャンは街の門のところで杭に刺してある首や、街角で鎖からぶら下がっている手や足のことを考えていた。

「クリスチャン、おまえはおれと違って、人の気持ちが読めない！」ジェンキンズは興奮して笑った。「なんで黒い天使が、命の水などないといったかわかるか」

　クリスチャンは答えられなかった。自分の主人はしょっちゅう嘘をついて、しょっちゅう安っぽい仕掛けを使うことは知っていたが、いくらかは本物の魔術も使えるのではないかと思っていた。命の水があるかどうかなど、自分にわかるはずがない。あの天使が本当に人間の姿をした天使なのかどうか、真実を話しているのかどうか、ただのペテン師なのかどうかもわからない。

「ああ、クリスチャン、クリスチャン、答えは簡単だ。われらが友は、皇帝に仕える魔法使いという地位をおれから奪おうとしていて——皇帝におれのことを悪く思わせようとしているのだ。『命の水などありません』といってたな。だが、おれがいかにうまく立ち回ったか、わかっているか、クリスチャン。悪魔にだまされたと答えたのを覚えているか。悪魔にだまされるのは仕方がない——そうだろう？　なあ、いたずら好きの悪魔、クリスチャン」

　ジェンキンズはまた声を上げて笑った。しかし、クリスチャンは笑う気にはなれなかった。それどころか、まるで自分が責められているような気がしていた。

「あの黒い天使は頭がよすぎて墓穴を掘ってしまった。あのときの皇帝の顔をみたか？　皇帝は何より命の水がほしいんだ。黒い天使が仕えてくれると自慢したいが、それ以上に命の水がほしい。そのうち、慈悲とか憐憫とか天使らしいものには飽きてしまうに決まっている。いつまでも待つ必要はない。そのうちまたお声がかかる。そのときは、必要な物を買うのにこれまで以上の金を請求して、もう少しで命の水ができそう、というところで失敗して、またうまくいきそうなふりをして——もっと金を請求して——そうしておいてから、皇帝に命の水を渡してやる」

　クリスチャンはえっと飛び上がるようにして、丸椅子に座り直した。「じゃあ、本当にあるんですね」

「豚の血を飲ませてやればいい。いや、それだと気づかれてしまうかもな。赤い水にするか。それにいやな味のするものを混ぜておこう。いやな味がして、金のかかるものでないと、信じないだろうからな」

「でも、赤い水では永遠には生きられませんよ、ご主人様」

　ジェンキンズは一瞬、じろりとクリスチャンをみて蹴飛ばそうとしたが、足が届かなかった。だが、立ち上がって蹴るのは面倒だった。「おまえは本当にばかだな。何ひとつ覚えない。皇帝が命の水だと納得できるものを渡せばいいんだ――そうすれば、生きているうちはそれが効いていると思うだろう？　死ぬときには、あれはにせ物だったと気づく暇はない。それに皇帝が死ぬよりずっとまえに、おれは北の地方の領主になって、領地を売って、イギリスに帰っている。大金持ちになってな」

　そのとき自分はどこにいるんだろう。クリスチャンはふと考えた。

たしかに、クリスチャンはどこにいることになるのだろう？（と猫は語る）。しかし、シンジビスは呪文をかけて皇帝を変えようとしていて――そうなったら、ジェンキンズの計画は水の泡になってしまうかもしれない。

　しかし、まず（と猫は語る）、この土地について、皇帝について、宮殿についてもう少し語ることにしよう。

第六章

皇帝の子守歌

猫はカシの木のまわりをぐるぐる歩き、枯葉を踏み、金の鎖を巻きつけていく。

皇帝は（と猫は語る）つねに眠りを恐れていたが、それは幼い頃、宮廷の貴族たちから「殺人」「暗殺」「死」という言葉の意味を教わってからのことだった。

眠りはささやかな死だ。眠っているときは、だれかがナイフや、顔に押しあてる枕を持ってこっそり近づいてきても気がつかない。皇帝はつねに眠りをできるだけ遠ざけるようにしてきた。幾日も幾晩もぶっ通しで裁判をするとき、役人たちはささやかな死に包まれていびきをかくことがあるが、皇帝は眠らない。また、幾晩も幾日も宮殿の礼拝堂や教会で祈るときは、耐えられなくなるまで石の上にひざまずき、額を祭壇《さいだん》の階段に打ちつけて、最後まで祈り通した。冷たさと痛みを助けに、眠らないようにした。

また何日もかけて数占いを学んだこともある。これは自分の名前のアルファベットにそれぞれ異なる数字を当てて、それを複雑な方法で足したり引いたりして運勢を占うものだ。皇帝はその結果出てきた数字が――もし正しく計算できていれば――自分の運命を明かしてくれると信じていた。その数字が自分に永遠の命を約束してくれなかったら――あるいは、少なくとも、長命を約束してくれなかったら――計算が間違っていたと考えて、また別のやり方か、別の数字でやり直した。

また――黒い天使がやってくるまえに――ジェンキンズと、地獄の階級、悪魔を召喚する方法や危険性、悪魔の言葉の信憑性《しんぴょうせい》などについて何時間も語ったこともある。

疲れて、歩くときによろけたり、幽霊がみえるようなとき――疲れきったときにはよくあることだが――でさえ起きていようと、音楽家や役者を呼んでこさせた。呼ばれた者たちも大変だ。なにしろ、むっつり黙りこみ、痛む頭を手で支え、赤く腫《は》れた目をぎらぎらさせた皇帝の前で演奏や演技を披露しなくてはならないのだから。

どんなに軽快で踊りだしたくなる音楽をきいても、皇帝は指を鳴らしたりつま先でリズムを取ったりもせず、どんなにおかしいジョークをきいても、にこりともしなかった。そのうえ芝居の筋や歌詞には何の注意も払わなかった。疲れていてそんなものを追うことはできなかったのだ。ただ目をさましていられる音がほしかっただけなのだ。

ついに眠気に負けそうになり、夢が目の前をうろつきはじめ、全身が痛んで横にならずにはいられなくなると、こっそりその場からいなくなり、こっそりどこかの小部屋にいって、ひとり閉じこもる。そして数時間眠って恐怖で目が覚めると、もうしばらく寝ていられる部屋をこっそりさがしにいくのだった。

そんなわけで、ここ何年も、国の政治にはほとんどたずさわっていなかった。それどころか宮殿のなかのことはすべて人任《ひとまか》せだった。何日も連続で祈ったり、数占いに凝《こ》ったり、ジェンキンズと話したり、役者の科白や音楽家の演奏をきいたりして、その合間にわずかに眠るという調子では、宮殿や国のことは顧《こ》問官《もんかん》や役人に任せるしかない。そして顧問官も役人も喜んで代理を務めていた。

皇帝の兵士は奴隷なので給料はもらえなかったが、腹を満たす食事、身につける軍服、足にはくブーツ、人を殺す武器は支給された。幽霊部隊もいくつかあって、軍隊の名簿に名前があるだけの、文字どおりの幽霊部隊だったが、皇帝は彼らにも食事を準備し、軍服やブーツや武器を作らせた。役人たちはそれを私物化し、売った金を懐《ふところ》に入れた。

宮殿の厨房をまかされている役人たちは、宮殿で大勢の人々に食べさせる食材を二倍注文し、余った食材を売って私腹《しふく》を肥《こ》やした。

皇帝は罪を犯した金持ちを処刑することができた。だが、皇帝が法廷にいないとき、金持ちはどんな罪に問われることもない。金持ちはどんな罪にも問われることがないのだ。なぜなら、法廷の役人を豪華な贈り物で買収《ばいしゅう》することができるからだ。貧しい人々は、そういう物品を買うことができず、いつも有罪になった。なぜなら彼らの財産はそのうち法廷の役人たちのものになるからだ。

税吏《ぜいり》は、だれからもはるかに水増しして税金を徴収《ちょうしゅう》し、差額をポケットに入れた。そして捕まることはないとたかをくくっていた。というのも、苦情をきいてもらうには、まず役人に賄賂《わいろ》を送らなくてはならないが、庶民にはその余裕がないからだ。そして賄賂を渡すことのできる人々も、ほかの役人に訴えることはできるが、こういわれるのがおちだった。「皇帝の役人をそのような過ちで訴えることは反逆罪だ」そういわれれば、黙るしかない。反逆罪に問われればどんな罰が待っているか、知らない者はいない。

こういうことができるのは、皇帝に仕えている役人だけだ。彼らは全員が貴族だ。そのほか、メイドは上質の蠟で作ったロウソクやランプの香油を盗んで売り、厨房の下働きは食料を盗んで家に持って帰る。馬屋番の少年は馬にやる干し草やオーツ麦を盗んで売っている。お針子や仕立屋は布や糸やボタンや宝石を盗んで売っている。

大工は木材を、鍛冶屋は鉄を――だれもが盗めるものならなんでも盗んでいた。荷車で宮殿に運びこまれた物は、袋や、コートの下や、ポケットやブーツや袖のなかに隠されて持ち出された。

もし正直者が宮殿に入ってきたら、城じゅうの壁がその人を大声で讃えるだろうといわれている。だが、まだだれも宮殿の壁が小声でささやくのさえ耳にしたことがない。

このように窃盗が横行《おうこう》しているため、毎年、必要なロウソクや、麦や、布などが増えるばかりで――あらゆる物の要求が、毎年、増えていった。そして国内のあらゆるところで、貧しい人々がそれをまかなうしかなく、税金は上がり、仕事はきつくなっていった。

ところがこのとき、皇帝の黒い天使が現れた。

皇帝はこう思っていた。暗殺者はけっして天使には近寄らないだろうし、万が一近寄っても、天使が勘づいてくれる。だから皇帝は黒い天使といっしょにいると安全な気がして、いつもシンジビスをそばに置き、しょっちゅう手を握ってはそこにいることを確かめた。この天使といっしょにいれば、目ざめていなくてはという気持ちにならずにすんだ。いままでもひとりでこっそり宮殿の奥のほうにある小部屋にいっていたが、以前より眠ることが増えた。それだけでも、頭のなかが少しすっきりした。

そして天使がそばで守ってくれていると思うと、眠りは深く快いものになった。シンジビスのうたう子守歌はすぐに安らぎと眠りをもたらしてくれ、その喉から流れる声をきくたびに、ここにいるのは人間ではないという確信を強くするのだった。深く柔らかい声は闇とロウソクの火明かりを溶け合わせ、高く伸びやかな声は金色の闇のなかを銀の尾を引いて星のように流れた。横笛の音もそれに加わり、吹く人の息が木の管のなかで震えるようなぼんやり響く音色もきこえてくる。しかし、横笛を吹く人はいない。ただシンジビスが歌っているだけなのだった。

やさしい声が皇帝の頭のまわりの闇を震わせ、その歌は少し高くなっては、どこまでも低くなっていく。沖で持ち上がっては長い時間をかけて崩れて浜辺に打ち寄せる波のようだ。皇帝も眠りのなかに沈みこんでいき、浮かび上がろうとすると——眠気に負けそうになるといつもそうするのだが——歌が呼びもどしては、また呼びもどし、なだめ、呼びかける。皇帝が寝入ってからも、歌は続き、夢のなかにまで入っていく。

子守歌をききながらみる夢のなかで、皇帝は森のなかを、雪の上を歩いている。雪を背景に木々は黒く、頭上の冷たく黒々とした空には銀色の星が広がっている。弱いが凍えるような風が悲しそうな苦しそうな音を立てながら木々の間を吹き、雪をかたくし、星を磨く。皇帝の顔をなでる風は冷たく、まるで燃えている鉄に触れたかのようだ。皇帝の吐く息は顔のまわりで銀色の霧となり、白い氷となってひげを凍らせる。

その横を黒い天使がいっしょに歩いている。ビーズを編みこんだ三つ編みと、ゆるくねじった髪が肩のまわりに大きく広がり揺れている。そのビーズがぶつかり合い、冷たい空気のなかで乾いた音を立てている。天使は皇帝をみて不思議なほほえみを浮かべるが、もう歌ってはいない。

風とビーズの音——そのほかには何もきこえない。ふたりの動きと、そこここの枝先のかすかな動きのほかには何も動かない。小鳥一羽、ネズミ一匹いない——ふたりのほかに、白い雪と黒い空の間に生き物はいない。

森が消えた。木はすべて切り倒された。

どちらをみても白く、それがどこまでもどこまでも広がり、白が、不毛の白が、彼方で黒い空に続いている。白一色の広がりの上で動いているのは、風が吹き散らす地表の氷の結晶と雪だけだ。

天使が皇帝にいった。「あなたの猟師たちが北の地方を殺してしまいました」

皇帝はあたりを見回してうなずき、ほほえんだ。こんな黒と白だけの何もない景色のなかでは、だれが忍び寄ってきてもすぐにわかる。ここならだれも不意に現れることはない。ここはよい場所だ。

変わることのない世界から、幸せな夢から目ざめ、隠れ家から出てくると——黒い天使の手を引いて——皇帝は食べ物を持ってこさせ、思い切り食べた。それから蒸し風呂にいって、体がまっ赤になるまで入って、きれいになると、髪の毛をとかして油を塗り、熱くした焼きごてで巻いてカールさせ、刺繍をして宝石を縫いこんだ綾織りの清潔なローブを着た。何カ月も風呂に入らず、着替えもしない習慣はやめ、祈りも数占いもやめてしまった。

そして国の造幣局《ぞうへいきょく》の役人を呼び寄せ、新しい貨幣を鋳造《ちゅうぞう》するよう命令した。金貨、銀貨、銅貨の三種類、すべての表に皇帝の姿を、裏に皇帝の黒い天使の姿を刻印せよ。国民一人ひとりに、神が自分を気に入って、天使を遣わしてくれたことを知らせるのだ。

役人たちはひれ伏しながら、新貨幣鋳造のときにかすめ取れる金や銀のことを考えた。

「新貨幣はこの目で確認する。すべてここに持ってこい。検査する」

役人たちは退出すると、まだほくほくして、さらに金持ちになれると喜んでいた。皇帝はしばしば家来の仕事を監督すると脅しながら、二、三時間もするとすっかり忘れて、一週間祈り続けたり、ジェンキンズと悪魔の研究をしたりするのだ。

造幣局の役人を下がらせると、皇帝は画家を呼び寄せた。そしてこういった。宮殿の教会や礼拝堂に描かれている天使にはうんざりだ。天使をみたことのない画家どもが描いたのは、金髪に白い肌、白い翼の天使ばかりだ。そういうにせ者の天使は壁から削って、代わりに黒い天使を描くように。そうすれば、これから先、教会で祈る者たちは本物の天使がどんな姿形をしているのかがわかるだろう。それに、もちろん、自分たちの皇帝が神に気に入られていて、頼みもしないのに、天使を遣わしてもらったことも思い起こすだろう。

画家たちはひれ伏しながら、うきうきとこれから注文する高価な絵具のことを考えた。必要な量よりはるかに多く注文して残りを取っておける。最も高価なラピスラズリの粉！　貴重な石を粉にした顔料。マラカイト！　金箔！

「この目でしっかり確認する。壁に描くまえに下描きを持ってこい。さあ、下がれ」

画家たちはいそいそと退出し、造幣局の役人たちと同じように、皇帝はいったことなどすぐに忘れると考えていた。下描きを描いて持っていっても――みようともしないだろう。そして自分たちは壁画を描いて、楽々と絵具をくすねることができる。

ところがすぐに知らせがきて、だれもが考えを改めなくてはならなくなった。皇帝がすべき仕事をさがしはじめたというのだ。時間をつぶすためらしい。あるいは、家来の不正をみつけて罰するためかもしれない。宮殿の食料庫から厨房に運ばれた食材の量を確認したいから、帳簿を持ってくるようにと命じた。そして黒い天使の手を引いて食料庫にいき、そこから厨房に運ばれた食材の袋や樽の数を調べた。次に厨房にいき、食卓に運ばれた料理の皿数を調べた。さらに厨房を担当している役人たちのつけている台帳も確認した。皇帝は数占いを学んだせいで計算が得意だった。今回、皇帝が厨房での足し算引き算でみようとしたのは自分の運命ではなかったが、厨房の役人の運命ははっきりとそこに表れていた。数字をみた皇帝は、自分がだまされ、ないがしろにされていたことを知った。厨房を管理していた役人たちは逮捕され、投獄されて、反逆罪に問われ、裁判を待つことになった。そのかわりに料理人や給仕など、盗みなど恐ろしくてできなかった人々が、当面のあいだその役を任せられた。

次に皇帝が軍隊を管理する役人に注意を向けると、すぐに新しい役人が任じられ、それまでの役人は厨房の役人とは別の牢屋に入れられた。

宮殿では正直であることが尊ばれるようになった。ただ、城の壁がだれかを大声でほめるようなことはなかった。お針子も、大工も、仕立屋も、鍛冶屋も――だれもが正直になり、それまでの不正が発覚しないよう祈った。

造幣局の役人と絵描きは手遅れだったが、絵描きのほうは黒い天使を描き終えるまでは牢屋に送られずにすむことになった。

皇帝は裁判を始めた。画家や、造幣局や厨房や軍隊の役人が皇帝の前に連れてこられた。皇帝は冷静にすべての言い分に、罪ありとする者の言い分にも、なしとする者の言い分にも耳を傾けた。裁判は昼夜続けられることはなく、中断して、皇帝はしょっちゅう食事をしたり睡眠をとったりした。しかし、最後に、すべてを聞き終わると、盗みを働いた者すべてに右手を切り落とす刑を言い渡した。

　黒い天使は目にみえる姿で皇帝の横に座っていた。もう姿を消して小声で耳にささやく必要はなかった。「陛下、右手をなくしてしまったら、画家はどうやって生きていけばいいのです」

「正直に生きていけばいい。彼らが盗みを働いたことに疑いがあるか？　まったくない。だれかに強いられて盗みを働いたのか？　そんなことはない。法律書には、盗みを働いた者に対する罰はなんと書いてある？」皇帝は階段の下にいる法律家にきいた。

「偉大なる陛下、ここには、初犯の場合、右手を切り落とすと書かれています」

「なら、ここにいる者たちの右手を切り落とせばいい」皇帝はほほえんだ。

「でも、陛下、たしかにここにいる人々はみな盗みを働いています。しかし何年もの間、あなたの財産をかすめ取った者もいれば、ただ、家族のためにケーキをほんのいくつか盗んだだけの者もいます。すべての人々を同じように罰していいものでしょうか」

　皇帝は声を上げて笑うと手をたたいた。まるで議論を楽しんでいるかのようだ。「金の延べ棒を盗もうが、冷たいケーキを盗もうが、どちらも――窃盗だ。窃盗犯は片手を切り落とす。だから、この者たちの右手を切り落とす。そして」皇帝はそういって、高い椅子から身を乗りだして、青ざめた顔の囚人たちをみた。「ふたたび盗みを働けば、左手も切り落とす」

「陛下、多少のお慈悲を」シンジビスがいった。

「いつもそうやって、慈悲を乞う！」皇帝はいった。「慈悲は神と天使のためにある。この連中は天国で慈悲をかけてもらえばいい。もし天国にいければな。わしは皇帝だ、わしの国は地上にある。したがって罪人にはそれぞれにふさわしい罰を与え、天国にいけるよう導いてやるのだ。その者どもを連れていけ」皇帝は衛兵にいった。「右手を切り落とせ」

　ほかの人々が皇帝の前にやってきた。北の地にもっと猟師を送りこんで、毛皮をもっと手に入れたいと思っている領主たちと、もっと木こりを送りこみたいと思っている商人たちだ。

「陛下、材木の値段が上がっています。街にはもっと材木が必要です」

　シンジビスは悲しい気持ちで、皇帝が許可をあたえるのをきいた。さらに多くの動物が捕らえられて殺され、さらに多くの木々が切り倒されることになる。シンジビスは口を閉じていた。何をいっても皇帝の気持ちを変えさせることができないのがわかっていたのだ。

　皇帝が眠るたびに、シンジビスはくり返し歌で夢をみさせ、皇帝が大地を殺していることを教えてきた。しかし、呪文にかかった皇帝は冷静になると同時に、冷淡になるのだった。皇帝は北の大地がどうなろうとどうでもよかったのだ。さらに多くの猟師が許可を得て、さらに多くの者が銃や罠や仕掛けを持って北の地へ向かった。

　ひとりの領主がやってきていった。「偉大なる陛下、どうかこの地図をごらんください。陛下がわたくしにくだされた土地の地図でございます」領主は巻いてある地図を衛兵の隊長に渡し、隊長が階段を上って、皇帝に手渡した。

　皇帝が地図を広げると、シンジビスも皇帝の肩ごしにそれをみた。天使は皇帝の肩ごしにみることを許されていた。

「偉大なる陛下」領主がいった。「その湖をごらんください」

地図には湖がきれいな青で描かれていた。その上には猟師の舟が浮かび、そのまわりにはアシが生い茂り、そこから水鳥が飛びたっている。湖岸の村には小さな家が立っている。シンジビスがきれいな地図をながめていると、波の音や鳥の声がきこえ、泥のにおいが漂ってきた。

「偉大なる陛下、わたくしはすでに陛下の街に、大量の食料を荷車に乗せて運ばせてきました。そしておたがいに利益をあげてきました。わたくしはさらに多くの食料を運ばせ、おたがいにとってさらに多くの利益をあげることができるのですが、そのためには、陛下、水が必要です」

「わしにおまえの領地までいって、唾を吐けというのか」

「いえいえ、偉大なる陛下」領主は皇帝のジョークに笑っていいのか悪いのかわからなかったので、笑わないことにして続けた。「そうではなく、もし陛下のお許しをいただければ、水路を引いて、湖の水を畑に引こうと思っているのです。そうすれば、おたがいの収穫はずいぶん増えるはずです」

その瞬間、シンジビスの頭のなかに情景が浮かんだ。湖から水がなくなり、小さな舟は乾いてひび割れた泥に張りつき、魚は苦しげにもがき、アシは枯れ、そこにいた水鳥は飛び去っていく。小さな村の人々は魚も獲物もなくなり、いくら腹がすいても、自分たちの育てた穀物は街に売られてしまう。

「だめです」シンジビスは皇帝の耳にささやいた。「だめです」

皇帝はシンジビスのほうを向いていった。「出ていけ」

天使が驚くところなどめったにみられない。

すでに天使の姿が刻まれた貨幣が作られて街で使われている。皇帝の頭のなかでは、いたるところで、だれもが天使の絵姿をみて、黒い翼が地上の神を守っているのだと考えている。神が皇帝グロズニを心から愛していて、皇帝を称《たた》えるために天使を遣わしたという事実が忘れられることは決してないだろう。しかし、天使というのは退屈なもので、いつも慈悲とやさしさを求める。よく考えてみれば、天使より命の水のほうがありがたい。

「下がれ」皇帝はいった。「わしが眠るときにこい」

シンジビスは立ち上がり、皇帝の椅子の後ろを通って階段を下り、法廷から出ていった。姿を消してそこに残り、きこえない声で皇帝の耳にささやくことはできた。以前はそうしていた――が、結局、すべて悪い方向に進んでしまった。シンジビスは、おばあさんに失敗するだろうといわれたことを思い出した。シンジビスのような魔法使いの見習いが、皇帝を呪文で思うようにできるはずがないのだ。

シンジビスがいなくなると、皇帝はしばらく法廷での仕事を続けたが、やがて閉廷した。皇帝が椅子に座っている間、ほかの者たちは待っているが、椅子から立ち上がっていなくなると、法廷は解散になった。

皇帝は自分のための礼拝堂で祈り、自分の部屋に向かったが、しじゅう、天使と悪魔、神と死のことを考えていた。天使は悪夢や敵から守ってくれるが、死からも守ってくれるのだろうか。それができるのは命の水だけではないだろうか。

皇帝の分裂した理性は決して、ひとつのことに長いこと集中していられなかった。

皇帝は執事を呼んで、すぐにジェンキンズに贈物を届けさせた。

シンジビスは宮殿の薄暗い廊下を歩いていった。ずらりと並んだロウソクの起こす風が、燃えるにおいをさせながら顔を軽くなでる。木の壁からは死んだ森のかすかなにおいが漂ってきた。扉の前や階段の下に立つ衛兵の前を通り、女の召使いや男の召使いの前を通っていく。だれもがシンジビスの姿をみるとひざをつく。皇帝がそうするように命じたからだ——が、頭を下げて、熱心に十字を切る者もいる。シンジビスは本物の天使で、神に遣わされてきたと信じている人々だ。

　シンジビスは燭台からロウソクを一本取り、裏階段を使い、だれもいない部屋を抜けて、皇帝がときどき眠るときに使う小部屋のひとつにいった。家具は何もなく、あるのは皇帝の長椅子ひとつだ。シンジビスは部屋の隅に座って、絵の描かれた壁にもたれた。頭の上のほうには狩猟の情景が描かれていて、馬に乗った男たちが森のなかで鹿を追っている。絵に描かれた森には、ロウソクの火明かりと影の模様ができている。

　シンジビスは、扉から吹きこむ風にあおられて揺れるロウソクの火をみつめ、その赤い中心をみつめるうちに、北の地の夏の情景が浮かんできた。黒いモミの木の枝には新しい金色の芽が伸び、カバの木には輝く緑の葉が開いている。澄んだ水のなかをほっそりした魚の群れが泳ぎ、顔を上げれば、はかなげな青紫色の空が広がっている。みているうちに空は暗くなり、冬の銀色の星でいっぱいになる。まわりには雪景色が広がり、風がやわらかく波打ったところもあれば、ナイフの刃のようなところもある。育った北の国へ帰りたい気持ちが痛いほどこみあげてきて、シンジビスはとたんに煙と悪臭のたちこめる街への嫌悪感で身震いした。

　魔法使いの見習いが皇帝に呪文をかけて北の地を救うことができないことはわかった。なら、本物の魔法使いならどうなのだろう。きっと、本物の魔法使いが必要なのだろう。

本物の魔法使いになるには、死者の世界《ゴーストワールド》への道をたどり、生きて、死者の世界《ゴーストワールド》の門をくぐり、死者と、まだ生まれない者の世界にいかなくてはならない。

鉄の森を旅しなくてはならないし、自分の名前を忘れないようにして、生きてこの世界にもどる道をみつけなくてはならない。

初めて死者の世界《ゴーストワールド》に入る見習いは、育ててくれた魔法使いに連れていかれる。そしてそのあとでも、新たに魔法使いになったあとでも、老いた魔法使いが導き、道を教え、鉄の森の道を教えてくれる。

ところが、シンジビスを育てた魔法使いは死んでしまった。そして死に際に、「東にいるあたしの妹のところへいくように」といったが、シンジビスはいかなかった。もし死者の世界《ゴーストワールド》にいくとしたら、ひとりでいくしかない。

ロウソクの火をみつめていると、その光のなかに、それまでに教えてもらったことがみえてきた――虚《こ》空《くう》と混沌《こんとん》の上にかかっている虹の橋、世界樹、鉄のトネリコ、そして死者の世界《ゴーストワールド》の門……自分のしようとしているのがどんなに恐ろしいことなのかはわかっていた。

シンジビスは体から抜け出し、魂となって、霊の旅に出た。

さて、これから（と猫は語る）シンジビスの後について死者の世界《ゴーストワールド》にいくとしよう。

第七章
ヘルの宮殿

それはそれは多くの世界がある（と猫は語る）。それらは世界樹の枝にぶら下がったり、支えられたりしていて、われわれはそこを夢のなかで訪れるのだが、そうしたいと思って訪れるわけではなく、知らないうちに訪れている。しかし、魔法使いなら——いや、魔法使いの弟子でも——体から抜け出して、霊の旅に出る方法を知っている者なら、自分の意志でそれらを訪ねることができる。

　そのうちのいくつかはこの世界にとてもよく似ている——が、この世界ではないという点だけが違っている。夏至《げし》と冬至《とうじ》の前の夜に——それは時と時の狭間《はざま》なので——訪れる者はほんの一歩で、この世界からほかの世界に移ることができて、ひょっとすると自分の世界を後にしたことも、自分の運命を残してきたこともまったく気づかないかもしれない。

　ほかの世界はこの世界とはまるで違っていて——この世界ほど変わってはいないのだが——魔法使いの

修行をしていない者はほかの世界に入ることはできないし、ましてその世界から出る道をみつけることなど絶対にできない。

死者の世界《ゴーストワールド》はこの世界ほど奇妙ではない――が、親しみのわく世界でもない。それは最初の世界であり、最後の世界でもあり――そこでは眠っている人々が、世界の始まりと終わりを夢見ていて、ほかのすべての世界のすべての歴史を夢見ている。


そんな世界のなかへ、シンジビスは魚のように飛びこんでいっては、あたりをさっとみまわして、ひと呼吸すると、そこから身をよじって抜け出して、またほかの世界に滑りこんだ。それは眠っている人々が夢のなかでするように、寝返りを打って、ひとつの夢からほかの夢にすべりこむのに似ている。ひと目みるか、ひとつの音をきくだけで、シンジビスには、ここではないとわかり、ほかの世界に滑りこむのだった。

そして死者の世界《ゴーストワールド》のことを考え、頭のなかを死者の世界《ゴーストワールド》についてきかされたことでいっぱいにして、やがて、その門にたどりついた。

シンジビスは、煙を上げているいくつもの赤い火に囲まれて立っていた。それは門をみつけたものの、なかに入る勇気のない人々がおこした火だ。火は脂くさく、赤い火は門の一部しか照らしていない。門はまわりの火のはるか上の闇のほうまでそびえている。火は門の不思議な蝶番《ちょうつがい》を赤く照らしている。その蝶番《ちょうつがい》のおかげで、門は押された方向に、どちらにでも開くようになっている。門の両側に壁はないが、門以外のところから入ることはできない。

シンジビスは恐ろしくてたまらなくなった。だれでもその門の前に立つと恐怖に襲われる。それよりさらに恐ろしいのは、門が開いて死者の世界《ゴーストワールド》に入ったあと——永遠に閉じてしまうのではないかということだ。シンジビスの魂は恐怖におののいた。置いてきた体の血が脈打って、ぐっと引っぱられるのを感じた——そのとたん、ぐらりと揺れて、落ちるような感覚に襲われ、気がつくと皇帝の宮殿の小部屋にいた。

上には狩りの絵がある

死者の世界《ゴーストワールド》をみたあとでは、宮殿は頼りなくみえる。壁は紙のようで、ロウソクの光が壁を照らしているのではなく、壁に吸いこまれているかのようだ。廊下からも、むこうの部屋からも、なんの音もしない。漂ってくるのは、燃えるロウソクと埃のにおいだけだ。皇帝の世界が夢のようにしか思えないということは、実際に夢にすぎず——死者の世界《ゴーストワールド》で眠っているだれかのみている夢なのだろう。

シンジビスは固い床の上に横になり、両腕で体を抱きしめて、いつまでも震えていた。そして実感していた。怖いと思っている間は、死者の世界《ゴーストワールド》に入るのは危険だ。

その恐怖のせいで、魂はひるんで、自分の体まで飛んでもどってきたのだ。恐怖で頭が混乱したあげく、ほかのそれはそれは多くの世界のどれかに迷いこんでしまう可能性もあった。だが、シンジビスには、死者の世界《ゴーストワールド》を案内してくれる魔法使いがいない。恐れを捨てて、勇気を出し、ひとりであの門をくぐらなくてはならない。

シンジビスは小さな部屋で横になったまま、自分よりまえに死者の世界《ゴーストワールド》に入ってもどってきた魔法使いすべての名前を声に出していってみた。大勢の名前を口にするうちに、気持ちが落ち着いてきた。そして、死者の世界《ゴーストワールド》に歩いて入ることは、屋外のトイレにいってくるくらい普通でありきたりのことのように思えてきた。

シンジビスは体を起こすと目を閉じて、ロウソクの光に照らされた小部屋や絵の描かれた壁を頭から閉め出し、自分に言い聞かせた。「鼻を扉から外に突きだし、勇気を詰めこんで、恐怖は家に置いていけ」それからこう続けた。「生きて死者の世界《ゴーストワールド》に入ったら、もどってきたければ、何も食べず、何も飲むな」そういうとシンジビスは頭の後ろを壁にくっつけて歌い、そっと手をたたいた。彼女には太鼓がなかったからだ。そしてふたたび、体から抜け出して、魂の旅に出かけた。

シンジビスは魂の目を開き、死者の世界《ゴーストワールド》の門の前に立ったが、今度はこの光景をみてもひるむことを拒《こば》んだ。まわりの人々は火から火へと歩いている。顔や姿のない者もいる。門のなかに入るのが怖くて、長いことそこにいたために、消えかけているのだ。「わたしは魔法使いになる」シンジビスはそういうと、門のほうに進んでいった。

門に手を当てて体重をかけてみた。手のひらに木の板の縁が当たっている。鉄のようにかたく、なめらかだ。ざらついた蝶番《ちょうつがい》に触れてみる。頬をそれにくっつけて、魂の目を閉じ、頭のなかからすべてを追いだし、空っぽに、まっ白にしていく……遠くにある体を流れる血が自分を引きよせようとしていたが、その力はおさまり、何も感じない。ほぼ止まった。死者の世界《ゴーストワールド》の門が両手から離れて、向こう側に勢いよく開いた。シンジビスは飛びこんだ。

地面に倒れると、細い鉄の草の葉が体の下で音を立てた。後ろで、門が閉まった。そのとたん、自分でも驚くほどの勇気がうれしくて、気持ちが思いきり高ぶり、それまでずっと知りたくてたまらなかった死者の世界《ゴーストワールド》の音も光景も一瞬消えてしまった。体が——といってもそれは魂だったのだが——力と喜びで輝いた。力と命が全身にみなぎり、指の先、耳の端、鼻の頭までうずかせ、心臓のなかで脈打った。シンジビスがそれまで体験したことのない熱と力だった。いまようやく、シンジビスは魔法使いになったのだ。死者の世界《ゴーストワールド》の門はシンジビスのために開き、後ろで閉まった。シンジビスは自ら進んで死の間際まで歩いていったから、門は開いたのだ。シンジビスは自ら進んで恐れることなくなかに入ると、門が後ろで閉まるがままにさせ、生の世界から自分を閉め出した。それでも恐怖は感じない。興奮と新しい力に満ちあふれていた。

　これから先へ、鉄の森に入って、死者とまだ生まれない者の間を歩いていこう。もう何も恐れることはない。死者の世界《ゴーストワールド》の門をくぐった見習いが本物の魔法使いになるというのは、こういうことなのだ。こうして初めて、魔法使いは力を得ることができる。魔法使いになればもう自分の身を案じることはない。そうなれば、自分の力を存分に使うことができる。

　死者の世界《ゴーストワールド》の門のこちら側では多くの霊がうろついていた。門を入る勇気はあるが、鉄の森に踏みこむ勇気のない者たちだ。シンジビスは全身に力があふれ、何も恐れるものがなかったので、そういった霊のなかで立ち止まることなく、最も近い道をまっすぐ森に入っていった。

　まわりには生きている鉄の木が立ち並び、筋の刻まれた木の樹皮が錆びてはがれかけている。風が吹くと、葉が鍵の束のような音を立てて鳴り、シンバルのようなはっきりした音を響かせる。足元では錆びた枯葉がこすれてきしむような音を立てた。鉄の森のなかは秋で——すべての葉が赤く色づいている。

　ほかにも森の道を歩く者たちがいるが——道に迷っているらしい。みなうつむいて、まわりをみようともしないか、途方にくれて、しきりにきょろきょろとあたりをみまわして、何かをさがしているようだが、それが何かさえわかっていない。そこで最も幸せな者は――この新しい魔法使いをのぞけば――横になって寝ている者たちだろう。彼らは、われわれを夢にみているところだ。

　シンジビスは鉄の森を進み、あちらへ曲がり、こちらへ曲がり、鉄の木の間を抜け、赤錆の小川を飛び越え、鉄のイバラでひっかき傷を作って進んだ。

　森のなかでは、まわりでずっと歌声が響いていた――が、それは小鳥のさえずりでもなければ人の歌でもなかった。

　たくさんの声がまるで自分自身に歌いかけるかのように歌っている。もし恐れを感じる者だったら、すくみあがったかもしれない――が、シンジビスはまだ自分に勇気と力があると信じていた。

　深く積もった鉄の枯葉が、歩いていくシンジビスの足の下で動いて、きしるようなこすれるような音を立てる。シンジビスはおばあさんの考えをたどって、曲がるべきところを曲がり、たどるべき新しい道をみつけるうちに、世界樹の前までやってきた。

　世界樹は鉄のトネリコで、鉄の森のまん中に立っている。鉄や真珠や月の色を帯びた灰色の幹がどこまでも高く伸びて、ほかの木を見下ろしながら、空へと伸びている。枝はどこまでも広がり、根元では、根と根の間に深い井戸がある。その水は黒いが、赤錆色が混じっている。世界の終わりの井戸だ。

　シンジビスは立って、その黒い水をみつめた。表面にゆったりとした銀色の小波《さざなみ》が立っている。水のにおいが感じられ、そのなかの鉄のにおいもわかった。そして飲んでみたくなったが、飲んではいけないことはわかっていた。そこで木のまわりを歩いてみることにした。ずいぶん時間がかかりそうだ。灰色の枝のなかに赤くちらつくものが目に止まった――石のリスで、木を駆け上がったり駆け下りたりしている。

ずっとずっと上のほうにはワシが一羽、梢《こずえ》近くの枝にとまっている。しかし、おばあさんの姿はない。

　シンジビスは両手を上げて跳びあがるとシロハヤブサになって、トネリコの枝の間を飛んだ。鉄の葉や翼のついた種《たね》の間を抜けて、上へ上へと舞い上がる。それからトネリコの鉄の枝を上から見下ろした。枝は、鹿や馬や豚の群れをいくつものせられそうなほど大きい。小枝のいたるところに巣があるが、それは鳥がすみかにする巣ではない。生まれ変わるのを待つ魔法使いのすみかだ。魔法使いはそこで眠ったり、羽根や骨で遊んだり、世話をしてくれる霊から食べ物をもらったりする。

　シンジビスはおばあさんをみつけた。巣のなかで体を丸くして寝ているところは、小さくて年老いた赤ん坊のようだ。シロハヤブサは巣の縁にとまると、姿を変えて、巣のなかに滑り降りた。まわりには古くなって色褪せた柔らかい羽根や、割れた卵の殻や、鳥の叉骨《さこつ》が散らばっている。シンジビスは魔法使いに体をぶつけて起こした。くしゃくしゃの老いた顔の白っぽい目が開いて、目の前の女の子をみた。

「覚えていないんですか、おばあさん」

「まさか。忘れるはずがないよ」

「でも、わたしを待ってはくれませんでした――ずっと下の井戸のところで。わたしがここにくるのが遅すぎたんですか」

「なんで、待ってなくちゃいけなかったんだい」老いた魔法使いがたずねた。「おまえは急いでここにくることはなかったはずだ。東にいる妹のところにはいったのかい」

　シンジビスは目をそらした。「いってないのを知っているんですね、おばあさん」

「ここに、死者の世界《ゴーストワールド》にきてしまえば、わからないと思ったのかい？　あたしはおまえのことを占ったんだよ、シンジビス。だから、おまえがあたしの言いつけに従わないのはわかっていた。ところで、皇帝に呪文をかけて、北の地を救うことはできたのかい」

「いいえ、おばあさん」

「『いいえ、おばあさん』かい。おまえは賢すぎた。さっさと、ここから出ていって、賢くなるんだね」

「おばあさん、わたし、もう魔法使いになったんです」

「魔法使いねえ。おまえは勇敢だ、それは認めよう――だが、勇気だけじゃ魔法使いにはなれない。魔法使いになったというなら、おまえの好きな北の地にもどる道をみつけて――それから東にいる妹に会っておいで。謙虚《けんきょ》になって、もう一度、弟子になって、わたしの妹について修行を終えるんだ。それからもう一度あたしに会いにここにおいで。そうしたら、お前を『あたしの孫』と呼んであげよう。それまでは、おまえはあたしにとっては他人だよ。さあ、ここから出ていきなさい」そういうと老いた魔法使いはシンジビスに背中を向けて、丸くなってまた眠った。

　シンジビスはしばらくの間、巣のなかで座って、おばあさんが許してくれそうな言葉を考えていた――が、それまでの修行も、魔法使いになったことも、その役には立たなかった。そのうち腹が立ってきた。新しい力を得て、魔法使いになって誇らしく思っていたのに、結局――おばあさんに軽くあしらわれただけだ。シンジビスは立ち上がり、巣の縁に立つと、両腕を広げてシロハヤブサになった。

　シンジビスは鳥の姿のまま死者の世界《ゴーストワールド》の上を飛び、門を越えて、この世界にもどってくることもできた。しかし、怒りは長続きせず、悲しい気持ちが重くのしかかってきて、森の下のほうに降りてきてしまった。鳥の姿が人の姿に変わり、ブーツのつま先が音を立てて鉄の枯葉を踏んだ。

　赤錆色を帯びた黒い水の井戸のそばにすわったシンジビスは、悲しくて泣くこともできなかった。魔法使いになれたときの喜びもなえてしまった。

　皇帝に呪文をかければ、北の地を救うことができると思ったが、それは間違いだった。これからどうすればいいのだろう？　生まれた世界にもどって、そこで暮らして、北の地が目の前で死んでいくのをながめる？　自分の弟子を育てて、三つの魔法を教え、森が切り倒され、湖が涸《か》れ、動物が殺されるのをながめる？　シンジビスは首を振って立ち上がった。鉄の森のなかで迷ってしまえばいい。この森は決して切り倒されることはない。

　そう思って、シンジビスは鉄のトネリコから離れて、からみあった枝の間に分け入った。葉が銅鑼《どら》のような音を立て、シンジビスが先に進むと、枝がひゅんと後ろにもどる。まるでバネのようだ。イバラや野バラが枝の間に伸び、カミソリや釘のようなとげで枝にからみついている。そこを歩いていくと細く長い傷を刻まれ、痛くてたまらなかった――というのも、魔法使いがほかの世界を旅するときは、魂が痛みを感じるからだ。

　とげのなかを進むのは大変だったが、もどろうと思って振り返ると、たどってきた道はふさがっていた。イバラのなかに細いトンネルがあったので、シンジビスは小さくなってそこに入っていった。とげが髪にからまる。もがくようにして進むうち、前のほうから狼の吠え声がきこえ、シンジビスは立ち止まって耳を傾けた。まわりの騒々しい鉄の枝や葉の揺れが小さくなるにつれて、音も次第に静かになっていった。

　シンジビスは狼たちの吠え声を追って、前へ前へと歩いていった。どんなに鉄のとげが密集していようと、どれほど鉄のとげに引っかかれようと。そのうち、木もイバラもなくなり、あたり一帯が切り払われてしまったかのような、庭のような場所に出た。その庭のむこうに、みたこともない宮殿がある。その前を狼たちが守っている。狼がこちらに走ってきた。黒い唇がめくれ上がり白い牙をむいている。目は青と黄に光り、ふさふさした灰色の毛は乾いた血で黒ずみ、ごわごわしている。シンジビスはじっと立っていたが、怖いとは思わなかった。狼たちは着ているものに噛みついて、引っぱろうとしたが、傷つけるつもりはないようだ。シンジビスはまた歩きはじめ、宮殿のほうに向かい、狼を押しのけて進むと、狼は後ろについてシンジビスの脚を鼻で押した。

壮麗《そうれい》な宮殿だったが廃墟《はいきょ》のようだった。高い屋根は金箔でおおわれ、死者の世界《ゴーストワールド》の鈍い光を受けて、薄ぼんやりした金色に輝いている。まるで沈みかかった夕陽のようだ。タイルのはがれ落ちた屋根はその骨組みと穴がむき出しになっている。

細長い板をついでできた壁には、入り組んだ線が刻まれ、ワイングラスを持った背の高い人々が彫りこまれていた。彫られた像には金箔が貼られて輝いている。壁は湿気にやられ、苔《こけ》が生え、木の壁はぼろぼろになり、人物像は黒ずんで金箔ははがれ落ちている。

シンジビスは宮殿の扉のほうに歩いていった。扉は美しく、磨きこまれた木でできていて、金の釘が打ちこまれ、輝く蝶番《ちょうつがい》で飾られていた。扉は、こわれて錆びついた蝶番《ちょうつがい》からぶら下がっている。釘は黒ずんだ木のなかで錆びてなくなり、木がふくらんでひび割れたところには長い亀裂《きれつ》が走っている。

シンジビスは目を開いて、そういった情景をはっきりみた。これは宮殿であり、また廃墟でもあった。木の壁は腐っているが、しっかりした壁で、屋根は口を開けているが、金箔でおおわれている。

シンジビスは扉の前までいくと片手を伸ばして、よく磨かれたなめらかな木と、輝いている鋭い釘の上に手のひらを当てた。触れたとたん、扉は崩れ、砂のように地面に落ちて大きな木くずの山になった。湿《し》気《け》た木の強烈なにおいが鼻をついてくる。入り口のホールに踏みこむと、まるで石造りの地下納骨堂のようにひんやりしていた。墓場のにおいがする。

なかは松明《たいまつ》とたき火で照らされ、金色の光で輝いているようにみえたが、その光はあらゆる物の上に揺れる金色のヴェールを投げかけていた。目をこらさなくてはまわりがよくみえない。タペストリーかぼろ布もしくはその両方が壁にかかっていて、長椅子がいくつも並び、ぜいたくな服を着た美しい人々が座っている。シンジビスがホールを歩いていくと、踏まれたイグサの敷物から何種類ものスパイスとラベンダーの香りが漂ってきた。ふと目をやると、骸骨が色褪せたり黒ずんだりした布をまとって座っている。ラベンダーの香りは消え、腐臭が漂っているだけだ。

ところが、美しさも、ぜいたくさも、甘い香りも幻覚ではなくそこにあった。悪臭も廃墟も腐敗《ふはい》もそこにあった。

ヘルの宮殿までやってきたのだ。美も醜も、人の姿をしている者も骸骨の姿をしている者も、目にしているものはすべてここにあるのだ。

ヘルは死者の世界《ゴーストワールド》の支配者で、死者とまだ生まれない子どもの女王で、このホールへ、この宮殿へ、ずる賢さで有名な者や、歌や演奏で有名な者や、詩や絵に秀《ひい》でた者をすべて——ある意味、傑出した人々をすべて集めている。

そして自分にとって用のない人々は鉄の森をさまよわせているのだ。

シンジビスが歩いていくと、まわりの死者は身を引いた。死者はシンジビスをみつめたし、体を乗りだし、その美しく朽《く》ちた顔を上げてシンジビスの顔をのぞきこんだが、だれも話しかけることはない。死者は、この世界を訪れた人が話しかけないかぎり、口をきくことができないのだ。音楽家がいて、歌手がいて、詩人がいる……が、魔法使いはいない。

生きている魔法使いは死者の世界《ゴーストワールド》にやってくると、ヘルを訪ねることなく去っていく。そして死んで死者の世界《ゴーストワールド》にやってきた魔法使いは、鉄のトネリコに自分の巣をみつける。そうやって、ヘルには自分たちが守っている弟子たちのことを隠しておくのだ。

実際、死者の世界《ゴーストワールド》の女王と、その世界にしょっちゅう踏みこんでくる魔法使いとの間には温かい触れ合いなどまず生まれようがない。

進むにつれてホールは横にも縦にも広がっていき、物言わぬ死者の列はどこまでも増えていった。芳香と悪臭の漂うこのホールはどこまでいってもきりがないのではないかと思ったシンジビスは手を打ち鳴らし、ヘルの名前を唱えた。すると、列の最後尾の死者たちが道を開けた。その先には背の高い椅子がある。

背の高い椅子は、輝きながら朽ちている木の柱の間に置かれている。刺繍をほどこした美しくぼろぼろのタペストリーがそのまわりと後ろにかかっている。

椅子の半分は空いていて、あとの半分にヘルが座っている。顔は半分は美しく、半分は骨がむき出しで、女王のローブと死装束を着て、頭には冠のかわりに金の麦を片側に、カビをもう片側にのせている。

シンジビスは死者の間に立って、死者の世界《ゴーストワールド》の女王を見上げ、その顔の生き生きと輝くなめらかな肌だけをみるようにした。しかし、ヘルはそんな小賢《こざか》しい真似を許すつもりはなかった。シンジビスがみつめているうちに、ヘルの顔と体からすべての肉が縮んで消えていき、玉座に座っているのは、よごれたぼろ布をまとったきたならしい骸骨になった。静寂のなか、ホールは暗くなり、タペストリーはぼろぼろになり、壁には亀裂が入り、墓場の悪臭がひどくなった。

「魔法使い」骸骨のヘルが呼びかけた。その声は柔らかく、低く、温かい。「わたしの世界へ、わたしのホールへ、わたしの玉座の前まで忍びこんでくるとは、なんとも勇敢なことだ。わたしの持っている素晴らしい魂を盗みにきたのかい？」

「何も盗むつもりはありません」シンジビスがいった。「ここにやってきたのは、ここに置いてくださいとお願いするためです。このホールにいさせてください」

「おまえは死んでいない。イグサの敷物を踏むときの足音がきこえた。生きている体の温かさがみえる。血のにおいがする。世界ひとつむこうにある、おまえの心臓の鼓動がきこえる」

シンジビスはため息をつき、ヘルのホールの床にあぐらをかいて座った。イグサとラベンダーの小枝で編んだ敷物の上に。背の高い死者が上から見下ろしている。

「あの門から元の世界にもどれば、北の地が死ぬのをみることになります。木という木が、狐という狐が、熊という熊が、みんな……わたしは賢いから、それを止めることができると思いました。ところが……」

シンジビスは首を振った。

ヘルは声を上げて笑った。シンジビスが目を上げると、ヘルの顔に肉がもどっていた。ひからびた肉が骨に張りついている。「なぜ、おまえは――おまえが――変化を止められると思ったのだ？」

シンジビスはほほえんだ。「愚かだったからです。いまも愚かです」

ヘルは立ち上がり、片手を差しだした。骨が指の先からのぞいている。手の肉は使い古した手袋のようだ。シンジビスも手を差しだしてヘルの冷たい手を握ると、立ち上がった。そして導かれるままについていった。ヘルの手は北極の氷のようだ。

　ヘルは、物言わぬ死者の人波の間を足早に歩いていった。死者たちは後ずさるが、音はしない。シンジビスは暗いホールの奥へ連れていかれた。まわりの刺繍された壁掛けが揺れて、ぼろ布になって落ちていく。暗いなかを進み、扉から出ると、闇のむこうにちらちら光る明かりがみえた。

　明かりのそばには、カーテンで囲まれたベッドがあり、ぼんやりした明かりがそのカーテンを鈍い茶色に染めている。その頼りない明かりのまわりは濃い闇で、ランプの火が大きくなると、闇が揺れる。闇は音のない動きと耳に聞こえない音に満ちていた。

　ヘルはシンジビスの手をつかんだまま、ふり向いてほほえんだ。ランプが、やわらかい肌の美しい横顔を照らす。反対側のほほえみと目は闇に隠れている。

「わたしのベッドは『病』だ。そのカーテンは不運を編みこんでできているんだよ」

　シンジビスははっとして、ヘルにつかまれている手を引いた。おばあさんから、その話はきいたことがある。死者の世界《ゴーストワールド》のことを教えてもらったときのことだ。みていると、ヘルがカーテンを開けた。布がすれる音がして、闇がささやきながらいよいよ濃くなり、ランプの光が薄くなった。

　カーテンのむこうにはベッドがあり、ベッドから漂ってくるのは、ラベンダーの香り、ありふれた人の汗のにおい、かすかな土と腐敗物の独特の臭気だ。だれかがベッドに寝ているが、暗くてよくみえない。

「ランプをとって、のぞいてごらん」

　シンジビスはつかまれていないほうの手で小さな陶器のランプを取ると、それをかざし、かすかな揺れる黄色の光でベッドの上を照らしてみた。男の胸が上下しているのがみえる。あばら骨が浮き上がっては沈んでいる。肌は白く、あざのように青い部分がある。

シンジビスはランプを動かして、男の腕をみた。肘を曲げ、手を枕の上に置き、指は軽く曲げている。白い手に血の気のない爪。

またランプを動かすと、信じられないほど美しい顔が浮かびあがった。美しいが、死の色に染まっている。肌は雪のように色がなく、目の下には黒いくまがあり、唇は黒ずんでいる。

シンジビスはヘルをみた。ランプの光が美しいほうの顔を照らし、影になっているもう半分の骨を少しだけ照らしている。「バルドルですね」シンジビスがいった。「初めて死んだといわれている。最初の死者」シンジビスは身震いした。いま自分は、不思議な物語にすぎなかった人々を目にして、その人々の間に自分がいるのがわかった。

ベッドのなかでバルドルが寝返りを打ち、身をよじり、指を曲げて拳を握ると、ぐったりと枕に身を預けた。

シンジビスはランプの熱い油がバルドルの上に落ちないように注意しながら、バルドルの上にかがみこんだ。「悪夢をみているんですね」

「木が切り倒され、湖が涸れ、動物が罠に捕らわれる夢をみている。死、死、死、死が招く死の夢をね」ヘルはあごを少し突き出すようにして、楽しそうに話した。「大きな木や小さな虫の死、鳥の死、狐の死、狼の死、熊の……それから、鹿や小さなハタネズミやネズミが、飢えて死んでいき……」ヘルはくっくっと笑った。

　シンジビスがもうしばらくみつめていると、眠っている男が片腕を閉じている目の上にやり、光から顔をそむけた。

「北の地が死んでいく夢をみているんですね」シンジビスがランプをもとの場所にもどすと、光はベッドまで届かなくなった。

「教えてもらわなかったのかい。おまえの世界は、死者の世界《ゴーストワールド》にいる者が夢にみている世界なんだよ」ヘルは骨でできた扇のような手をベッドの闇のなかに伸ばして、眠っている人の額に当てるような仕草をした。「鉄の森の木の下で眠っている小さな人たちが夢をみているんだ。小さな花や小川やマッシュルームの夢をね。ほかにも、かわいい赤ん坊や、けんかのあとのキスや、闇のなかでの恐怖などを……。だがバルドルは最初の死者だ。バルドルのみる夢、悪夢が、おまえたちの世界を形作っているんだよ」ヘルはまたほほえんだ。「なら、バルドルの夢のなかに飛びこんでみたらどうだい。バルドルの夢を変えて、おまえたちの世界の運命を変えてみたらどうだい」

　シンジビスはベッドから後ずさって、首を振った。そんなことはできないのはわかっていた。どんな魔法使いにだってそんな力はない。バルドルは初めて世界に生まれた者たちのひとりだ。バルドルが生きていたとき、この世界に死はなかった。

　弟のロキが投げ矢でヤドリギの枝をバルドルの心臓に打ちこんだとき、死者の世界《ゴーストワールド》の門が初めて開いた。そしてバルドルはそれをくぐり、あとの者はそれに続くことになった。バルドルの死者の世界《ゴーストワールド》での夢は、自分に続いてここにこいという呼びかけになった。そして痛み、喪失、後悔が世界に生まれた。こうしてバルドルの夢がこの世界を形作るようになり、それが何千年も何千年も続き、まだ続いている。バルドルの夢は広く深く、大きな力を持っていて、目ざめている世界と同じくらい現実に近い。いや、現実以上に現実らしい。なぜなら夢が世界を形作っているからだ。

シンジビスはベッドからもう一歩後ずさった。バルドルの夢に入っていくことは、世界の痛みのまん中に入っていくようなものだ。それは、どこまでも深い痛みを伴う、あらゆる喪失、あらゆる後悔を体験することだ。それはまた計り知れない美を体験することにもなるだろう。なぜなら、世界は美にあふれているからだ。それは苦しいほどの美といっていい。シンジビスは身震いしながらも、そんな夢を形作ることを考えてみた。だが、そんなことができるはずがない。逆に、夢がシンジビスを形作るのだ。

ヘルはまだシンジビスの手を握っていた。シンジビスは指を曲げ、自分の手を握っている手をしっかり握った。「死者の世界《ゴーストワールド》の女王、ヘル、あなたなら変えることができます。この方を起こし――耳にささやいて、悪夢を楽しい夢に変えることができます」

ヘルは心の底からうれしそうな笑い声を上げた。その声が闇のなかでみえない壁に反響した。ヘルはシンジビスの手を放し、腕をシンジビスの肩に回した――ずっしり重く、肉付きのいい腕だ。そしてシンジビスを寝室から、またホールに連れていった。背の高い、物言わぬ、ただみつめるばかりの死者の列のなかへ。

「魔法使いは、わたしにバルドルを起こしてほしいといっているよ！」ヘルが呼びかけると、死者が忍び笑いをした。まわりの死者がみんな、か細い声で従順に忍び笑いをした。木の葉の上に降る雨のような笑い声だった。「木など切り倒されればいい！　わたしの森がそのぶん大きくなる。おまえの世界で死んだものは、わたしの世界で生を受けるんだからね」

「同じ生ではありません」

ヘルはシンジビスの肩から腕をはずすと、また背の高い椅子に座った。「はるか昔、バルドルが死んだとき、おまえの世界のものはみな泣いた。涙と引き換えに、わたしの世界からバルドルを返してもらおうとしたんだよ」ヘルは目を閉じた。「素晴らしい音楽だった！　後にも先にも、あんな音楽はなかったね」ヘルの目は閉じたままだった。

「ロキの音楽はありませんでした」シンジビスははるか昔の物語を思い出していた。バルドルの弟ロキは、死んでいないのに死者の世界《ゴーストワールド》までやってきた最初の者で、生きて死者の世界《ゴーストワールド》の門をくぐった最初の者で、最初の魔法使いだった。バルドルを殺したロキは、バルドルのために泣かなかった。ロキはバルドルをヘルのもとに永遠に置き去りにしたのだ。

「もう二度と『バルドルのための哀歌《あいか》』のような音楽をきくことはないだろう」ヘルはいった。「しかし、死にゆく北の地のための哀歌は素晴らしいものになりそうだ。ぜひ、きいてみたいものだ」

シンジビスはヘルに背中を向けて立ち去ろうとしたが、背の高い死者が体を揺らして前に出て、壁のように立ちはだかった。シンジビスは振り返ってヘルをみた。ヘルは、さっきのバルドルのように、美しい死体の姿だ。「ここに置いてほしいといわなかったかい？」

「わたしは死んでいません。わたしは魔法使いです。わたしをここに留めおくことはできないはずです」

「おまえの世界からわたしの世界までくるのはとても大変だ。魔法使いでいるのは退屈だろう。何度も何度も長い道を行き来するのは退屈だろう。いまおまえはここにいる。このわたしの世界にね。おまえの旅はすべてここで終わる。そう、ここでね。なのに、なぜ苦労してもどることがある？　なぜおまえの兄弟姉妹とまったく違う道を歩もうとする？　食べて、飲んで、横になって、休んで、夢をみて……」

　ヘルの声になだめられ、シンジビスにはその言葉が魅力的に聞こえた。そしてまた振り返った。するとヘルのお付きの者たちが皿とカップを差しだしていた。皿には鉄の森の果物が、深いカップにはヘルの飲み物が、鉄と錆の味のする苦い飲み物が入っている。シンジビスにはわかっていた。その果物をひと口でも食べると、その飲み物をひと口でも飲むと、死者の世界《ゴーストワールド》の門をくぐってもどることはできなくなってしまう。それは魔法使いであっても同じだ。

　もどるのはやめようか。バルドルの夢をたたきつぶして、北の地の運命を変える方法がみつかったような気がする。でも、これまでとちがって今度こそうまくいくだろうか。それに三百年生きたとしても、結局は死ななくてはならない……。これを飲んで眠ってしまうのもいいかもしれない。

　シンジビスは骸骨の手からカップを受け取り、少し傾けて、なかをのぞいてみると――暗いホールのなか、カップの飲み物に入っている黒い飲み物が鏡に、黒い鏡になっていた。魔法使いが占いに使う鏡そっくりだ。その黒い闇をのぞくシンジビスの頭のなかには、自分の世界があり、むこうの世界では自分の心臓が鼓動を打っていて……

　カップの闇のなかにはいろんな情景が映っている。闇のなかには、赤い、赤い……

　シンジビスは（と猫は語る）カップのなかに何をみたのか？　まもなくそれを語ろう。ただ、しばらく待ってほしい。

　というのも、シンジビスが死者の世界《ゴーストワールド》にいっている間に、この世界では多くのことが起こっているからだ。皇帝が何をしたか、ジェンキンズが何をしたか、クリスチャンが何をしたか、まずそれを話さなくてはならない。

第八章
ジェンキンズの命の水

イギリスの魔法使いを覚えているだろうか（と猫は語る）。
デンマーク人の少年、クリスチャンを覚えているだろうか。

あの魔法使いの部屋を覚えているだろうか。皇帝の前で悪魔を呼びだした部屋だ。その部屋から急な階段を上がったところにある物置部屋には、魔術書やワニの糞や赤ん坊の脂が置いてある。

その奥のこぢんまりした部屋は魔法使いの私室だ。暖かい小部屋で、よろい戸も扉もぴったり閉められていて、冬の氷や、冬の冷たいすきま風が入ってこないようにしてある。暖かい小部屋では、冬の闇を背景にロウソクが明るく燃えている。暖炉の白と青のタイルが、ロウソクの煙のむこうで光っている。ベッドカーテンには、暖かそうな茶色のひだの寄っている部分と、暗い影になっている部分がある。テーブルの上のグラスとジェンキンズが持っているコインがまぶしい。重苦しい冬のにおいが立ちこめている。熱いロウソクの脂や、温かい埃や、古くなったワインや香水のにおいだ。

　ジェンキンズはずんぐりした丸い体をひじ掛け椅子にのせ、裾が長くて暖かいローブをはおり、足を足台にのせている。汗ばんだ顔は上気して赤く、膝の上にトレイを置いて、その上でコインを数えているところだ。使い古した小さな帳面をときどきテーブルから取って、インク壺に羽根ペンの先をつけ、書きこむ。インク壺のそばには、栓を抜いたワインのボトルと、グラスと、ケーキののった皿がある。

　クリスチャンは床に座って、ベッドにもたれている。顔の片側がもう片方よりも黒く、唇にはかさぶたができている。片手で刻んだ玉ネギを持ち、もう片方の手でガラスの小瓶を頬に当てている。顔を涙が流れて、小瓶にたまる。足元には小さな木箱があって、そのなかにはガラスの小瓶がたくさん入っている。いくつかはいっぱいになって、コルクの栓がしてあるが、ほかのものはまだ空っぽだ。

　クリスチャンの横の床の上には、長くて黒い羽根の束がひとつ置いてある。ロウソクの光がまぶしくその羽根を照らすと、黒の下からほかの色が浮かびあがる。それは染色した長いクジャクの尾羽根だった。

「いくつできた？」ジェンキンズが帳面に何か書きつけながらきいた。

　クリスチャンはいっぱいになった瓶を数えた。「八つです、ご主人様」

「十一瓶いる！　もっと玉ネギをかげ——もし玉ネギでだめなら、一発なぐってやろうか？　ところで、羽根は何本残ってる？」

「六本です、ご主人様——染色中のものが四本あります」

「一週間、一本も売れてないのか！」クリスチャンが驚いたことに、ジェンキンズは赤い顔を上げてにやっと笑った。「もう黒い天使の羽根をだれもほしがらなくなったらしいな！　皇帝はすぐにあの天使をお払い箱にしてしまう、といったのを覚えているか。命の水はないなどというやつを皇帝がそばに置いておくはずがない。クリスチャン、人にはききたがってることをきかせてやれ。どんなばかなことでもいい――人は自分のききたいことを信じるものだからな」

　離れたところで、木の扉をたたく音がした。ふたりのいる部屋ではなく、その外の部屋、物置部屋の扉だ。クリスチャンははっとして主人の顔をみた。ジェンキンズもクリスチャンをみた。クリスチャンと同じくらいおびえている。ふたたび皇帝のお気に入りになったと話すのはいいが、扉のノックがいつもいい知らせを運んでくるとはかぎらない。

「おい――扉を開けてこい！」ジェンキンズがいった。

　クリスチャンは小瓶と玉ネギを床に置いて立ち上がると、いまいる部屋の扉を開けた。隣の物置部屋から冷たい風が吹きこんでくる。ジェンキンズは身震いして、ローブの裾を足にかけた。

　クリスチャンはロウソクを取り上げて、凍えるような物置部屋に入っていった。ロウソクの光が天井を端から順に照らし、棚のガラス瓶にちらちらと明るく触れ、魔術書の金の箔押しの文字や留め金を照らし、扉の木の板と鉄の鍵の前までいきついた。

　また扉をたたく音がして、クリスチャンは飛びあがった。ロウソクの光も飛びあがる。「開けろ！　皇帝陛下のご命令だ！」扉のむこうで大声が響く。

　クリスチャンは鍵穴に差しこんであったごつい鍵を回し、かんぬきを抜いた。そして扉を引き開けると、向こう側、階段を上がりきった狭い場所から、ロウソクの光より明るい光がクリスチャンを照らした。

明るい光に目をこらすと、三人の男がみえた。ひとりは明るいランタンを持っている。三人とも分厚いミトンをはめ分厚い毛皮をまとって暖かそうだ。ひとりはランタンの光を反射してまぶしい大きなガラス鉢を、もうひとりは小さな丸い樽を持っている。男たちの吐く息がランタンの光のなかで煙のようにみえる。

　クリスチャンがまだまばたきをしながら立っていると、ランタンを持っている男が大声でいった。「リイチョド・ジーンキンズ殿に、永遠の支配者である皇帝より贈物だ！」

　三人の男はしゃちほこばって立ったまま待っている。クリスチャンはガラス鉢を――キャビアが盛ってある――片腕で抱え、反対の手で樽を持った。「ありがとうございます。ありがとうございます」クリスチャンはいった。「あの、その――主人のジェンキンズは、皇帝に感謝いたします」

　ランタンを持っている男が顔をしかめた。もう少しましな感謝の言葉を期待していたらしい。「陛下から、ジーンキンズ殿へ。明日の正午、くるようにとのことだ」男はそういってくるりとむこうを向いた。ほかのふたりも狭い場所でむこうを向き、ランタンの男のあとをついて階段を下りていった。ランタンの光はすぐに闇のなかに消えていった。

　クリスチャンは危なっかしげにガラス鉢と樽を抱え、扉を蹴って閉めると、物置部屋を通って、暖かく明るく、ロウソクの煙の漂うジェンキンズの部屋にもどった。それから膝をついて、小さな樽を床にどんと置き、もう少していねいにガラス鉢をジェンキンズのそばのテーブルの上に置いた。

「皇帝陛下からです、ご主人様」

　ジェンキンズがはしゃいでいる。「皇帝陛下からだ、皇帝陛下からだ！　ほら、いったとおりだろう、クリスチャン」

「陛下から、明日の正午、参上せよとのことです、ご主人様」

「皇帝がおれに会いたがっている――！　元どおり、お相手をすることになったらしいな！　ほら、ガラス鉢のほうは最高級のキャビアじゃないか！　その樽をかしてみろ！」

　クリスチャンが小さな樽を主人の膝にのせると、ジェンキンズはそのにおいをかいだ。「ブランデーじゃないか！　明日の何時だって？」

「正午です、ご主人様」

「皇帝はだな、クリスチャン、おれにしかつくれないものをご所望なんだ――命の水をな！　さて、そろそろくれてやるか。そしてついでにあのいまいましい黒い天使をお払い箱にしてやる！　これで土地をもらえるぞ、クリスチャン。領主になれる！　さあ、焼いたパンだ！　焼いたパンがほしい！　火であぶったパンを持ってこい」

　クリスチャンは、扉の内側のフックにかけてあった上着を着て帽子をかぶると、階段を下りて凍えるような夜のなかに出た。庭を吹き抜ける氷のような風が耳をなぐりつけ、顔を荒々しくこすっていく。クリスチャンは庭を通って厨房に向かいながらずっと考えていた。ご主人様が領主になったら、自分はどうなるんだろう。

　ジェンキンズは皇帝に呼ばれて最高に機嫌がよかったのだが、その晩は恐ろしい夢で何度も目が覚め、次の日、宮殿の廊下を歩き、暗く寒い庭を横切って、次の廊下に続く扉に入るときは、最低の気分だった。

　皇帝の私室までいくと、黒ずくめの衛兵が立っている。衛兵たちに、にこりともせずみつめられ――衛兵が笑うことはないのだが——ジェンキンズはいっそう気分が落ちこんだ。衛兵が拳で扉をたたくと、ジェンキンズの目の前で扉がむこうに開いた。ぼんやり揺れるロウソクの光が、様々な色で描かれた絵を照らしている。強い香水のにおいが、ロウソクの起こす風に乗って漂ってくる。

ジェンキンズはローブの裾を引きずって皇帝の部屋に入りながら、鼓動といっしょに体も震えているのを隠し、自分は大胆な男だと衛兵たちに信じさせるために、勇敢なふりをした。

ジェンキンズは前に進み、香りのいい煙と林立する柱のなかを抜け、壁に描かれた聖者と英雄の前を歩いていく。聖者は深紅や群青色《ぐんじょういろ》のローブを着て、英雄は輝く盾《たて》を持っている。柱を一本、回りこんだとき、皇帝の姿がみえ、ジェンキンズはとっさに膝をついて、頭を下げた。

皇帝は玉座に横になり、金の縁取りや刺繡のしてある色とりどりのクッションにもたれている。そばにある、磨かれた緑の石でできている低いテーブルの上には、ワイン、デイツ、パン、干したアプリコットがのっている。皇帝がみていると、ジェンキンズが敷物の上をはうようにして進み出てきた。

ジェンキンズは近づいて、腹を床にこすりつけたまま、大声でいった。「偉大なる陛下、罰することなく、申し述べるお許しを！」ジェンキンズは、皇帝に、皇帝がききたいと思っていることを告げようと思った。それには何かたずねられるまえのほうがいい。「命の水のことでご報告があります、陛下！　悪魔から——ついにききだすことができました——その作り方を！　間違いありません！　ついにわかったのです、陛下！」

皇帝は身をのり出した。

ジェンキンズは頭を下げたままだったが、上目遣《うわめづか》いで皇帝の顔色をうかがっていたので、その動きに気がついた。皇帝は話す必要がなかった。「偉大なる陛下――罰することなきよう。わたくしは悪魔の言葉をお伝えしているだけです。陛下、悪魔がいうには、命の水を作るには――クリスマスの日に生まれた少年の血と心臓を用いて――」

皇帝は体を起こし、背中をクッションに押しつけ、衛兵はどこだとあたりをみまわしている。「そのような少年をさがせ！」

「陛下、陛下、その必要はありません！　わたくしの少年――クリスチャン――がクリスチャンと呼ばれているのは、クリスマスの日に生まれたからです。ですが、陛下――」

「すぐに命の水をつくれ」皇帝はクッションの上に座り直した。すぐにでも家来を呼びつけそうな格好だ。ジェンキンズはあわてた。おびえきって震えるネズミのようだ。まだ皇帝の命令に従うわけにはいかない。「陛下、偉大なる陛下、どうぞ罰することなく、申し述べるお許しを――悪魔がいうには――」

「なんだ？」

「悪魔がいうには、少年の心臓と血だけでなく――天使の心臓と血も必要だそうでございます、陛下」

ジェンキンズはこれをいおうと目論《もくろ》んでいたのだ。そしてこれを思いついたときは、自分の頭のよさに声を上げて笑ってしまった。だが、いま、それをいってみて……。

皇帝はクッションに背中を押しつけ腕組みをした。そして口をつぐんだまま、重苦しい沈黙がいつまでも続いた。ジェンキンズの顔がみるみる青ざめる。

「少年は、若さと力のために」ジェンキンズは消え入りそうな声でいった。「天使は不死のために。それしかないのです。そう、悪魔がいったのです」

　皇帝の恐怖は——いつもほかの人間の恐怖より大きいのだが——皇帝を大きく揺さぶった。もし天使を殺したら、神と地獄の罰を恐れなくてはならなくなる——が、あの天使をやっかい払いすることができる。それに命の水——命の水が死から守ってくれる。

「そのために、神は陛下に天使を遣わしたのです」ジェンキンズがいった。「それほどまでに神は陛下を愛していらっしゃるのです。神は陛下に命の水を与えたいと思い、それを作るためにあの天使を遣わしたのです」

　それこそ皇帝のききたかったことだ。これで、命の水が手に入り、天使をやっかい払いすることができ、それでもなお神の愛を確信していられる——実際、神は心から皇帝を愛していればこそ、天使を犠牲にして皇帝グロズニに不死の命を与えようとしているのだ！

　ジェンキンズは皇帝のほほえみをちらっとみると、頭を下げ、絨毯の上に伏して、温かく幸せな気持ちで丸くなった。生まれつき嘘を信じる者はいくらでもいるが、この皇帝ほど信じやすい者はいない。命の水のなかに、おれの唯一のライバル、黒い天使を入れてやる。それからクリスチャンも。あいつは本当のことをあれこれしゃべって、おれのじゃまをしかねない。ふたりを片づけて、皇帝に不死の薬を献上すれば、この先おれの右に出る魔法使いはいなくなる。そうなれば、二度と皇帝おかかえの魔法使いの座を奪われることもない。そうなれば皇帝をうまくだまして好きなように操り——北の地の領主たちから領地をいただく。そして黒い天使を亡き者にすれば、ほかの廷臣たちも、感謝するだろう。そのあとは、皇帝が心変わりするまえに、外国の裕福な領主としてイギリスにもどり、死ぬまで幸せに暮らす。めでたしめでたしだ。

皇帝は玉座の上でまっすぐに背を伸ばして座っている。「いつできる？」

ジェンキンズは素早く計算した。「偉大なる陛下……少年は手元におります……天使を連れてきてください……ほかには家畜《かちく》の処理ができる連中が……明日ではいかがでしょう、陛下」

「今日中に作れ！」皇帝はそういうと玉座から立ち上がった。絹のガウンをなびかせ、すえたにおいをまき散らしながら、ジェンキンズの前を通っていった。ほつれた糸からダイヤモンドがひとつ取れて、きらめきながらジェンキンズの鼻先に転がり、目にたまった涙を星に変えた。皇帝が遠くで手を打って大声を上げるのがきこえたので、膝をついて体を起こした――が、そのまえにダイヤモンドを拾うのを忘れなかった。

今日中か、ジェンキンズは考えた。今日中に、クリスチャンと黒い天使のやつを命の水にしなくてはならない。まさかこんなに早くやることになるとは思ってもいなかった。

まあ、仕方がない。ジェンキンズは背筋を伸ばした。幸運をつかむには、少々嫌なこともしなくてはな。ケーキにありつくまえに、まずいカブと黒パンをかじるようなものだ。ジェンキンズはゆっくり立ち上がると、足早に皇帝を追いかけた。命の水を作りたくてしょうがないところをみせておかなくては。

普通なら、この巨大な宮殿で皇帝が小さなグラスにビールを一杯持ってこさせるだけでも数時間かかる。というのは、皇帝の命令を衛兵が受け、それをほかの衛兵に伝え、その衛兵がまたほかの衛兵に伝えて、そのうち最下位の兵士から召使いに伝わる。すると召使いはその命令を厨房を管轄《かんかつ》している役人に伝え、役人はそれを部下に伝え、部下がそのまた部下に伝え、そのうち身分の低いメイドに伝えて、メイドが樽から水差しでビールをすくってグラスに注ぐからだ。

そしてそのグラスがメイドからメイドの上役に、さらにその上役に手渡されていき、厨房の役人に手渡され、役人は皇帝の部屋まで持っていって、衛兵に入る許可をもらう。それからさらに、皇帝がビールを持ってこいと命令したのかどうかの確認がなされて、なかに入るのを許され――その頃には、おそらく、皇帝はもうビールなど飲みたい気分ではなくなっている。

ところが、皇帝が「今日中だ」といって、自らそれを実行させようとするときは――そのときは、あらゆる儀式は省略され、すべてが迅速《じんそく》に進む。

一時間後には――いや、一時間以内に――必要な道具をさがし、ジェンキンズが悪魔を召喚した部屋に運び、宮殿をさがして天使を連れてくるよう兵士たちが命令を受けた。

一方、クリスチャンは主人の命令で、作業部屋のブロンズの燭台に立ててあるロウソクに火をつけていたのだが、そこへ皇帝が黒ずくめの衛兵を連れてやってきた。皇帝がいつもの黒い椅子に腰をかけると、温かい光がローブの金のモールや宝石を照らし、衛兵たちのバックルや武器を照らした。

ジェンキンズが足早にやってきて皇帝の横に立ったとき、クリスチャンはロウソクをつけ終わって、手に持った細いロウソクを吹き消し、いったいなんだろうと考えた。主人から、このあと何をするかという指示はもらってない。悪魔を召喚するんじゃなさそうだ。もしそうだったら、悪魔の扮装をして、戸棚に隠れてなくちゃいけない。じゃあ、なんだろう？　魔法の印や文字が床にチョークで書かれているわけでもいない。そのかわりに、ロウソクで囲まれた場所のまん中に、大きな粗造《あらづく》りの木の桶《おけ》がふたつある。豚を殺すときに使うような桶だ。厨房で使う大きな包丁が片方の桶に斜めに立てかけてあって、丸く巻いたごつくて粗いロープが桶のそばに置かれている。

ジェンキンズは皇帝のほうに身をかがめると、小声だが強い調子でいった。「陛下、天使は？」

皇帝が隊長のほうをみた。隊長はくるっとふり向いて扉のほうをみた。だれもがそちらに目をやった。ほかの衛兵たちが入ってくる。くたっとした細長いものを運んできた。衛兵たちはそれを部屋のまん中まで持ってくると、どさっと床の上、木の桶のそばに落とした。皇帝の黒い天使だった。ぐっすり眠っているようだが、天使が眠るものなのかどうか。目を閉じ、腕は両方とも、床に落とされたときのままだ。月光のように白く輝くビーズを編みこんだ黒々とした髪は、床の上に広がっている。

「さあ」ジェンキンズが衛兵たちをうながした。

兵士はみな農場で育っている。農場では秋になると豚を殺す。豚を殺すときはまず、頭を大きなハンマーで強打する。すると豚は気絶しておとなしくなる。

そのあと、足にロープをかけて豚を天井の梁《はり》からつるす。それから喉をかき切って、血を下に置いた木の桶に受ける。

その血で、農場の女たちは黒いソーセージを作るのだが、天使と少年の血からは命の水ができると、皇帝は思っている。

クリスチャンが目を見開いて不思議がっていると、兵士がやってきて大きなハンマーを持ちあげ、頭の上に振りおろした。クリスチャンは声も上げず、どさりと床に倒れた。

ほかの兵士たちがてきぱきと動き、すぐにクリスチャンを天井の梁から逆さにつるした。かすかにピクルスのにおいが残っている木の桶が、クリスチャンの頭の下に足で押しやられる。

ひとりの衛兵が鋭い包丁をひと振りして、クリスチャンの喉をかき切る。血が噴《ふ》き出《だ》し、部屋の冷えきった空気のなかで湯気を上げながら、木の桶に落ちていく。血が流れ落ち、木の桶を満たしていく。

ジェンキンズはそれをみつめている。目を離すことはできないが、自分の足が床の上で震えているのがわかる。震えが足から膝まで上がってきて、腕ががくがくして胸にぶつかり、口元にやった両手がガタガタ当たる。二度と目を閉じることができないような気がする。いったん目を閉じたら、まぶたの裏に何がみえるのか恐ろしくてしょうがない。血のにおいが喉まで届く。皇帝が平然とみている限り、声をもらすことも、顔をそむけることもできない。皇帝は平然とみつめている。これまでに多くの処刑をみてきて、多くの恐怖と血と苦痛をみてきた。他人の恐怖と苦痛は、皇帝の権力を証明し、喜びを与えた。おぞましいのは自分の恐怖と、自分の苦痛だけだった。

皇帝は何気なくジェンキンズのほうをみていった。「少年の血は手に入った」

「はい、陛下」ジェンキンズはなんとか返事をしたが、ほとんど息ができなかった。口のなかがねばねばして――もしかしたら血かもしれない――ろくにしゃべれない。

ほかの兵士たちが天使をクリスチャンの隣につるした。「天使の血は何色だろうな」皇帝がいった。兵士が血まみれの手で天使の黒い髪をつかんだ。

ジェンキンズは宝石がひとつ床の上に転がってきらめいているのに気がついた。

しかし（と猫はたずねる）、シンジビスが死者の世界《ゴーストワールド》で、ヘルの黒い飲み物のなかにみたのはなんだったのだろう？　それをこれから話そうと思う（と猫は語る）――が、クリスチャンはどうなったのだろう？

クリスチャンが死んで、この世界のものをみられなくなったとき、魂の目が大きく開いた。しかし、死者の世界《ゴーストワールド》のことは何も知らなかったし、そこにいく道も知らなかった。だれも、たどるべき道を歌って教えてくれなかったからだ。

兵士の声をきき、兵士が梁からぶら下がった死体のまわりで動いているのをちらちらみながら、クリスチャンはぎょっとして、自分はまだ生きていて体のなかにいると思い、兵士たちから逃げだした——が、逃げたものの、知らない場所へ、闇のなかへいくばかりだった。

冬の晩に宮殿の庭に迷いこむような感じだったが、寒いのに冷え冷えとした雪明かりはなく、どのよろい戸からも温かい光がもれていない。どちらを向いても、風の吹く闇があるばかりで、ほかの人たちがつぶやきながら、ぶつかりながら通り過ぎていく。クリスチャンが話しかけて、ここはどこなのかたずねても——だれもがみなクリスチャンと同じように迷っていて——話しかけられても言葉がわからず、クリスチャンを押しのけて、進んでいく——のだが、どこに向かっているのかは、彼らも知らない。

クリスチャンは多くの迷える魂の間でつまずいていた。ほかの魂もみな死者の世界《ゴーストワールド》への道を知らず、偶然それをみつけるほど運がよくもなく、たくさんあるほかの世界へさまよいこんでいるのだ。

どの魂もみな、あちこちでひとつの世界に続く道をみつけ、ちらりと光をみて、しゃべって、生きてみる——が、その世界には幽霊として現れているので、姿をみられると怖がられ——自分が幽霊になってしまったことを知り、痛いほどの喪失感を味わう。彼らに残されているのは——その世界からさまよい出てふたたび闇のなかに入っていくか、その世界にとどまって風に吹かれるうち、ゆっくりと霧になって消えてしまうか、そのどちらかしかないのだ。

あわれなクリスチャン（と猫は語る）。クリスチャンの話はここまでとしよう。

第九章
召喚

覚えているだろうか（と猫はたずねる）、シンジビスがヘルが差しだした黒いカップのなかをのぞきこんだことを。

シンジビスが黒い飲み物をのぞきこむと、みえたのは赤い、赤い、赤い……

みえたのは、クリスチャンの血が木の桶に流れ落ちていくところだった。そして足首をロープでくくられて逆さまにつるされている自分の姿だった。

兵士の手がみえる。クリスチャンの血でべとべとした手が自分の髪をつかもうとしている。振りかざした血濡れた大きな包丁が光っている。

ヘルの飲み物は飲まず、いまや魔法使いになった、魂の姿のシンジビスは自分の鼓動のなかに飛びこんだ。世界ひとつぶんを、いきなり悪夢から目ざめるほどの瞬間に飛び越えた。

兵士に髪をつかまれた瞬間、シンジビスはかっと目を見開いて叫び声を上げ、シロハヤブサの怒りをぶつけ、鋭いまなざしでにらみつけた。兵士の体を戦慄《せんりつ》が走った。不気味な声と、怒りに満ちた射るような目に、全身の力が抜け、後ずさった。手から落ちた包丁は床に深々と突き刺さった。

黒い天使が天使になったかのようにも――ロープにつながれ怒り狂ったシロハヤブサが暴れているようにもみえた。白い翼が激しく羽ばたき、ガーゼのようなロウソクの光を切り裂き――翼の起こす風がロウソクの火を消し去ると、天井から闇が下りてくる。甲高く、怒りに満ちた、獰猛《どうもう》な、氷柱《つらら》のような鳥の叫び声が――キーーーヤ！　キーーーヤ！――耳をつんざき、心臓を鞭打ち、木の壁に反響する。シンジビスを捕らえていたロープはもう、シロハヤブサを縛りつけてはおけない。ロープは床に落ち、シロハヤブサは自由に部屋中を飛び回りながら、鋭い鳴き声を上げる。

言葉には力がある。魔法など使えない、魔術など使えない人が口にする言葉でも、目にみえるものの形を変えたり、実際のものと違うものをみせたりすることができる。

音楽には力がある。魔法など知らない、魔術など知らない人の音楽でも、鼓動のリズムを変える力がある。

魔法使いが言葉と音楽を使うとき、その力はいよいよ強くなる。だが、魔法使いが、死者の世界《ゴーストワールド》の門をくぐってもどってきた魔法使いが、言葉と音楽を織り合わせ、持てる力をすべて注ぎこんで使うとき、それを耳にした人間はひとたまりもない。ロープでさえ魔法使いの思うがままに身をよじるしかない。

シロハヤブサは垂木《たるき》の間を飛びながら、荒々しく、騒々しい音楽を奏でたが、その怒りと憎悪と恐怖の歌はそこにいる者すべての耳を鼓膜を突き破り、そこにいる者すべての体を打ちしだき、刺し貫いた。無力な少年を殺した黒ずくめの兵士たちは、心臓がシロハヤブサの羽ばたきと同じくらい速く鼓動を打ち、はらわたがよじれ、全身が震えた。

兵士はひとり残らず、床に倒れ、扉のほうへはっていこうとしたが、ひとり残らず恐怖で体を丸くして、すすり泣き、失禁して、扉にたどりつくこともできなかった。

皇帝は恐怖にしばられ、その場から動くことができない。シロハヤブサの叫び声ひとつひとつが長い鉄の留め針となって、体を刺し貫き、後ろの椅子に深々と突き刺さった。皇帝の目は大きく見開かれ、あんぐり開いた口から垂れるよだれがひげに吸いこまれていく。もれた尿が湯気を上げ、絹のローブにしみを広げていく。

ジェンキンズはがっくり膝をつき、皇帝の椅子にすがり、頭をひじ掛けに当てている。目をきつく閉じたままだ。シロハヤブサが叫ぶたびに肌が震える。その叫びはクリスチャンの声だった。ジェンキンズの体が激しく震え、椅子や床にぶつかっている。

皇帝だけが、恐怖で目を見開き、じっとみていた。目の前にシロハヤブサが急降下してきて、中空で羽ばたくと、床に降り立って黒い天使の姿になった。振り乱した黒い髪が怒りの刻まれた顔をヴェールのようにおおっている。天使は床に立ったとたん、くるりと振り返り、皇帝をにらみつけた。

皇帝は身動きひとつできない。神の怒りに触れたかのようだ。口は痙攣《けいれん》し、猫が手の届かない小鳥をみているような声を上げている。「あぁ、あぁ、あぁ、あぁ」（このときの皇帝の恐怖は、皇帝の命令で処刑された多くの人々の恐怖と同じくらい大きかったかもしれない。が、恐怖の大きさなど測れるものではないし、そもそも、だれが測るのか？）皇帝は顔をそむけて、守ってくれるはずの兵士をさがしたかったが、首がまわらない。目も動かせない。手は椅子のひじ掛けをきつく握ったままだ。ジェンキンズを呼ぼうと思ったが、唇が動かず、言葉が出ない。

　もし呼べたとしても、なんの役にも立たなかっただろう。ジェンキンズは皇帝の椅子のひじ掛けから顔を上げられず、兵士たちはすすり泣き、床をはうばかりだった。他人の恐怖にこたえるどころではない。

　クリスチャンの死体はまだ梁からぶら下がったままで、下には血のたまった桶がある。皇帝がみていると、黒い天使はそちらを向いた。そして動じることなく、ぶら下がっているあわれな死体をながめたが、長いこと目を離さなかった。天井の高い暗い部屋のなかは、シロハヤブサの叫びの記憶で震え、その震えのなかで響いているのは、死体をぶら下げているロープのかすかなきしみと、兵士たちの押し殺したすすり泣きと、皇帝の「あぁ、あぁ、あぁ、あぁ」という声だけだ。

　天使がかかとでくるっと回った。「ジェンキンズ、顔を上げろ」ジェンキンズは顔を上げた。まるで操り人形が頭の糸を引っぱられたかのようだ。

「グロズニ」天使は皇帝に呼びかけた。その声はロープのきしみほどの小さな声だったが、天使の言葉はだれの耳にもはっきりききとれた。「永遠に生きるのが望みだったな、グロズニ、永遠の生を約束してやる。もう死ぬことはない。それから、ジェンキンズ――」恐怖の天使が近づくと、ジェンキンズは椅子にすり寄り、うなだれて目を伏せたが、頭を下げることはできない。「おまえの望みは悪魔を呼ぶことだったな。おまえの望みは力のある人間になることだったな」天使は身をかがめて、ジェンキンズの顔にぐっと近づけた。髪がジェンキンズのまわりにたれて、それに触れた皮膚が恐怖の焼きごてをあてられたかのように痙攣《けいれん》した。「なら、みせてやろう、ジェンキンズ。悪魔の呼び方を、そして本物の力を」

そういうといきなり天使は――突然のことにジェンキンズは悲鳴を上げた――ジェンキンズのローブの前開きのところから片手を突っこみ、汗にぬれてたるんだ胸に押しあて、険しい黒い目で青い目をのぞきこんだ。ジェンキンズの脈打つ心臓が激しく跳ね回っているのがわかった。「おまえは死ぬ」天使はそういうと手を抜いて、体を起こした。長い髪がジェンキンズのローブや汗ばんだ顔から離れ、皇帝の椅子にもたれたままのジェンキンズの体から力が抜けていった。心臓は胸のなかで荒れ狂っている。ジェンキンズはろくに息もできず、これきり息が吸えないのではないかと思った。

天使は円のまん中まで歩いていった。円を描いた線はかすれて消えかけていたが、まだ木の床の上に残っている。そこに、数本いまも燃えているロウソクのちらちらする光のなかで、上からぶら下がっているクリスチャンの死体の影のなかで、少年の血の入った木桶のそばで、シンジビスは歌をうたいはじめた。そのひとつの喉から、ふたつか、いや三つほどの声が流れてきた。深みのある波打つような調べが部屋の隅々にまで響き、部屋の空気と暗闇を震わせた。そして高く甘い声がひとつ、その深みのある声にからみあい混じり合って、螺旋《らせん》を描きながら垂木のほうにのぼっていく。しかし、これは皇帝の心をなぐさめたあの子守唄ではない。これは相手を凍りつかせ、刺し貫く歌で、きく者を動けなくし、罠にはめる歌だ。

やがてシンジビスの歌は呼びかけに変わっていった。上へ上へと、澄んだ声が立ちのぼり、伸びあがって、呼びかける相手に近づこうとする一方、低い声が地中深くまで響きわたり、呼びかけ、また呼びかける。

何度も何度も、呼びかける声が上へ、外へと流れていくうち、床で小さくなっている兵士や、椅子にもたれておびえている者や、椅子に座りこんですくんでいる者は痛みを感じだした。だれもが自分の骨のなかにその呼び声を感じた。頭蓋がうずき、内臓が引きちぎれそうになる。胸から心臓が引き抜かれそうだ。喉の筋肉や腱《けん》が引っぱられる。だれもが歯を食いしばっているが、いやおうなくいっしょになって声を上げてしまう。

　その呼びかけは、例の部屋の外にも届いた。屋根の上の凍えるような暗闇を飛んでいた鳥たちはめまいを起こして、くるくる回りながら落ちてきた。こっそりと宮殿の寒い庭を急いでいた猫や狐は、脇にそれて、呼びかけにこたえた。衛兵たちは顔を上げて、耳を傾けたが、自分たちが何をききとろうとしているのか、なんのためにそうしているのかはわからなかった。ベッドで眠っている人は息をするのを忘れてあえぎ、呼びかけに応えるかのように寝返りを打った。

　しかし、この呼びかけは世界の涯《は》てのむこうにまで届かなくてはならない。シンジビスはゴーストドラムを持っていないので、太鼓の音に乗って飛ぶことができない。そこで踊りはじめた。かかとで木の床を蹴り、手を打った。そしてキーーーヤ！　耳を貫くようなシロハヤブサの呼び声を執拗《しつよう》にくり返した。

　しかし、それでも、まだ足りない。力に呼びかけるのは簡単だが、力は呼ばれたからといってやってくるものではない。どうすれば気を引けるのか、ほしいものなど何もないものを相手に？　何をみせれば気をそそることができるのか、すべてを夢にみている相手に？

「呼べ！」シンジビスがいうと、ジェンキンズの喉から、皇帝の喉から、恐怖としかいいようのない恐怖の叫び声が上がり、響き渡り、ふたりはなす術《すべ》もなく、みるも恐ろしい何かに呼びかけた。そこに集まっていた兵士たちが床に立ち上がり、埃と血にまみれた姿で、叫び声を上げた。

シンジビスには、目の奥にぼんやりと、あの頭がこちらを向くのがみえた……いま呼びかけている相手が耳をすませているのがきこえた……が、まだやってこようとしないのがわかった、まだ、まだ、まだ。

シンジビスは踊り、乞い願い、シロハヤブサの叫びを上げた。渾身《こんしん》の力をこめ、すべての希望をこめ……あえぎ、息を切らせながら踊り、くるりと回転して体を低くすると、固まりかけてきた血のたまった桶のなかに片手を突っこみ、血に濡れた指で顔に筋を描いた。血が口のなかに流れこみ、鉄の味が舌の上に広がり、その舌で叫んだ。こい、こい、こい、こい……

シンジビスはくるりと回転してまた踊り、桶めがけて足を突き出し、かがんで身をよじると、桶がひっくり返った。ロウソクの火明かりのなかで、どろっとした黒い血が流れ出て広がり、黒々とした血のかたまりもいっしょに運んでいく。ねばりのある血はゆっくりと触手《しょくしゅ》を伸ばすように兵士たちのほうへ進み、皇帝の足元まで広がり、ジェンキンズの膝を取り囲んだ。血のにおいが立ちのぼり、部屋中にあふれ、呼びかける声に運ばれていく。外は寒く、集まってきた猫や狐が目をぎらぎらさせ、舌なめずりする。持ち場についている兵士たちは身を震わせ、眠っていた者たちがふいに目を覚ます。

シンジビスは血の海の中で踊る。ブーツもレギンスも血でまっ赤に染まる。血は床から滴《したた》り落ちて、庭で待っている猫や狐の上に滴る。

キーーーヤ！　シンジビスは全身で感じた。世界が脈打ち、世界の涯《は》てが開く。呼びかけていたものがやってくる。シンジビスは疲れきって、あえぐ。汗が全身を流れている。血でねばつく床にしゃがみこむと、身震いした。脚ががくがくしている。兵士もジェンキンズも皇帝もみな、叫ぶのをやめて待っている。おびえるウサギのように固まったまま。だれもがみな、それがくるのを感じ、だれもがみなそれを恐れている。部屋の空気が張りつめ、張りつめた空気は肌をこすり、髪の毛を引っぱり、神経を逆なでし、頭をしめつけ、痛めつける。空気はあまりにも重く、空気を吸いこめない肺は空っぽになり窒息《ちっそく》しそうになる。寒い。火鉢では石炭が熱く燃え、ロウソクもまだ燃えているというのに、部屋に吹きこむ風がいよいよ冷たく肌を刺し、汗が凍りつく。

　火鉢の赤黒い光と小さな黄色いクロッカスの花のようなロウソクの火がますます明るく燃えあがり、まわりの闇がますます濃くなっていく。ジェンキンズはその光をみつめ、目で捉え、勢いを増してくる闇に飲みこまれないよう祈っている。

　そのとき冷たい風が獣《けもの》のにおいを運んできた。濡れた毛皮のいやなにおいが強くなり、濃くなり、強くなり、部屋が暗く、寒くなった。シンジビスだけはそのにおいを知っていた。カワウソだ。そのにおいをかいで、シンジビスは呼びかけていた相手がやってきたのを知った。そして待った。いよいよ濃くなっていくクリスチャンの血の広がりのなかでうずくまり、大きく息を吸って、待った。

　シンジビスの頭のなかを風が吹き抜けると、考えが震え、目の前が震えた。静かだった水たまりを風がなでて、水面に映っていたものが揺れるときのように。また風が吹きこんだ。今度はもっと強い。シンジビスの目の前が暗くなり、何もみえなくなった。鼻はカワウソの強烈なにおいでふさがれ、ほかのにおいはすべて、血のにおいさえ消えた。

　そのときシンジビスは脚と腕に新たな力と張りを感じた。脚に力をこめて、シンジビスはすっと立ち上がり、体を大きく伸ばした。まだ目はみえなかったが、天井の梁が頭の近くにあるのを感じる。手を伸ばし、指を伸ばすと、指先から鋭い爪が飛び出すのがわかった。体をごつい毛皮がおおっている。まぶたを開けると、みえる、みえる、みえる。

　部屋の闇、燃えてはいるがいまにも消えそうなロウソク、部屋のなかでおびえて小さくなっている人影。壁のむこうもみえる。外の暗闇、星々、雪。宮殿も、多くの部屋も、多くの人も。あちこちにひそむクモや走り回るネズミもみえる。

　そのむこうにみえ、いや感じられるのは、街とそこでの生活、目ざめている街と眠っている街だ。そしてそのむこうの、広々とした荒野、森、狼、鹿。遠方の町や村……。これから訪れる日々、これまでの日々、これから訪れる夏、これまでの夏……。すべてが一瞬のうちに、はっきりとみえた。よく晴れた日の湖の水面のようだ。その下を魚が泳ぎ、水面には上にそびえる山々が映り、その上に広がる空と雲が映っているところが、目を動かすこともなく頭を動かすこともなくみえる。

　シンジビスが呼びかけた相手はロキだった。最初の魔法使い、バルドルの弟のロキがやってきたのだ。ロキが自分の霊をシンジビスのなかに送りこみ、シンジビスはロキになった。

　ロキになったシンジビスは眼差しを世界の涯《は》てから引きもどすと、足元に倒れている小さな人間たちへ向けた。そこにいる人間たちの短い過去と、それより短い未来がみえる。「ジェンキンズ！　悪魔の召喚者！」

　ジェンキンズはその呼びかけをきくと、いっそうかたく目をつぶった。強烈なにおいはさらに濃くなり、むせかえるほどの悪臭となり、ジェンキンズは息も吸えない。鼓動が速すぎて、心臓が痛い。しかし、またその声に名を呼ばれ、ジェンキンズは目を閉じていられなくなった。

　ロウソクの火明かりと闇のなかにぼんやりとした影のようなものがいる。その輪郭が次第にはっきりしてくると同時に、身をかがめ、ゆっくりと近づいてくる。悪魔だ。ジェンキンズが戸棚から呼びだした悪魔ではない。この悪魔は、赤いベルベットではなく、悪臭を放つ黒い毛におおわれ、光のなかでてかり、油か水のようなものでてらてらしている――が、あちこちにごみのようなものがからみついている。

足の指を広げて木の床をつかむたびに、鉤爪《かぎづめ》が床に食いこみ、床板が割れる。手が近づく。伸びてくる腕は異様に長く、毛の下で筋肉と腱が盛りあがっている。指先から長い爪が出てきては、指を曲げると引っこむ。まるで猫の爪のようだ。

脚の後ろで巻いている長い尻尾には毛がなく、巨大なミミズのような輪がきざまれ、それがミミズのように激しくのたくっている。

口から、濡れた黄色い歯の間から、息が詰まりそうな悪臭が漂ってくる。腐った肉のにおい、肉を食らう獣《けもの》の息だ。

ジェンキンズは麻痺《まひ》したように、それがやってくるのをみつめていた。圧倒的な恐怖に打ちのめされ、それがすべてに思え、目の前の恐怖がもう恐怖とは思えなくなっていたのだ。長いこと激しい鼓動が続いたため、ずっとまえからこの痛みを知っているような気がしていた。立ち上がろうとも、逃げだそうともしない。逃げることなどできないのはわかっていた。それが近づいてくる。ジェンキンズは顔を上げて、その歯、大きく開いた口、凶暴なトラの目から一瞬も目を離さなかった。髪の毛もひげも信じられない力でそちらに引っぱられ、頭皮もあごもかきむしられるかのようで、その痛みは心臓の痛みなどくらべものにならない。

悪魔が立ち上がって身をのりだしたとき、ジェンキンズは見間違いをしていたことに気づいてぎょっとした。ロウソクの光と闇のせいで錯覚していたのだ。目の前に立っているのはクリスチャンだ。ジェンキンズは驚いてその顔を見上げた。クリスチャンの顔に赤いほほえみが浮かんだ――が、それに温かみはなかった。

ジェンキンズの激しく打っていた心臓がさらに速く打ったかと思うと、いきなりふっと力を失って、止まった。体が横に傾き、木の床に音を立てて倒れ、ジェンキンズは死んだ。

ジェンキンズの目はもう永遠にこの世界をみることはできなくなったが、体のなかの魂は大きく目を開いていた。それまでにみたどんな夢のなかでも、これほど大きく目を開いたことはなかった。

魂があたりをみまわすと――まだ、火明かりのなかに悪魔がいた。ジェンキンズは生前、天国と地獄、悪魔と天使について様々なことを教えられてきたが、どの話もまったく信じなかった。

そしていま、ジェンキンズは間違いなく自分が地獄にいることを知った。信じなかった罰を受けることになるのを知った。魂は恐怖におののき、体を置いて逃げだした。この世界をあとにして。

ジェンキンズは死者の世界《ゴーストワールド》のことも、そこにいく道のことも知らなかった。暗闇に逃げこんで、迷ってしまった。体のない声ばかりがまわりにいる。両側を通り過ぎていく声は、ため息をつき、独り言をいい、知らない言語でしゃべっている。ジェンキンズは声をかけて、その腕をつかもうとした……が、暗闇のなかに手を伸ばしても、だれもいなかった。

「クリスチャン！」ジェンキンズは闇のなかに呼びかけた。「クリスチャン！」

さらに闇のなかを歩いていきながら、一歩ごとに、穴に落ちるのではないか、壁にぶつかるのではないか、熊の腕と爪のなかに飛びこんでしまうのではないかとおびえていた。「クリスチャン！　クリスチャン！」闇からは、なんの返事もない。

　ロキになったシンジビスは、ジェンキンズの魂が消えていった暗闇から視線をもどして、皇帝を見下ろした。

　皇帝は凍りついたまま、まだ椅子に座っている。そして目の前に鏡が現れたと思った。自分が、グロズニ皇帝がそこにいる。先のとがったひげ、脂ぎった巻き毛、きらきら光るローブと、その上にのった青ざめた顔。

　しかし、鏡に映った像ではない。なぜなら、それは立っているが、自分は座っていて、椅子に背中を押しつけている。みつめていると、自分の顔の肉が歯のところから削《そ》げていき、鼻の穴と目の穴のまわりから縮んでいく。皇帝は足を踏んばり、手のひらをひじ掛けに押しつけ、言葉を失って、自分の最も恐れていたものをみていた。死と腐敗。皇帝が処刑台に送った人々の恐怖はどれほどだったのだろう。皇帝の頭にそんな考えが浮かんだことは一度もない。

　皇帝は、生きている骸骨の自分がこちらをみて笑うのをみつめた。そのうち、骸骨は皇帝を見下ろしながら揺れたかと思うと姿を変えた。それは皇帝の衣装をつけた骸骨ではなく、悪魔でも、クリスチャンでも、ほっそりした黒い天使でもなかった。

　それは上にも横にも広がって――みたこともないものになった。強烈な獣《けもの》のにおいも、毛におおわれた太い首にのった頭も、人間のものではない。顔、というか顔面は鼻のところが大きく突き出ていて、毛におおわれ、黒い目がぎらぎら光っている。ロウソクの光がなめらかな毛を照らし、ごつい上毛《うわげ》が金色に輝いている――のだが、それは体に生えているいるのか、それとも毛皮のコートを着ているのか。皇帝は目を見張り、なす術《すべ》もなく、恐怖で死んだも同然だった。

　皇帝の体が椅子から浮いた。ローブをつかまれている。絹が獣《けもの》の爪に触れて穴が開き、裂けていく。皇帝を椅子から持ちあげると、ローブの糸がちぎれて宝石が飛び散る。真珠、ルビー、エメラルド、ダイヤモンドなどがぱらぱらと床に落ちた――が、その音をきくジェンキンズの耳は、もうない。

　力の抜けた皇帝を立たせると、獣《けもの》は体をよじり、粉屋の男が小麦袋を肩にかつぐような格好で肩にのせた。皇帝は小麦袋のように力なく、かつがれていた。

　その獣《けもの》は――ロキで、最初の魔法使いで、シンジビスで、ロキでもシンジビスでもあったのだが――歩いて北の地までいった。宮殿の壁はなく、街の通りもない。最初の魔法使いの目がみると、それまでのものすべて、いまのものすべて、これからのものすべてがどこまでもみえた。最初の魔法使いにとっては、三百年間もずっと立っていた三メートルの厚さの壁も霧と変わりがなかった。ひと足で夢から夢へ、ひとつの世界から別の世界へいくことができ、夢や世界に入りこんでは抜け出ることができるのだから。

　ロキになったシンジビスは三歩で北の地の森までいくと、皇帝を雪の上に放り出した。皇帝はうつ伏せになったまま動かない。頭上には、皇帝がほとんどみることのなかった凍てつくような黒い空が広がっている。そのまわりには、黒々とした松の枝が風に震えて大声でつぶやき、潮騒《しおさい》に似た音を立て、決して降ることのない雨の重い雨音に似た音を立てている。それをきけば皇帝は心底震えあがっただろうが、いま皇帝は恐怖のどん底にいて、そんな音も耳に入らない。

　ロキになったシンジビスが背筋を伸ばして立つと、頭が木の梢あたりまで達し、まわりでは枝葉がこすれ合って、いつまでもうめき声を上げている。上に目をやると、明るく輝く氷のような星がすぐ近くにみえ、下に目をやると、足元に広がる森がみえ、木のないところに目をやると、大小の凍った川がくねった線のようにみえる。そして一度に、誕生と成長と殺戮《さつりく》でせわしい森の様子が見て取れる。そこでは猟師以外、ほとんど動物はいなくなり、木の生い茂っていた山の斜面は切り倒された丸太が並び、鹿や狼やオオヤマネコやビーバーの肉や皮が絞首台につるされて凍っている。そばには猟師の野営地がある。バルドルの夢の結末がみえる。切り株だけになって荒れ果てた森、猟師の手を逃れたとしても動物たちは隠れるところもなく、食べ物もほとんどなくなって、そこから逃げだしてしまう。春がきて雪が解けると、しっかりつかまえてくれていた木の根をなくした土を、大小の川が押し流していく……。ああ、北の地、北の地で育つものはなく、北の地をおおうものもない。種をまく季節もなければ、収穫をする季節もない。

寒いかい、わしの子どもたち。寒いかい？

ロキになったシンジビスは雪の上に座り、黒い影のような二本の木をみた。木と木の間は狭く、人が両腕を広げて手の先が木につくかつかないかくらいだ。ロキになったシンジビスは鉤爪のある両手で膝をたたきながら、歌いはじめた。

最初の魔法使いの力のなかにさまよいこんだシンジビスにとって、それは夢をみるようなものだった。シンジビスは考えるまでもなく、何をするべきかがわかった。力にあふれる巨大な殻のなかにさまよいこんだなら、殻とともに動き、殻が望むように動くしかない。歩くと骨も関節もきしみ、殻の重みで、いまにもばらばらになってしまいそうになり、心臓はありえないほど速く鼓動を打つ。そしていま、歌うと、肺が開いて広がり、新たに息を吸いこむと剣を飲みこむようだった。しかしシンジビスはいかにも楽しそうに歌い、力を愛し、過去と未来をみせてくれる目を愛した。もしその心臓が、ジェンキンズの心臓のように、力つきて止まるのだとしたら、そうなってしまえばいいと思った。

それは死者の世界《ゴーストワールド》の門の歌だった。シンジビスは不思議な感覚のなかで、口から出てくる、自分のまるで知らない言葉に耳を傾けた。長い歌の物語は、門について語り、黒い森が年月をへて鉄の森になったことを語り、押されればどちら側にでも開く不思議な門の蝶番《ちょうつがい》のことを語った。その門は死者の世界《ゴーストワールド》に続く道の途中に立っていて、生者の世界と死者の世界《ゴーストワールド》を隔てている。シンジビスは息をするのがつらくてたまらなかったが、歌は続き、その長い歴史を語った。この世界に死がなかったときはずっと、その門は閉じていた。「このおれ、最初の魔法使い、ロキが、ヤドリギで吹き矢を作り、バルドルに死をもたらすまでは！」

その歌は、上の木々の枝を駆けめぐる力に呼びかけた。さあ、下の大地におりてこいと。風の音がやみ、冬よりも暗い闇が木の幹の間に生じ、その闇がさらに濃くなる。そして、死者の世界《ゴーストワールド》の門が初めて最初の死者、バルドルのために開き、そのあとロキのために開くところが歌われたとき、北の地に門が現れた。二本のモミの木の間に。

歌が終わり、ロキと一体になった力のなかでさまよっていたシンジビスは、力つきて倒れた。ひりひり痛む肺のなかに空気を吸いこむと、心臓が激しく打ち、頭のなかに血がどっと流れこんで、意識が薄れた。体のあらゆる部分が、全身をめぐる力のせいでこわばり、痛んだ。もうすぐ死ぬ。シンジビスは確信した。もうすぐ死ぬのだ。

ところがシンジビスは立ち上がり、脚を伸ばして関節をきしませながら森のなかを歩きだした。森のなかで手を伸ばし、太くて重い枝を引きちぎった。しゃがみこんで雪のなかに手を突っこんだ。触れると雪は解け、地面から松ぼっくりをいくつも拾った。

シンジビスは木の枝と松ぼっくりを持って門までもどった。シンジビスが近づくと、門は闇に向かって大きく開いた。それに向かって、シンジビスは持ってきたものをすべて放りこんだ。それから皇帝のところにいった。皇帝はまだうずくまるように倒れたまま動かず、雪の上で死んだも同然だった。シンジビスは片手でローブごと皇帝をつかみ上げて、門をくぐった。

死者の世界《ゴーストワールド》の、鉄の森のはずれ、ヘルの宮殿がみえるところで、ロキになったシンジビスは皇帝を落とした。それから死者の世界《ゴーストワールド》の大地に木の枝を突き刺し、松ぼっくりを握りつぶして種をまき散らした。そしてふたたび歌いはじめた。が、その言葉はナイフのように喉を切り裂き、肋骨が一本ずつ背骨から、胸からちぎれていった。その歌は目の前にある種と枝がどんなふうに育っていくかを歌っていた。その香り、葉、実、樹皮に住む虫の歌だ。

心のなかに、あらゆる木が立派に成長したところが、あざやかに描かれる。シンジビスの望みはひたすら、自分の思うようにすべての木が育つことだった。シンジビスの体から力が流れ出て木に流れこみ、地面に立てた枝が根を張って上へ伸びていき、種が芽を吹いて大きく大きく育っていく。

すべての木々が立派に育っても、歌は終わらない。まだまだ続いて、木に花を咲かせるよう、実をつけるよう、種を落とすよう、若木に成長するよう呼びかける。死者の世界《ゴーストワールド》に森ができた。それまでそこに生えていた鉄の木ではなく、われわれの世界の木、樹皮があり幹があり樹液のある木の森が。黒いモミの木と白いカバの木の美しい森が形をなして、死者の世界《ゴーストワールド》の限りないたそがれのなかに広がっていった。

ロキになったシンジビスは、世界と世界の間で開いている門までいって座り、膝を手でたたいてリズムを取りながら、また別の歌をうたいはじめた。それは呼びかけの歌、死者の歌《ゴーストソング》で、北の地の森に住むあらゆる鳥、あらゆる獣《けもの》、あらゆる虫、眠っているものも、目ざめているものも、すべてを呼び寄せる歌だった。

すべてが呼びかけに応じた。そうせざるをえなかったのだ。

冬の狼の群れが、冬景色を思わせる冬の灰色と白の姿で、われわれの世界の森をすばやく滑るように走り抜け、門を駆け抜け、魔法使いの前をかすめるようにして、シンジビスが彼らのためにつくった森に消えていった。

狼たちは獲物のあとを追っているかのように音も立てずに去っていった。夏の狼の群れがそれに続き、夏の種子を毛につけて運んでいった。種子は死者の世界《ゴーストワールド》の森のなかに落ち、モミの木が許すところで芽を出した。

死者の歌《ゴーストソング》は続く。この世界の北の地の森から、トナカイの雄とその雄に従う雌の群れに呼びかけた。そして冬には枝角《えだづの》を落とす、四頭の骨太のエルク。それから夏の群れが、夏の種子を背中や腹の毛につけてやってきて、種子はすべて死者の世界《ゴーストワールド》の森に落ちていく。そういった動物たちが歌に呼ばれて門をくぐっていくと、次は雪の上を小走りで、何十匹もの小さなレミングやハタネズミやネズミがやってきて森をうめていく。その次は何十匹ものキタリスやウサギがやってくる。そういった多くの小動物が呼ばれたのは、さらにその次にやってくる大きな動物たちの腹を満たすためだった。やせて腹を空かせたテン、クロテン、狐、のっそり歩くクズリ、人間の男、女、子ども。

その歌には――歌の呼びかけに応じて――カップに入れた水を運ぶ女たちに呼びかけるための特別な言

葉があった。女たちが門を通って死者の世界《ゴーストワールド》の森にやってくると、その水を地面にまく。あちらに、こちらに。すると水をまいたところから水があふれ出て大小の川となり、大地を流れた。それらの川を流れているのは、この世界と同じ水だ。もしこの森に、死者の世界《ゴーストワールド》の錆びた水がまかれたら、ここの木々はすべて鉄に変わってしまう。

そしてさらに歌は続き、シンジビスは疲れ果てて、限度を超えてしまうと、自分の力ではなく体にみなぎっている力を使った。喉が割れ、胸が破れ、息は痛みに変わった。

しかし、それでも歌った。シロフクロウやライチョウに呼びかけ、あらゆる種類の数多くの夏鳥に呼びかけた。コマドリ、ガン、カモ、スズメ、ムクドリ、ツグミ、フィンチ。

それらの鳥すべてが門を抜けて、最後にもう一度種を運んできたとき、最後にもうひとつ、歌うべき言葉があった。

その言葉をうたったとき、門は大きく揺れて閉まり、この世界から消えてしまった。門があったところには裂けて枯れた二本のモミの木が立っているだけだ。

強い風がふたたび木々の梢の間を吹き抜けると、梢は揺れ、松葉におおわれた枝はざわめき、幹はきしり、うめき、心底驚いて独り言をつぶやく。その上には黒と銀の空が広がっている。

第十章
鉄の森の皇帝

しかし、死者の世界《ゴーストワールド》ではどうなっているだろう（と猫はたずねる）。

死者の世界《ゴーストワールド》は大きくなったわけではないが、かつてより多くのものを抱えることになった。

死者の世界《ゴーストワールド》には、鉄のとげを持つ野バラが茂り、錆色の川が流れる鉄の森があり、その森の奥深く、鋭いとげでおおわれた場所にはヘルの宮殿ある。

そしていま、もうひとつ、生きているモミとカバの森を抱えることになった。

大地の水が木々の間を流れている。水が赤茶色に染まることがあっても、それは錆の色ではない。生きている動物が川に水を飲みにやってくる。鹿も狼もやってくる。多くの鳥が浅瀬で水浴びをする。

鉄の森で眠っていた者たちは、生きている狼の吠え声で目を覚まし、ヘルがバルドルに歌ってきかせる子守歌は、生きているツグミの歌声で破られる。この死者の世界《ゴーストワールド》さえ、すべては永遠に変わり続ける。

ロキになったシンジビスはこの森のなかにあぐらをかいて座り、口笛を吹くと、小鳥が一羽やってきて手にとまる。もう一方の手を上に伸ばして、木から枯れて茶色くなった小枝を折り取る。小枝は針のような葉にびっしりおおわれ、そのなかにひとつ種の落ちてしまったモミの実がある。シンジビスがもう一度口笛を吹くと、小鳥は手から飛び去っていった。

小鳥は北の地の森を抜けて、鉄の森を飛んで、ヘルの宮殿までいくと、窓からなかに入り、バルドルのベッドまでいって、枕の上に小枝を落とした。バルドルはうつらうつらしながら、その枝をみつけた。

小鳥が小枝を置いてもどってくると、ロキになったシンジビスはもう、うたう歌がなかった。ロキの霊は自分の夢にもどり、シンジビスのもとからいなくなった。

それは湖の底から水が引くのに似ていて、そのあと湖の底は乾いてひび割れる。薬草から水を抜いてしまうのに似ていて、そのあと薬草は枯れて倒れる。

シンジビスは自分のつくった森の大地に仰向《あおむ》けに倒れた。疲れきって、感覚もなく、使いすぎた体の痛みさえ感じない。

倒れて眠っていると、狼たちが森から姿を現し、そばに集まってきた。若木の下に身を寄せ、前足に頭をのせて伏せているのもいれば、胸を張って座り、耳をそばだて、舌をのぞかせているのもいるが、みな待っている。

シンジビスが横になって眠っていると、グロズニ皇帝が恐怖と不安でぼんやりしたまま体を動かした。皇帝の下の地面は固く、本物の地面のようだ。まわりでは、静かな音がいくつも、絶えることなく響いている。それは小川のせせらぎか、長いガウンの裾がイグサの上をこする音に似ている。皇帝は、宮殿の噴水の水音だろうと思ったが、長いこと、頭を起こしてあたりをのんびりながめる気にはならなかった。が、大きな音はしないし、何も触れてはこない。皇帝はゆっくり顔を上げて、あたりをみた。

そこは森のなかで、夕暮れだった。皇帝はまた恐ろしくなって、手と足で葉をかき分け、もがくようにして立ち上がったが、よろけて木にぶつかった。筋のついた樹皮をさわると、指の間にはさまった樹皮の木くずがくすぐったい。この森は本物だ。皇帝は何度もあたりをみまわして宮殿を――いや、宮殿でなくても、狩猟小屋でも、せめて民家か、あばら屋でもないかとさがした。いや、荷車でも、道でもいい。近くに人が住んでいる印がほしかった。

あたりには木しかみえない。背の高いまっすぐな木は、その黒い枝があたりを暗くし、そのすぐまわりの枝々の間の薄闇を本物の闇に変えている。わしの敵どもが、わしを――と、皇帝は考えた――飢え死にさせようと、ここに置き去りにしたのだ。

だが、ここに連れてこられた覚えはない。引きずってこられたのだろうと、皇帝は考えた。敵がわしの王位を乗っ取ったのだ。皇帝はぞっとしてパヴェル卿のことを考えた。死刑にした男だ。それからパヴェル卿の親族や、ほかの数え切れないくらいの処刑した反逆者のことを考えた。もしかしたら、やつらが野生の獣《けもの》のように森に隠れて、わしを殺そうとたくらんでいるのではないか。皇帝は目ざめた場所から恐るおそる逃げた。そこにいるとみつかりそうな気がしたのだ。

数歩あるいて立ち止まった。見慣れないものが目に入ったのだ。木ではないし、落ちた枝でもない。長くて黒い髪が松の落葉の上に広がっている。黒い髪には月光のように白く輝く骨のビーズが編みこまれている。髪の下には顔があるのだが、むこうを向いていてみえない。黒い天使だ。

皇帝はもう一歩近づいて、黒い天使をみた。死んでいるようだ。空から落ちてきたかのように手足を広げて倒れている。そのときいきなり、皇帝の頭のなかに黒い天使の姿がよみがえった。黒い天使はシロハヤブサのような叫び声を上げ、目の前で、悪魔に変身した。皇帝はくるっと背を向けたときにはもう、逃げだす格好になっていたのだが、はっとして、またふり向いた。勢いが強すぎて、落葉の上に膝をついてしまった。

皇帝はそこに倒れている黒い天使をみつめた。ぴくりとも動かない。皇帝はあたりをみまわして、この憎らしい黒い天使の頭を打ち割る物がないかさがしてみた。石でもいい、太い枝でもいい……。何もない。そこで自分の拳を使おうかと考えた。しかし、すぐに、手早くやってしまわなくてはならない。こいつが目を覚ますまえに……。

ところが手を握りしめ、天使にそっと近づいたとき、低く嘲笑うようなうなり声がきこえて、何かが動くのがみえた。モミの若木のそばに隠れていた一頭の狼が立ち上がった。耳を後ろに寝かせ、唇にしわを寄せて白い歯をのぞかせている。それから、もう一頭、また、もう一頭、灰色の薄闇のなかで、濃い灰色の狼が姿をみせた。皇帝は体をよじりながら立ち上がると駆けだした。てっきり狼たちがすごい勢いで追いかけてくると思い、死に物狂いで走った。必死に走って走って、木をぐるっと回り、そばの木にぶつかって転んでは、あわてて立ち上がり、後ろを振り返りつつまた走って、川があると飛びこみ、水をかきながら歩いて向こう岸までいき、また走った。

ところが狼たちは追いかけてきてはいなかった。シンジビスの両側に身を伏せて、前足の上に鼻面《はなづら》をのせていたのだ。

皇帝はそのうち、もう走れなくなって、木の葉の上に倒れた、あえぎながら必死に息をしようともがいていたが、恐ろしくてとても休むことなどできなかった。

後ろをみるたびに、闇のなかに目をこらし、どんな音もききのがすまいと耳をすませた。敵に追われるのが恐ろしかったし、狼も熊も恐ろしかった。幽霊や森の悪魔も恐ろしかった。ここにはきっといるにちがいない。

立てるようになるとすぐに立って走った。そして自分に仕えてくれる者はいないかとさがし回った。着ているローブはすでにずたずたになっていたが、さらに裂けて破れて、土や古い木の葉でよごれ、川の泥がこびりついている。食べるものは何もない。というのも、狩りといっても、馬に乗って槍《やり》か銃を持ち、何百人もの家来に獲物を追い立ててもらって仕留めるやり方しか知らなかったからだ。空腹がひどくなると腹が痛みだし、そのうち吐き気がして、全身がうずきだす。だが、いくらひどくなっても、死ぬことはなく、皇帝はいつまでも苦しみ続けた。

人がいた。斧の音がきこえたので、必死でそちらに歩いていってみると、男たちが木を切り倒しているところだった。皇帝はそこまでいって切り株に腰をかけ、男たちがやってきて足にキスをして、何をしてさしあげましょうというのを待った。

男たちは知らん顔だった。仕事を続け、一、二度そちらをみた程度だ。皇帝は男たちのほうをみようともしなかった。

そのうち男たちは仕事をやめて、切り倒した木の間に座り、持ってきた袋からパンと肉とチーズを出した。男のうちのひとりが皇帝に声をかけたが、皇帝はそちらをみようともしなければ、返事をしようともしなかった。自分は皇帝だ、こちらにきて頭を下げろといいたかったのだ。何かが足元に飛んできた。大きなソーセージだった。木こりのひとりが放ってくれたのだ。皇帝は口のなかにつばがわいてきて、はっと思ったときには、もう拾って食べていた。男たちがどっと笑った。

　皇帝はかっとなって立ち上がり、男たちに罰を与えようと思った——が、そのとき、自分がひとりきりなのに気がついた。命令を実行する黒ずくめの兵士はいない。そして自分の姿をみると、ぼろぼろできたならしく、手には脂っぽいソーセージを持っている。

　男たちは笑い続け、皇帝はこっそりと森のなかにもどった。だがソーセージは捨てず、歩きながらかぶりついた。

　歩くうちに細い道に出たので、それをたどっていくと村に出た。切り倒した木でできた家が並んでいる。そこにも人がいて皇帝をみつめているが、怖がっているところはなく、だれひとり皇帝の前にひれ伏す者はいない。

「何か用？」ひとりの女がたずねてきたが、皇帝は恥辱《ちじょく》と怒りで返事ができなかった。どう答えればいいかわからなかった。これまでずっと、ほかの人々のほうから近づいてきて、いろんなものを置いていった。どうやってほかの人の前にいって、ほしいものをほしいといえばいいのか。皇帝は森のはずれに立って、女や子どもや男たちが村の仕事をしているのをにらんでいた。

　女がスープと、スープに浮かべる脂身を持ってきた。皇帝はそれを受け取って食べた。しかし、まずかったので、鉢を地面に投げつけて、森のなかにもどっていった。

皇帝は村のそばにいた。というのは、ここにいればだれかがいつも何か食べる物を持ってきてくれたからだ。しかし、村人のことは大嫌いで、殺してやりたいと思っていた。子どもをにらみつけて、森のなかに連れていって殺してやりたいと思った――が、怖かった。なぜならそれをやらせる黒ずくめの兵士はもういないし、親がさがしにきたとき、自分を守ってくれる者もいない。こんなふうに皇帝は死者の世界《ゴーストワールド》で生きていった。

村の人々は自分たちが死者の世界《ゴーストワールド》に住んでいるということを知らなかったので、皇帝のことを頭がおかしいと考えていた。「森のなかに入っちゃいけないよ。あの危ない人にさらわれちゃうからね」と人々は子どもにいいきかせた。

「どうやって生きているんだろう」人々はたがいにたずねた。

「骨と皮ばかりじゃないか。おれたちが分けてやる食べ物だけで生きていけるはずがない」

「頭がおかしいんだ」そう言い合った。「狼男なんだ――あいつが歯をむき出すところをみたことがあるか？　こっちをにらむところをみたことがあるか？」

村人たちは森を恐れた。森は何か恐ろしいものにとりつかれていると思っていたのだ。そこからやってくるのは、狂人か狼男か、あとは奇妙な服を着た奇妙な連中ばかりだ。村にやってきて、自分はだれなんだろうなどときいてくる。半分眠っているような様子で、はるか昔のことを、まるで自分がその時代に生きていたかのように話す。

「幽霊だ」村人たちはそういって、あの森にはほかにどんなものがいるのだろうと言い合った。

村にやってきたのは、鉄の森からさまよい出てきた幽霊だった。彼らは大地の水を飲み、あたりに目をやって、生きた木をみて、われわれの世界で生きていたときのことを思い出すのだった。

あわれな幽霊たちは、村人たちに怖がられているのを知り、生きていたときの苦痛と落胆をいやになるほど思い出しては、森にもどり、また鉄の森に入っていく。そして身をかがめて、錆色の川の水を飲み、生きていたときのことを忘れて眠るのだった。

皇帝はそういう幽霊たちを追って、いっしょに鉄の森に入っていき、身をかがめて錆色の川の水を飲んだ。すると、自分が皇帝で、地上の神だったことを忘れた。大地のことも忘れた。鉄の木の下に横になり、眠って夢をみて——その眠りのなかでみた夢がわれわれに、われわれの世界になぜこれほど多くの残酷なことがあるのかを明かしてくれるかもしれない。


そしてシンジビスは（と猫は語る）まだ眠っているのだろうか？


シンジビスは疲れきって、一年ほど眠った。まわりの木々が花を咲かせ、実をつけ、一年分太くなった。狼たちは獲物を仕留めて食べるとまたシンジビスのところにもどってきて、番をしていた仲間に食べ物をわけた。狼はそういう習性なのだ。ところがここは死者の世界《ゴーストワールド》で、その境界内で大地の森は育ち、花を咲かせ、実をつけているのだが、死者の世界《ゴーストワールド》には時間がない。シンジビスは二十年、五十年、眠っていたのかもしれないし、まぶたを閉じて一瞬しか眠っていないのかもしれない。

目が覚めると、全身が痛んだ。ロキのすさまじい力を引き受けたシンジビスの体はあらゆる関節が引っぱられ、ねじられて、筋からはがれる寸前だった。背中、脚、腕、すべての筋肉が裂け、傷だらけになっていた。肋骨をおおっている小さな筋肉も、腹部を作っている筋肉も、あらゆる筋肉がこわばり悲鳴を上げている。どこを動かしても、どんなに小さく動かしても、痛まないところはなかった。そのうえ片方の腕はまったく動かない。使いすぎて骨が砕けていた。

しかし、そんな痛みをこらえて顔を上げ、あたりをみまわし、森が目に入ったとき、シンジビスはうれしかった。

そばにいた狼たちが立ち上がって森のなかに歩いていった。シンジビスは狼たちがいくのをみて、うれしかった。木の樹皮でキタリスが逆さまになっているのをみて、うれしかった。自分の手から指一本ほど離れたところにいたネズミが木の葉の上を駆けていくのをみて、うれしかった。シンジビスはやり始めたことを、やりとげた。北の地を救った。ほかの世界で北の地がどんなに荒れ果てようと、ここ、この死者の世界《ゴーストワールド》では生きのびるだろう。

全身が痛んでいたが、シンジビスはなんとか座った。歌うと痛かったが、癒《い》やしの歌をうたった。動くほうの手を、骨の砕けた腕の上において、元どおりになるよう歌った。それから横になって、また眠った。

次に目が覚めたときは、まだ痛かったが、まえほどではなかった。シンジビスは足を引きずりながら、川をさがしにでかけて、川をみつけた。そこにいたエルクが驚いた。エルクは水草を食べていて、頭を水の中に突っこんでいた。そしてシンジビスの足音に気づくと、大きな頭を振り上げ、まわりに水しぶきを散らして、重い体を揺らしながら歩いていった。シンジビスはエルクをみて、とてもうれしかったので、川辺に座り、声を上げて笑ったが、笑うとまた体が痛んだ。両手で水をすくって飲んだ。それからまた別の歌をうたった。やさしい声で、自分の痛みを癒やす歌をくちずさんだ。シンジビスは川のそばで横になり、まどろみ、魂の旅に出かけた。

シンジビスは（と猫はたずねる）、どこにいったのだろう？　さあ、それをこれから話そう。

第十一章
シロハヤブサ

まずみてほしいのは（と猫は語る）細長い、天井の高い部屋だ。床も壁も木でできている。床のまん中には、チョークで円が描いてあるが、あちこちが、かすれて消えかかったりしている。円の縁には、背の高いブロンズの燭台があって、そこには多くのロウソクが立ててあるが、火がついているのはほんの数本だけで、その数本の火が燃えあがったり、消えかかったりしていて、ブロンズの燭台を照らしたり、木の羽目板を照らしたりしている。天井の梁からは黒い影が垂れ下がり、部屋の隅からは闇が押し寄せてきている。

空気が、体の震えとすすり泣きで揺れている。闇のなかでよくみえないが、黒ずくめの男たちが床に倒れ、顔を腕でおおい、恐怖ですすり泣いている。

かすれた円の片側、ロウソクの火明かりがほとんど届かず、影が最も近くまで迫っているところに大きな木の椅子がある。座面にも、猫足のあたりの床にも、明るく光る小さな点が散らばっている。皇帝のローブから落ちた宝石だ。椅子の横、床の上には黒いかたまりがある。それはじっと動かない。すすり泣いてもいないし、震えてもいない。

円のまん中あたりには、かすかな光がほぼすべて集まっていて、クリスチャンの死体がぶら下がっている。死の重みのせいでじっと動かない。クリスチャンから、すすり泣きはもれてこない。

部屋のなかで、血のにおいが異様に強い。

ジェンキンズの悪魔を召喚したあの部屋は（と猫は語る）主人が死んだときのままだ。この部屋の世界では、変化が起こるだけの時間はなかった。死者の世界《ゴーストワールド》の時間はときにゆっくり、ときに速く流れる。われわれの世界の流れ方とはまったく違う。

魂になったシンジビスは、ロウソクの光のなかを漂い、ロウソクの呼吸に合わせて闇のなかへ、また光のなかへ入っていく。どこを漂っていても、姿はみえない。シンジビスはあたりをみまわし、そして待った。

円から遠く離れたところにある扉が、かたかた鳴ったかと思うと、開いて、床をこする音や騒々しい物音が闇のなか、きこえてきた。すすり泣く声がまた大きくなり、悲鳴も混じる。

扉から冷たい風が吹きこみ、ロウソクの火を揺らした。壁を照らしていた光が高く高く踊るように、垂木のほうまで上がっていった。ロウソクが二本、風で消え、天井から闇がまた少し下へおりてきて、部屋の隅から少し前に出てきた。

扉が大きく開き、もう一隊、黒ずくめの兵士が剣や槍《やり》を持ってやってきた。そして仲間が床を転げ回って泣き叫んでいるのをみて立ちすくんだ。

「立て、おい、立たんか！」隊長が命令した。その怒鳴り声が木の壁に反響する。「気をつけ！」

兵士のうちひとりだけその命令に従おうとした。そして膝をついたが、そのときロウソクの火がひとつ燃えあがり、クリスチャンの死体の影が兵士をおおった。兵士は震えあがり、また床に伏して、顔をおおった。

「捜索《そうさく》しろ！」隊長がいうと、新たにやってきた兵士たちがロウソクの光のなかに、影のなかに進んでいった。槍《やり》の先を前に向けて、奥の隅のほうまでいってゆっくりもどってきた。

隊長は、梁から下がっている死体の前まで歩いていくとじっくり観察した。グロズニ皇帝のもとで、この手の死体は山ほどみてきた。それから床に描かれた円と、燭台と、血でよごれた床と、ひっくり返っている桶をみた。

「隊長」兵士がいった。皇帝の椅子のそばに立って、槍《やり》で床の上を示している。隊長は燭台からロウソクを一本取ると、戻ってきてロウソクの光で照らしてみた。床に倒れているのは腹の出た年寄りだった。

「皇帝の魔法使いです」兵士が小声でいった。

隊長はブーツのつま先でつついてみたが、魔法使いはまばたきもしなければ、動きもしなかった。

「死んでいるのか？」

兵士は槍《やり》を縦に持ち直してしゃがむと、ジェンキンズの喉と胸に手を当てた。「凍った魚のように冷たくなっています、隊長。干し魚ほどの生気もありません」

「ところで」隊長がたずねた。「皇帝はどこにいらっしゃる？」

隊長はまた倒れている兵士たちのほうにもどり、そのうちのひとりを引っぱり上げて立たせようとした。しかし、その兵士は弱々しい泣き声を上げるだけで、へたったまま、立とうとしなかった。隊長は横にしゃがんできいた。「皇帝はどこにいらっしゃる？」

兵士はわけのわからないことを口走って、すすり泣き、泣き声を上げた。「いってしまいました！　連れていかれました！」

隊長は立ち上がった。「おまえは、衛兵を起こせ。おまえとおまえは、ここに残って見張りをしろ。残りはいっしょにこい！」

こうして宮殿の捜索が始まった。すべての建物、すべての庭。すべての教会と礼拝堂、すべての貴族の部屋、厨房、作業場、寄宿舎、馬屋、倉庫。すべての地下室、すべての塔のすべての小部屋。

皇帝はどこにもみつからず、捜索は街にまでおよんだ。

魔法使いと少年の死体とともにジェンキンズのあの部屋にいた兵士たちが尋問《じんもん》を受けた。皇帝はどこだ？　おまえたちが殺したのではないか？　さあ、白状しろ、おまえたちが殺したのだろう？

彼らは恐怖から立ち直るための休息ももらえなかった。ほかの兵士たちは、彼らをばかにした。いつまで泣いてるんだ、臆病者め。なぜ陛下をお守りしなかった。そんなことをいわれても、彼らには納得のいく説明などしようがなかった。そしてなぐられ、なぐり倒され、蹴飛ばされた。「返事をしろ！　おまえたちが陛下を殺したんだな？　なぜだ？　陛下の神聖なお体を切り刻んで埋めたんだろう。犬みたいに、どこかの庭に？　そうだろう？　返事をしろ！」

ちがう、ちがうと答えているうちに――なぐられるだけでなく、拷問《ごうもん》にもかけられるようになった。「さあ、どうだ、白状しろ。本当のことをしゃべれば、これ以上、痛い思いはしなくてすむぞ。おまえたちが陛下を殺したんだろう、そうだな？」

ちがう、兵士たちはそういった。いつ、どんな拷問を受けても、返事は同じだった。悪魔がきたんだ。陛下と魔法使いはずっと悪魔を召喚していた。ふたりは魔法使いに仕えていた少年を生《い》け贄《にえ》にして悪魔を呼びだそうとしたら、悪魔がやってきて、そいつが陛下を小麦粉の袋かなにかみたいに肩にかついで地獄に連れ去ったんだ。嘘じゃない。だから陛下の死体がどこにもみつからないんだ。陛下は地獄にいった。悪魔といっしょに。

彼らは本当に知っていることを話したのだが、拷問者たちは耳を貸さなかった。「嘘をつけ！　いつまでしらばっくれるつもりだ！　おまえたちが陛下を殺したにちがいない」

そのうち兵士たちも本当のことをいうのをやめて、こういいだした。「そうだ！　おれたちが陛下を殺したんだ――だから、もう拷問をやめてくれ」

しかし、拷問は終わらなかった。「どうやって殺したのか話せ。死体はどこにやった。なぜ殺した。それを話せば、これ以上、痛い思いはしなくてすむ」

兵士たちは次々に嘘を重ねた。槍《やり》で殺したという者もいれば、剣で殺したという者もいた。ロープで絞め殺したという者もいた。切り刻んだ死体を庭に埋めたという者もいれば、川に投げ捨てたという者もいれば、厨房の裏のごみ捨て場に捨てたという者もいた。拷問に耐えきれず、死ぬ者もいた。

庭が掘り返され、ごみ捨て場が調べられたが、皇帝の死体はみつからなかった。また拷問が始まった。「なぜ、嘘ばかりつく？　また拷問だ。本当のことを白状するまでな」こうして拷問は続き、あの部屋で皇帝といっしょにいた兵士はすべて死んでしまった。真相は知られないままだった。

拷問は真実の発見には結びつかない。拷問は拷問好きな者を喜ばせるためのものだ。

拷問を受けた兵士たちの恐怖は、皇帝の楽しみのために彼らが拷問したり殺したりした人々の恐怖に劣らないほどのものだっただろうか。ともあれ（と猫は語る）拷問を受けた兵士たちをあわれに思うのはいいとして、彼らも拷問する側だったことは忘れないようにしよう。

国はどうなったのか（と猫はたずねる）。一部の貴族が、後を継ぐのは皇帝の甥だと宣言したのだが、ほかの貴族は皇帝のいとこのひとりを皇帝にしようとした。短い戦争があり、皇帝の甥が勝った。多くの貴族がそちらについた――金、兵士、大砲は大半がそちらにあった――からだ。

しかし、戦争に勝って、新しい皇帝が無事、玉座に着くことになったものの、グロズニ皇帝のことが忘れられたわけではない。

最も神に近い人物が、悪魔のような連中によって殺された――と、新しい皇帝はいった。グロズニ皇帝は地上の神であり、最も神聖で敬虔《けいけん》な人物で、神に愛され、神は皇帝に天使を遣わしたくらいだ。だが、人間というのは邪悪なもので、この殉教者《じゅんきょうしゃ》、この聖者は、自分が愛し信頼していた衛兵によって殺された。これから教会をひとつ作り、壁には皇帝の人生の様々な場面を描くことにしよう。そのうち最も大きな絵は、黒い天使の降臨《こうりん》の図だ。

その教会の中心には、金箔を貼って、宝石をちりばめた聖堂があり、そこには皇帝の遺骸《いがい》が埋葬《まいそう》されていることになっていた。人々はそこにきては自分たちの犯した罪の許しを祈るのだった――が、そこにきた人のひとりとして、グロズニ皇帝ほど多くの罪を犯した者はいなかった。

しかし、その教会も、その聖堂も、もうひとつの話を封じてしまうことはできなかった。それはこんな話だ。グロズニ皇帝はあまりに残虐《ざんぎゃく》で邪悪だったので、皇帝の真の主人である悪魔が地獄からやってきて連れ去った。なぜこんな話が広まったのかはわからない。というのも、そんなことを口にする勇気のある者などまずいないからだ。「グロズニ皇帝が足を温めているところで、自分も足を温められますように」とか、「死んだら、グロズニ皇帝のおそばにいられますように」とかという言葉がある。もしこれが天国にいけますようにという意味だという人がいても、いや、それは違うと指摘してくれる人はいないだろう。

だれもが、グロズニ皇帝と悪魔の話をするのを恐れていた。というのは、新しい皇帝になったグロズニ皇帝の甥がこんな話を気に入るはずがないのだから。しかし、それ以外にもうひとつ理由がある。というのも、こんな話があるのだ。じつはグロズニ皇帝は死んでいない、生きていて、身を隠して、国民に知られないよう、自分がいないときも国民が規律正しく生きているか見張っているという。

姿を変えて国じゅうを回っている、というのだ。見知らぬ人だと思ったら、本当はグロズニ皇帝だったということもありうる。親切にしてやれば、そのうちいいことがある、ひどい扱いをすると、恐ろしい目にあわされる、というのだ。

グロズニ皇帝が死んでもう百五十年もたつというのに、まだこの手の話は信じられている。結局、グロズニ皇帝は神に愛されていて、神は皇帝に天使を遣わされた。彼は皇帝であり、聖者だ。皇帝や聖者にとって不可能なことはない。二百年生きることさえ可能なのだ。

しかし、（と猫はたずねる）シンジビスは？　魂は例の部屋にいた兵士たちのあとを追ってはいかなかった。いっしょに寒い庭にいったりすれば、風に吹き散らされてしまう。シンジビスはロウソクの光のなかで漂いながら、クリスチャンの遺骸のそばにいた。そしてふたたび魂の旅に出かけた。

シンジビスにはわかっていた。クリスチャンは死者の世界《ゴーストワールド》のことを何も教わらなかったから、そこにいく道をみつけることができない。なら、迷った魂や、導き手のいない魂のいる所へさがしにいこう。

それは世界と世界の狭間、夢と夢の狭間にある、形のない場所だ。長く暗く、どこまでも歩いて、結局、無に終わる場所だ。姿のみえない人々の、終わることのないつぶやきにあふれ、意味のある言葉はどこにもない。足に触れるものはなく、みえるものもなく――すべての世界の裏にある、形のない地、混沌の地だ。

数え切れないくらい多くの人がそこで迷っている。みな姿を失い、もう自分がだれか、何をしていたのか忘れてしまい、名もなく、だれだかわかってもらえず、近づいてももらえない人々。シンジビスは無言でそういう人々の間を通っていった。人々は彼女がそばにいるのにも気がつかない。

闇のなかで呼びかける声がする。恐怖と苦しみで耳障りな声が呼びかけている。「クリスチャン！」何度も何度も、叫ぶ。「クリスチャン！」

シンジビスはその声を追っていった。するとさまよっているジェンキンズのおびえた魂がいた。シンジビスは強い風のようになぐりかかり、耳に鋭い声でささやいた。するとジェンキンズはたじろぎ、地獄の話を思い出した。悪魔がさまよう魂を三叉の槍《やり》で業火《ごうか》の燃える穴に突き落とすというのだ。シンジビスはジェンキンズをそのまま残して進んでいくうち、クリスチャンをみつけた。

われわれが夢をみるとき、夢のなかで体を持っているのと同じように、魂も体を持っている。シンジビスは闇のなかでクリスチャンに歩み寄り、手を握った。

　クリスチャンはぎょっとして、身を引いた。

　クリスチャンは自分が死んだことも、ここがどこかも、まわりからきこえるつぶやきや独り言がなんなのかも知らなかった。「なに？　なに？」クリスチャンは叫んだ。それをきいて、まわりの暗闇の恐怖と狼狽《ろうばい》の叫びが大きくなった。

　シンジビスがいった。「黒い天使よ」

「天使？　皇帝の黒い天使？　あの――天使なら――ぼくをご主人様のところに連れもどしてください」

「だめ」

　シンジビスはつかんでいるクリスチャンの手が逃げようとするのを感じた。「じゃあ、なんできたんですか」

「うちに連れて帰ってあげようと思って」

　クリスチャンの小さな声が闇のなかで響いた。「デンマーク？」

　そういうと、まわりの闇が明るくなった。クリスチャンは目を閉じた。まわりでずっと、おびえてぼそぼそつぶやいている人の顔がみえるのではないかと思って怖くなったのだ。しかし、半分閉じた目にみえたのは、森だった。

　クリスチャンが目を開くと、モミとカバの森がみえた。大地とモミの木のヤニのにおいがする。頭の上で、リスが木を駆け上って、樹皮の細かい欠片を落としていく。そして目の前には、手を握ってくれている黒い天使が立っている。黒々とした髪がもつれてヴェールのように肩をおおっている。

「ここはデンマークですか」

「いいえ」黒い天使はそういうと背を向け、クリスチャンの手を引いて、森のなかに連れていった。

　クリスチャンはあたりをみまわした。黒い地面、厚く積もった木の葉のベッドは、上を歩く者の足音を吸いこんでしまう。見上げると、青い空が黒い松の木の梢の間からのぞいている。クリスチャンは手を伸ばして、木の幹にさわってみた。本物の森だ。

「ぼくは、どこにいたんですか。ご主人様に呼ばれたような気がして――」

「迷っていたの」天使がいった。

　クリスチャンは細長くて暗い部屋を思い出した。そこにはご主人様もいて――皇帝も――兵士もいた。本当の記憶かどうかはわからない。

　黒い天使はクリスチャンを、森のなかの村に連れていった。

　高床式の小さな倉庫がいくつもあって、柵のなかにはトナカイがいる。男や女が家の外に座っていて、だれかが語る話に耳を傾けている。その話は、シンジビスとクリスチャンがやってくるととぎれた。そこにいるのは北の地の人々で、魔法使いをみれば、それとわかった。みんなが敬意を表して立ち上がった。

「この子はクリスチャンといいます」シンジビスがいった。「この子をここに置いていきます」それからクリスチャンにいった。「もしここが気に入らなかったら、あちらに歩いていきなさい。川を越えると、鉄の森があるから」

　そういうと、みんなが食べ物や飲み物を勧めるのを断って、魔法使いは立ち去った。自分の知っている限りでは（と猫は語る）、クリスチャンはその村にいる――永遠に。この村は死者の世界《ゴーストワールド》のなかに作られた。この森は季節を重ね、昼と夜をくり返すようにみえるが、じつは、時間は流れないのだ。

　木が切り倒されても、次の日には、また立っている。トナカイが殺されても、骨が完全なまま残っていて毛皮に包まれてさえいれば、朝になるとトナカイは息を吹き返す。だれも老いることはなく、だれも死ぬことはない。

　そんな生活が退屈になる人もいる。そういう人は、森のなかに入っていって、川を越えて鉄の森に歩いていく。ときどき、鉄の森から夢《む》遊病《ゆうびょう》のような人が川を越えてこちらの森に踏みこみ、村に連れてこられて、いっしょに暮らすようになることもある。

　そしてシンジビスは？（と猫はたずねる）。シロハヤブサが一羽、死者の世界《ゴーストワールド》の薄明かりのなかに舞い上がり、木の枝の間を回りながらさらに高みまでいくと、死者の世界《ゴーストワールド》の門の上空を飛び、この世界にもどってきた。

　はるか遠くから、はるか高みから、シロハヤブサは平皿のようなこの世界を見下ろしている。長くて黒い線がいくつかの街を出て、曲がりくねりながら北の地へ進んでいく——大勢の人々の列だ。彼らの頭上を舞いながら下をみると、彼らが木を切っていくつもの町を作り、そこで暮らしながら、さらにまた木を切るところがみえる。

　シロハヤブサは、川が丸太でできたいかだでいっぱいになっているのをみる。いくつもの森が次々に消えていくのをみる。木がしっかり守ってきた土を雨と風が押し流す。

　そこに育っていたものは、二度とそこに育つことはないだろう。

第十一章　シロハヤブサ

キーーーヤ！

シロハヤブサは降下して、猟師たちの野営地の外にある、毛皮を干す絞首台に舞い下りた。そこでは、凍てつき、凍りつくような風にさらされて、狼の毛皮、トナカイの毛皮、ピューマの毛皮、熊や狐の毛皮がぶら下がっている。シロハヤブサはまた風に乗って舞い上がり、下をみた。鳥も獣《けもの》もそこを離れて、飢えて、死んでいくのがみえる。彼らの土地が奪われたからだ。

シロハヤブサはこちらを飛び、あちらを飛び、こちらをながめ、あちらをながめる。トナカイを追う人々が、森の切り株の間を追われていく。ロープでつながれて、南に連れていかれて、奴隷として売られるのだ。新しい皇帝は、西の国々との貿易には反対していない。

シロハヤブサは風に乗って旋回し、下をみた。トナカイを追う人々が家族ごと、部族ごと、虐殺《ぎゃくさつ》されて、住んでいた土地から一掃《いっそう》されていく。

シロハヤブサが下に目をやると、北の地がヘルが望んだ通りの荒れ地になっていくのがみえた。新しくできた町に住む木こりさえ、野営地にいる猟師さえ、風の声が耳に入るようになってくる。「寒いかい、わしの子どもたち。寒いかい？」

シロハヤブサが旋回してみていると、森のあったところにいくつもの町が育っていくが、そこで虐殺されたものたちのために死者の歌《ゴーストソング》がうたわれることはない。

シロハヤブサは教会の入り口の屋根にとまり、家の屋根にとまり、宮殿の塔にとまって、街の人々が怒りっぽくなり、おびえ、病み、おたがい傷つけ合い、長生きはするものの、死者の世界《ゴーストワールド》への道を知らないまま死んでいくのをみる。

シロハヤブサは翼を広げ、門の上を飛んで死者の世界《ゴーストワールド》までもどってくる。そこではバルドルが夢をみていて、ヘルは自分の好きな音楽に耳を傾けている。鉄の森に飛んでいくと、グロズニ皇帝は横になって、さらに大きな痛みと苦しみを夢見て、それをこの世界に伝えている。

死者の世界《ゴーストワールド》の、鉄の森のむこうには、なんとか生き残った北の地がある。この時の流れない北の地の森には一羽のシロハヤブサがいる。それはもうずっと長いことシロハヤブサでいたので、自分が命に限りある人間の赤ん坊だったことも、魔法使いの弟子だったことも、魔法使いになったことも、皇帝の黒い天使だったこともほとんど忘れてしまった。


これでこの物語は終わった（と猫はいう）。


もしこの物語がおもしろいと思うなら、ほかの人に話してみるがいい。

もしこの物語が酸っぱいと思うなら、甘くしてやるがいい。

だが気に入ろうと、気に入るまいと、この物語は自分の道を歩んで、ここにもどってこさせてほしい。

ほかの人の舌に乗って。


猫は金の鎖の間にうずくまり、胸の下に前肢《まえあし》をしまった。それから頭を上げ、耳を立てて、カシの木の下で眠りこんだ。もう、歌も物語もきこえない。

訳者あとがき

『ゴーストドラム』で神話的世界を描き、『ゴーストソング』で神話的世界と新しい世界の相克《そうこく》を描いたスーザン・プライスは、さらに現代的なテーマを持ってきて『ゴーストダンス』を書いた。

『ゴーストダンス』の最初の舞台は、豊かな森林が恐ろしい勢いで伐採《ばっさい》され、鳥や獣《けもの》が乱獲され、魚までがとりつくされていく北の地方だ。そこに住む猟師たちが年老いた魔法使いに助けを求めるところから物語は始まる。彼らが恐れているのはすべての元凶である皇帝だ。ところが猟師たちに対して、魔法使いは冷たい言葉を返す。

「あたしはずいぶん長いこと生きてきた。三百年以上だよ」老婆はそういうと息をついだ。息が切れたのだ。「その間、数え切れないくらい耳にした。『助けてくれ、世界が破滅する！』という声をね。だが、世界は破滅したりしない。ただ変わるだけだ。世界は変わらなくちゃならないんだよ、常にね。なぜなら、変わらないということは意味がないということだからだ。死んだ者さえ変化する。ところが生きているものは変わることを恐れ、死を恐れる」老婆はベッドに座ったまま猟師たちのほうに顔を突き出した。「よくきくがいい！　あたしもほかの魔法使いも、おまえたちのためにこの変化を止めるようなことはしない。できるとしても、しない。さあ、仲間の待っているところに帰るがいい」

やがて老いた魔法使いは死に、その弟子の女の子シンジビスが残る。シンジビスは猟師たちを、いや、北の地方を救おうと都まで旅をする。そして皇帝のそばに忍びより、何度もその命令を変えさせようとするが失敗し、そのたびに、災いを招いてしまう。あらゆるものを恐れ、あらゆるものを恐れさせる皇帝という狂気にまったく手出しができないのだ。このままでは、北の地方が滅んでしまう。

そんな設定のなかで、見習いでまだ力の備わっていないシンジビスは様々な試練を乗り越えて、命がけで大きく成長するのだが、最後、狂気の皇帝に打ち勝つために、死を覚悟して狂気の神ロキを呼びだす。

結局、皇帝は倒れる……が、それはつかの間の勝利であって、次の皇帝が生まれる。そしておそらく皇帝の狂気も受けつがれていき、北の地は（世界は）、破滅に向かう。その世界を救うために、シンジビスは死者の世界《ゴーストワールド》にささやかな聖域を作る。

死者の世界《ゴーストワールド》の、鉄の森のむこうには、なんとか生き残った北の地がある。この時の流れない北の地の森には一羽のシロハヤブサがいる。それはもうずっと長いことシロハヤブサでいたので、自分が命に限りある人間の赤ん坊だったことも、魔法使いの弟子だったことも、魔法使いになったことも、皇帝の黒い天使だったこともほとんど忘れてしまった。

この物語のエンディングは穏やかで美しく、切ない。しかし決してハッピーエンドではない。それはトールキンの『指輪物語』が決してハッピーエンドの物語でないのと同じだ。

ところで、この「ゴーストワールド」三部作を振り返ってみると、おもしろいことに気がつく。

第三巻を締めくくるのはロキだった。ロキは、第二巻ではクズマの語る話に登場する。クズマは、第一巻でチンギスを亡き者にしようと画策《かくさく》し、それに成功するが、最後はガラスの柩《ひつぎ》に閉じこめられてしまう。これを逆にしてみると、こうなる。まず第一巻で、チンギスがクズマと戦って、これを倒す。第二巻で、倒されたクズマがロキの話を語る。第三巻で、そのロキが世界を救う。

考えてみれば、チンギスは、最後に世界を救うロキを登場させるために、この世界に生まれてきたのかもしれない。

様々な解釈を許してくれる、「ゴーストワールド」三部作、ともあれ、これで完結。じつは、このあと第四部、『ゴーストスペル』があるのだが、これはこの三部作とは少しテイストが違う。外伝のような作品だ。

このあとがきを書くために、「ゴーストワールド」三部作をざっと読み直しながら、このシリーズがなぜこれほど自分にとって魅力的なのか考えてみた。それについては、いままでのあとがきを読んでもらえば、大体わかってもらえると思うのだが、それとはまったく違う魅力について書いてみたい。

イギリスの優れた児童文学に送られるカーネギー賞には、ときどき、物騒な作品が選ばれる。たとえば、二〇〇八年に出版されたニール・ゲイマンの『墓場の少年』。

闇のなかの手はナイフを握っていた。きれいに磨かれた黒い骨の柄《え》。どんな剃刀《かみそり》よりも鋭い刃。これで切られたら、しばらくは気づきもしないだろう。

ナイフはすでにこの家での仕事をあらかたすませ、刃も柄も血にまみれていた。

殺し屋が両親と姉を殺し、次によちよち歩きの男の子をねらっている場面だ。

『墓場の少年』を原書で読んだときに思いだしたのが、同じくカーネギー賞を受賞したスーザン・プライスの『ゴーストドラム』だった。この作品の衝撃はいまでもよく覚えている。なにしろ全体の四分の三くらいのところで、主人公のチンギスが死んでしまうのだ。その殺され方も凄惨《せいさん》だ。

真紅《しんく》の川が雪の上を素早くはうようにのびてきて、その色を失い、淡《あわ》いピンクになっていった。それから、鈴がけたたましく鳴り、兵士の一隊が先のとがった長い棒《ぼう》を持って駆けてきた。ほかの兵士が散って道をあけると、チンギスが倒れているのがみえた。真紅とピンクのしみの真ん中に倒れている。(中略)そのとき、白クマのコートを着た男が棒を取り、そのとがった先をチンギスの胸《むね》に当てた。

男は兵士から金槌《かなづち》を受け取ると大きく振り上げ、棒を深々と突《つ》き刺《さ》そうと力をこめた。サファは悲鳴をあげ、やめてと叫んだが、男は手を止めず――金槌の音は、兵士たちの鈴の軽いざわめきの中で、鈍《にぶ》く響き、棒はさらに打ちこまれ、チンギスの死体は地面に釘《くぎ》づけになった。

チンギスを惨殺したクズマの死もまた強烈だ。ヒルに血を吸われて力つき、雪の上に転がったクズマの上に、死の斧が振りおろされる。

すくみあがったクズマの上に、死の斧が振りおろされた。

ふたつの体――死んだ体と、死にかけている体が、雪の上に転がった。転がった拍子《ひょうし》に、クマの毛皮が割《わ》れて、中からクズマの顔が現《あらわ》れた。

チンギスはまるでキスでもするかのように、口を寄《よ》せた。

クズマの心は死にかけた体から離《はな》れようとしたが、出口をふさがれ、チンギスの口から飛び出してきた四人の心に襲《おそ》いかかられた。


クズマは死者の世界にもどることをはばまれてしまう。

それから、『ゴーストソング』のマリョータの父親の死も凄絶《せいぜつ》だ。

スーザン・プライスのもうひとつの代表作『エルフギフト』というファンタジーの主人公、エルフギフトの死も鮮やかだ。


斧《おの》が体に打ちこまれた。肋骨《ろっこつ》が焼ける――エルフギフトにはそう感じられた。肋骨を焼く火はみるみる広がり、灼熱《しゃくねつ》の炎が全身を焼く。エルフギフトは一度だけ悲鳴をあげた。それは高い天井まで駆け上がり、梁《はり》のあいだで反響《はんきょう》した。眠っていた小鳥が羽ばたき鳴きだす。エルフギフトは梁を見上げる。そこに自分の身を焼いている炎がみえた――炎の沼。エルフギフトはその熱を感じながら、上にのぼっていった。まるで沼の底に落ちていくように感じながら。

その一方で、プライスは心にしみ入るような静謐《せいひつ》な死も書く。

「チンギスが選ぶところなら、どこでもいいや。そこがぼくのいきたいところなんだ」

チンギスはクズマの死んだ手で、クズマのコートから氷のリンゴを取り出した。リンゴはきらめき、まわりの光を吸い取って、さらに明るく輝いた。かぐわしく冷たいリンゴの香《かお》りがサファまで届《とど》いた。

サファは、その氷水のような果汁《かじゅう》が口の中に広がるような気がして、思わずつばを飲みこんだ。

サファはクズマの手から、チンギスの差し出したリンゴを受け取った。リンゴは凍《い》てついた金属《きんぞく》のように、ぴたりとサファの手にくっついた。

口に持っていくと、それは冷えきった氷のように唇《くちびる》にくっつき、舌にくっついた。

かじると、歯の間で、氷のように軽い音を立てて砕《くだ》けていった。サファは冬を飲みこみ、チンギスについて、死の世界への門をくぐった。

このひんやりと青く透明な死は『ゴーストドラム』の終わり近くの場面だ。

それから『ゴーストソング』で、アンブロージが、クロテンから死者の世界のリンゴを取ってひと口かじるところも印象的だ。

「短かったけれど、いい人生だった。ほかの人がほとんどみることもできなければ、きくこともできないものをたくさん目にしたし耳にした。そして素晴らしい物語をかたることができた。十分だ」

　アンブロージはそういうとクロテンの巣のなかに横になり、手を枕にした。それからだるそうに転がると、目を半分閉じて、ほほえみながらいった。「すべては永遠に変わり続けるんだよ、おじいさん。ぼくはいつまでも変わり続けることを選んだんだ」


　十九世紀半ばのイギリスの『水の子』や『不思議の国のアリス』といった作品から始まるファンタジーは、その後、『ピーター・パンとウェンディ』『メアリー・ポピンズ』などの長編のファンタジーを産み、さらに第二次世界大戦後、「ナルニア国物語」「指輪物語」などのハイファンタジーを産んだが、そこに斬りこんできたのが一九八七年に出版された『ゴーストドラム』だった。この作品の大きな特徴は、主要な登場人物が思いがけないところで死んだり、殺されたりするところだ。そしてその場面は残酷なこともあれば、悲しいこともあれば、視覚的に美しいこともある。しかし、一般読者むけの小説とちがって、どこかにかすかな救いがある。「子どものための大人の物語」という言葉がぴったりだ。

　スーザン・プライスは惜しげもなく主要な登場人物を殺す。それも、まさか、と思うようなところで。『ゴーストドラム』を読んだ人は、主人公のチンギスが殺されるところで思わず息を飲んだはずだ。こんなところで?!　普通のファンタジーでは、まずこんなところで主人公は死なない。ところが、スーザン・プライスのファンタジーでは途中で、あっさりと、しかしある種の必然性をもって、殺されるときは殺され、死ぬときは死ぬ。

　その背景には、おそらく北欧神話がある。北欧神話では、オーディンもトールもロキもバルドルも、すべての神々は死に、世界も滅びる。

ニール・ゲイマンの『物語　北欧神話』（原書房）を訳したときに痛感したのは、圧倒的な冬、圧倒的な寒さ、圧倒的な死だった。それは雪明かりさえまぶしいほどの暗い世界で展開する滅びの物語だ。

この北欧神話では個性的すぎる神々がしのぎをけずるが、なかでもロキの個性は突出している。これほどいやらしく、邪悪で、これほど魅力的な神はなかなかいない。その存在感たるや、北欧神話からロキをはずしたら、もう北欧でも神話でもなくなってしまうといってもいいくらいだ。現代版『北欧神話』には、作者ゲイマンのロキへの愛があふれている。この作品の下巻、「バルドルの死」の章でロキの心の闇が露《ろ》見《けん》し、物語が一気に、神々の終焉《しゅうえん》、ラグナロクへとなだれこんでいくところは圧巻だ。

ロキを心から愛しているという点では、おそらくスーザン・プライスもゲイマンに劣らない。

不思議とまたニール・ゲイマンとスーザン・プライスがつながったところで、そろそろ、この長いあとがきも終わりにしよう。

ひとつ、おもしろいものをみつけたので、紹介しておきます。

海辺に立っているのは緑のオークの木
木に巻きついているのは金の鎖
そして昼に夜に、物知りのネコが
ぐるぐる、ぐるぐる、鎖につながれて歩きまわる
右にまわっては歌をうたい、

左にまわっては物語を語る。

——アレクサンドル・セルゲーヴィチ・プーシキン『ルスランとリュドミラ』より

なお、本書の訳出にあたっては、Faber and Faber の *Ghost Dance* by Susan Price (1994) を底本とし、Farrar, Straus and Giroux 版 (1995) を適宜参照しました。

最後になりましたが、訳文と原文のつきあわせをしてくださった佐野真奈美さん、訳文をていねいにチェックしてくださった鹿児島有里さん、この企画を取り上げてくださったサウザンブックスのスタッフの方々、そしてなにより、このゴーストシリーズ完結を目指したクラウドファンディングに参加してくださったみなさんに心からの感謝を！

二〇一九年十一月七日

金原瑞人

著者紹介

スーザン・プライス（Susan Price）

1955 年、英国ウェスト・ミッドランズ生まれ。18 歳で作家デビューし、1980 年代に歴史ファンタジーで高く評価される。フォークロアをベースにした作風が特徴。1987 年に『ゴーストドラム』（*The Ghost Drum*）でカーネギー賞、1999 年に『500 年のトンネル』（*The Sterkarm Handshake*）でガーディアン賞を受賞。主な作品に「ゴースト」三部作（*The Ghost Drum*, *Ghost Song* and *Ghost Dance*）、『エルフギフト（上・下）』（金原瑞人 訳）、『500 年のトンネル（上・下）』（金原瑞人、中村浩美 共訳）、『500 年の恋人』（*A Sterkarm Kiss*、金原瑞人、中村浩美 共訳）など。

訳者紹介

金原瑞人（かねはら・みずひと）

1954 年生まれ。翻訳家、法政大学社会学部教授。フィクション、ノンフィクション、児童書など、多ジャンルにわたって翻訳を手がけ、特に海外のＹＡ（ヤングアダルト）作品を精力的に翻訳し、日本に紹介。訳書は 550 点以上。主な訳書に『武器よさらば』（ヘミングウェイ）、『青空のむこう』（シアラー）、『月と六ペンス』（モーム）、『このサンドイッチ、マヨネーズ忘れてる／ハプワース 16、1924 年』（サリンジャー）、『リズムがみえる』（アイガス）など。エッセイ集に『サリンジャーに、マティーニを教わった』『翻訳家じゃなくてカレー屋になるはずだった』など。日本の古典の翻案に『雨月物語』『仮名手本忠臣蔵』『怪談牡丹灯籠』など。ブックガイドに、『10 代のためのＹＡブックガイド 150！』、『13 歳からの絵本ガイド　YA のための 100 冊』、『翻訳者による海外文学ブックガイド BOOKMARK』など。

ゴーストダンス

2020年2月27日　第1版第1刷発行

著　者　スーザン・プライス
訳　者　金原瑞人
発行者　古賀一孝
発　行　株式会社サウザンブックス社
〒151-0053　東京都渋谷区代々木2丁目23-1
http://thousandsofbooks.jp

装　画　ミツミマリ
装　丁　宇田俊彦
編集・制作　アーティザンカンパニー株式会社
印刷・製本　シナノ印刷株式会社

Special thanks
sato yumio、西川 鷹司、大野木寛、東山紬、探見倶楽部 吉田明美、
菅澤 麻里 (sugasawa mari)、松嶋美咲、鳥井雪、深緑野分

ISBN978-4-909125-17-0　C0097

魔法使いに逆らった男の一言から始まる
苛酷な運命の物語

英国発ダーク・ファンタジーの傑作シリーズ、第二弾